第二部

欲海九守

U0118210

陽の別傳

易癡 著

目　　錄

亦餘心之所善兮，雖九死其猶未悔

獻給一位江湖義士

欲 海 九 守

所述皆在另一時空，癡人說夢，請勿牽強附會

一、屈伸

輕天下即神無累，細萬物即心不惑，齊生死則意不懾，同變化則明不眩。夫至人倚不橈之柱，行無關之途，稟不竭之府，學不死之師，無往而不遂，無之而不通。屈伸俯仰，抱命不惑而宛轉，禍福利害，不足以患心。（九守‧守無）

默誦著《通玄真經》，阿O漸漸入睡。港澳渡船躍出水面，由水翼托舉著高速飛航，進入伶仃洋面。四周蔚藍海天一色，晨曦透過前方雷雲層照射一葉孤舟，似憐憫世人的命運多舛。

自己的命運軌跡該是這樣的麼？超強的記憶力，可讓他在棋局終了輕鬆復盤，莫非宇宙有多個平行界面，歧路亡羊？嘿，任誰穿越到以前，對前途也是茫然。

夢裡，阿O恍惚來到陌生的世界，預感有不尋常的際遇。

這時候，華甬集團股份有限公司在滬上交易所正式上市，洪董事長笑開喜顏，依例敲響了這一天股票交易的開市銅鑼。他這個

集團公司組建的總策劃人，公司創始人，公司總經理，則在這榮耀時刻的前夕，受命辭去公司的一切職務，被市政府派往香港，接管一個空殼的投資公司。蕭副市長找他談話，殷殷囑託：

"市裏幾個重大項目的建設資金還未落實，看你的啦！"

豹子頭架著一副老學究眼鏡，審視自己的小師弟——像要被吃掉的小動物，看出他心有不甘。但誰叫你是黨員呢？！

"這簡直是流放！"

阿O來辭行，向來不動聲色的高行長跳了起來。善於審時度勢的人，自己怎麼不知趨利避害？在企業瀕於破產的邊緣，放棄自己創業發財的機會，帶領窮兄弟們千辛萬苦打開局面，還把企業推上了股市，這功業轉眼間為別人做了嫁衣裳。老頭子忿忿不平：

"容不下你？好，小婭去了西藏，你來替她接任行長！"

小婭從中央黨校青幹班畢業，同時作為在職研究生獲得首都大學財政金融系碩士學位，大通銀行想把她留在總行，老爹也想把她留在京城。而她卻毅然報名去西藏，得到黨中央組織部的肯定，派她去阿里當了縣委副書記。

阿O為她驕傲，還請假專程送她到西藏。

市委燕書記想把她要回來已經遲了。高行長讓她回來接班的指望落空，恰似多年精心栽培的一株奇葩被人採去，移栽到苦寒高原，有點遷怒於阿O。他的話裡蘊含情緒，阿O感受到了，心知有負這金融界老鴞的錯愛，無奈也不能辜負黨組織信任不是？

"茅老已耄耋之年還創辦銀行，您老再辛苦幾年唄！"

阿O訕笑以對，拿出一份100萬股華甬公司股份按面值轉讓協議書，交到高手裡，說："承蒙多年照顧，無以為報，這質押在貴行的股份原價轉給您，一年後可流通，欠貴行的貸款您來還吧！"

"拿原始股來賄賂我？"高冷哼一聲推開。轉念間又接過來，黑著臉說："好，我接受了。哼，你小子也不替小婭著想！"

阿O另有 2 萬股。當初為救公司募股集資，苦阿婆給他出了 1 萬元，又將股份質押貸款 1 萬元。他一併委託高行長，待到可流通時相機轉讓，所得款項扣除貸款本息後，交給苦阿婆。

"算你有良心！"這個義不容辭，高應承。"那你自己呢？兩手空空去香港闖蕩？"

阿O不敢放肆，再說"船老大天生地養，江湖上餓不著"什麼渾話，記著匡姐給過他的一記熱辣辣耳光。現在，雖是空殼公司經理，工資還是市政府發的。正想拿這話搪塞，高先笑了：

"靠那點內地工資和出差津貼？哈，只夠吃碗車仔面，喝杯咖啡的。"他是去過香港的，有體會。"那裡只認錢，是資本主義社會，要有所作為，沒點自己可支配的錢，能到商界圈子裡混？萬一遇到些事怎麼辦？我再給你一筆錢吧！"

"我怕還不了……"

"還不了，給我滾回來打工抵償！"高現出老鴇本相。早就看上了這個人才，奈何他別有抱負，終非池中之物。

取道澳門，阿O倒並非為省旅費，而是心心念念的牽掛。他去拜見張厚富先生，本為祭奠心中那位異國殉難的女郎，卻有意外驚喜。張不忍見他悲戚，透露了一絲實情：拜占庭拿不出證據，多方交涉下不得不釋放她。

她回到澳門，得知阿O為她頂了"傷人致死罪"入獄，想挺身而出為他伸冤，被告誡不可自行其是，上級會關注案情。

"妳可以替他去坐牢，他可以替妳去完成任務麼？"

重任在肩，又要出差遠行，她不畏艱險，已作好犧牲準備，臨行徊惶，是心頭還有放不下的牽掛。一封問安電訊來得真是及時，她喜極而泣。今後，恐無緣再見，她親發電傳以作訣別：

生為了愛情和美酒，死為了祖國而犧牲

我有這樣的命運，是幸福的人！

此去，她杳無音訊，這也許已是留給他的遺言。阿O愣了半晌，在張先生書房，借筆墨信手寫了一行《離騷》，以示心儀：

亦餘心之所善兮，雖九死其猶未悔

寫罷，擱筆茫然，無從投遞。現在她身處何方，是否無恙，甚至化身何名，張先生都不知道。但是，總算還有一線希望。

昨夜，張和他秉燭敘談，幾乎通宵達旦。張說，她臨行吐露心願：此生許國，沒有什麼放不下的，唯求二伯助這苦苦奮鬥的小老弟一臂之力，願為此放棄她可繼承的家族財產，來承擔風險。她連自己的撫恤金也指定給他。俠骨柔腸，讓阿O情何以堪！

所幸，公司業績不負所望，已成功上市。

航道工程和水陸運輸的主業興旺不提，輔業上張先生的投資也有了豐厚回報。船廠合作生產已達預期，每年造出的豪華遊艇，除按訂單外銷，還裝備自己的遊艇俱樂部。遊艇俱樂部也成了甬城旅遊業一大亮點。

攔江大壩即將竣工，甬江也逐漸淡化澄清，江水沕溢，曲江多處寬廣如湖面，再不見落潮後的葦葦荒灘，遊艇的活動環境已有極大改善，前景看好。當初，小婭將它交給集團總辦主任尤香蓮兼職打理，用對了人。由於她經營出色，風生水起，金卡會員發展到百餘名，還有不少散客來包租，生意興隆。

阿O讓她出任旅遊公司經理，專注發展旅遊業。當初為消化企業改革富餘人員搞的"三產"，已隱隱有超越市屬國營專業旅遊公司的勢頭，成為與主業並駕齊驅的營生。

至於阿O在公司上市前夕離任，張先生倒很看得開。范蠡救越於危亡，成就不世之功，何曾戀棧？他對阿O戲說："是否想效陶公泛舟五湖，三致千金？"

"您曾說過，我肩上扛的豈只家庭妻兒？"

"好！尺蠖之屈，在於伸也；狡兔之蹻，在於躍也。"對於阿O赴新崗位，張別有期待。"到亞洲金融中心這公海闖蕩一番，方不負平生所學。還是這句話：艱難困苦，玉汝於成。"

一聲長長的笛鳴喚醒阿O，飛航快船降低航速，緩緩駛入維多利亞港。林立的高樓大廈，車水馬龍的立體街道，喧囂的鬧市，高處飄揚的米字旗，讓人一時目眩。這就是行將回歸祖國的東方之珠，被英帝國殖民統治了百年的香港。其間，華銀大廈恰如一柄出鞘的利劍，刺破周遭高樓大廈的陰影，在南天烈陽輝映下鋒芒閃爍。

那裡，曾是香港孕育紅色經濟的臍帶。阿O接手的公司賬戶就開在華銀，賬面往來餘額 3,500 萬美元，卻是欠款，折合人民幣將近 3 億元，公司借這筆錢投在甬江大壩工程。當這個公司經理，現在他是名副其實的億萬"負"翁。高行長通過朋友給他匯來 10 萬美元，是他此番闖蕩公海唯一可動用資金。

上岸後，他便就近到信德中心西座，去 21 層總公司報到。沒見到現任駐港機構負責人，前市政府秘書長。總公司經理室值班的是秘書兼出納潘媽，把阿O引領到分配給他的卡座，交代一些注意事項，便讓他自行其是。

阿O主動與卡座區的同事打招呼，他們來自甬城的外貿公司或產品出口創匯企業，大家客套寒暄幾句，業務沒什麼交集，也就相敬如賓。卡座區有好多個公司經理，沒人拿他當一回事。

初到香港，怎麼打開局面？首先要捕捉商機。何來商機？首先得要人脈。當天下午，阿O用張先生給的大哥大，與星洲衛視總裁馮枰先生取得聯繫。

馮總顯然已得張的關照，立即開一輛黑色奔馳轎車趕來港澳碼頭，接上阿O去拜訪一位來自臺灣的國民黨宿老S先生。他是世界華人圈裡著名的儒、釋、道經典通達的大師，門生故舊遍天下。

正所謂大隱隱於市，大師住在鬧市的一幢居民樓裡，第 7 層，右首一個較大的單元。進門，屏風後是客廳，佈置古樸典雅，三面是明式紫檀木椅和茶几，正面掛著書畫幾幅，角落有一臺大彩電提醒你沒穿越回到古代。已有幾位客人在座，正聊得歡。

S清瘦，身著質樸長衫，精神矍鑠，正侃侃而談。聲音爽朗，思路清晰，若不是兩鬢染霜，還看不出年逾七旬。

馮總顯然是常客，與S打個手勢，就帶著阿O自己找座位坐下。一位打扮入時的婦女給他倆上了茶水，顯然她也是客人，也加入了談論。阿O也被吸引過去，只是喝茶旁聽，不敢造次。

他們談論的內容，主要是一些樓市蕭條及商賈移民海外的負面消息，反映了中產階級對 97 回歸後的市面不看好。論及股市表現，許多房地產業的股票大幅下跌，恆生指數一再下挫。阿O隱隱覺得香港面臨極大的金融風險，也是難得的機遇。計然之策又在心底萌動：

貴上極則反賤，賤下極則反貴。貴出如糞土，賤取如珠玉。

　　幾人商討告一段落，S向阿O投來和藹的目光。馮總適時作了介紹。S向阿O問候了厚富老弟近況，阿O也轉達了張先生的問候。接著是大家張羅吃晚飯，S叫阿O不要拘謹，戲說這裡是"人民公社"。那女客也說，大家動手大家吃，飯後你幫我洗碗。笑哈哈中，一大桌家常菜搞定，大家圍坐圓桌，也不分長幼客主，其樂融融。席間，阿O結識了幾位文化界、商界的人士，有的來自大陸、臺灣。

　　其中，香港《誠報》主編W先生，大陸移民過來的，對阿O挺熱情。後來，阿O讀到他的《密使 50》大作才知道，這段時間他正協助S大師私下聯絡海峽兩岸人士會晤，商討統一大計。他也是掌控香港財經資訊的大佬，問了阿O來港工作目的，聽說是籌措資金搞建設，認為最好的籌資途徑是借"殼"上市，很熱心介紹了香港股市的一些"殼"資源，問阿O想要多大規模的"殼"。

　　"能裝得下十來個億的項目吧！"阿O心裏還沒個譜，"具體還得看出價。"

　　"那你手裏可動用資金有多少？"有位商界大佬感興趣。

　　"……"這讓阿O為難，總不能實說"口袋裡只有 10 萬美元"吧。腦子一轉，說："倒也沒什麼錢，但有的是賺錢的機會！"

　　哦！這讓人感興趣。幾個客人聚攏來，聽他侃侃而談。

　　直至夜深，阿O揖別S，說：久仰大師易學高深，今日沒機會，改日還要來請教。這麼個共黨小後生居然對"八卦"感興趣？S想想應是厚富老弟的家學淵源，自然不拒。

　　馮早已為阿O安排住所，讓司機送他去灣仔公寓，還鄭重叮囑：香港眼下暗流湧動，是各色間諜的自由世界，黑幫也不是大陸那些混混可比，行事千萬別衝動。他自己還有事要去辦，匆匆離去。

看著他的背影隱入燈火闌珊的街巷，阿O想起張先生的私下提示：此人黑白兩道皆通，別的地方有人見過他以不同身份出現，馮枰這名字也不一定是真的，但你可以信任。

二、狹路

今天，阿O西裝革履，換了一副香港流行款式的眼鏡，夾著個公事包，看上去挺精神。一早來到華銀大廈門口，看看手錶還不到營業時間，就在周圍溜達，觀賞聞名已久的風水局。在阿O看來，華銀、匯豐、長X集團三幢大廈的"風水大戰"，除了劍意，槍砲形似而無神，恐怕多是閒人的穿鑿附會。倒是華銀大廈周遭有點意思，因勢利導形成遊龍戲珠風水陣，珠潭莫非在停車坪下？

阿O東張西望，正胡思亂想著，與一個男子撞了個滿懷，他懷抱的資料灑了一地。

"對不起呵！"阿O慌忙道歉著去幫他撿資料，抬頭一看，竟是老冤家。"哎！鄔經理，您怎麼在這裡？"

鄔也一愣，打開阿O伸過來的手，自己也彎腰去撿資料。

"你來做什麼？沒長眼……"

"哦，我來辦點事。你呢？"阿O把撿起來的資料歸攏遞過去，隨意瞥了一眼，心裏暗暗吃驚：這是有關甬江大壩設計修改和追加預算的資料，他要幹什麼？

"你管不著。"鄔不想再與他有什麼交際，顧自進入大廈去找同學。工銀星洲從內地工行各分行輪著抽調一些業務骨幹，也是培養人才，家裡幫他弄了個名額，他也決心混出個樣子來。前幾天，在華銀信貸部門工作的同學向他瞭解這項工程的情況，他通過家裡關係找來這些資料給同學，結個緣，相互好有個照應。

阿O看著他進去，定下神來，反而不進大門，蹓躂到皇后大道街邊，掏出香菸抽起來。攔江大壩日漸顯出雄姿，成為市民關注焦點，於是種種意見和建議紛至遝來。市政協代表也根據民意提交了一些議案。有些意見是中肯的，也有些是當初下決心興建時為了節省資金砍掉的，現在要增加一些功能，就要追加投資。蕭副市長乘勢通過市政府的融資平臺發行專項債券，已融得3億元資金。

進而，考慮將這項優質資產在香港上市，打開基建項目在國際資本市場直接融資的局面。

當初為籌措建設資金，市政府駐港辦牽線向香港華銀貸款3,500萬美元，利率是"P（美元貸款優惠利率）加1"浮動的，現在香港銀根收緊因而利率上升，將近9%，遠高於內地同期貸款利率。蕭希望能提前還掉。但是，若是主動提前還款，將按協議支付現在到合約期滿應計利息的一半作違約補償，那就得不償失。如何操作而不違約，這是蕭給阿O出的第一道難題。

現在鄔少華給華銀送去底牌，阿O很被動。但阿O不能阻擾鄔的行為，銀行關注間接投資項目理所當然，本就是今天自己要主動和信貸部門項目經理談的，當然說法是有講究的。現在怎麼辦？心想，乾脆來個將計就計，扭頭打的回公司。

在卡座裡，阿O打開電腦擬了一份要求追加貸款申請，如實通報工程設計修改而需追加預算的情況。打印成文，掏出裝在公事包裹的公司印鑑簽署好，把它傳真給華銀信貸部門的項目經理。

阿O深諳"攻守易勢"之道，得自范蠡兵法真傳。

耐心等到第三天，華銀來電話約談，阿O又西裝革履的來到華銀大廈。這回他胸有成竹直接進入大門，通過自動扶梯到一樓大廳，向接待檯小姐說明來意後，被導引上垂直電梯，送到高層的一個會議室。

三個人已在會議桌旁等他。一位是負責這個項目的經理，姓陶，名京生，很年輕，操一口京腔普通話；他的助理是個中年婦女，滿口粵語阿O聽不懂，但她能聽懂阿O蹩腳的英語，給他拿來一杯口感很淳的香濃咖啡；還有一位是個姓顧的律師，華銀的法律顧問，說話咬文嚼字的，還時不時的抬手看看腕錶。

相互交換名片後，立即開談，直奔主題。

陶經理態度很明確，不同意追加貸款。已研究過有關資料，追加預算並不能給項目帶來相應的運營收入。

阿O表示欽佩他們的分析能力，但說明這對項目的社會功能來說，是必要的。這個陶也是禮貌的認同。

"不過，這樣會增加項目的財務風險約兩成，您認為呢？"

阿O認為誇大了，但微笑緘默。

"那麼，原項目收費權抵押不足以覆蓋風險，我行要求貴方增加相應的擔保。"

"這個……按協議是應該的，"阿O面有難色，"我向市政府有關領導也提過。目前我市大規模基建的情況下，債務壓力很大，要增加能令貴行滿意的擔保或抵押有困難。"

這解釋不是雪上加霜麼？令銀行更加不安。

"那麼，我很抱歉，只能按貸款協議的不安抗辯權條款，提前終止協議，要求貴方在一個月內還清全部欠款。"

陶經理臉上保持著禮貌的微笑，語氣冷峻，一點沒有抱歉的意思。而那位顧律師則把協議文本翻到有關條款的頁面，推過來並指給阿O看。儘管阿O已很熟悉這協議，還是認真看了看，點點頭。然後，他嘆了口氣，問：

"沒有通融或寬限的餘地了麼？"

在阿O眼巴巴的目光裏，三位齊齊搖頭。

"那麼，"阿O站起來，裝出一副無奈的苦相，"請貴行給我一份正式書面通知，我趕緊回去找市領導解決。"

陶經理微笑著請阿O坐下稍候，讓助理馬上去辦文。律師見事已了，起身告辭先走。陶經理坐過來靠近阿O，私聊一下，問起認不認識鄔少華，阿O回答認識，還稱讚他是個很有才華的貴冑。陶的臉上閃過一絲不屑，還是微笑表示認同。他又開導阿O，不要太感為難，這麼大的港口城市，3,500 萬元美金總擠得出來。

"都是為國家建設，貴行就不能給予一點支持麼？"

"不錯，你我都是為了國家建設。"陶笑了，笑容燦爛，語氣卻透著寒意，"但我們不在一個層面。"

就像趙四老爺打過來一記耳光：你也配姓趙？

阿O默默認了。不一會，助理把正式通知拿來了，顯然銀行已作兩手準備。阿O細看沒有問題，裝進公事包，禮貌告辭。

一出大門，阿O迫不及待地拿出大哥大給蕭副市長打電話，啟動第二步計劃。省下上千萬元的錢，蕭許諾給予獎勵，他苦笑道：該獎勵鄔少華這個吃裡扒外的！蕭很警覺，問阿O：

"是那個曾砍你三刀的人嗎？你怎麼又惹上他啦？"

阿O自知失言，只好如實報告。豹子頭可不是糊塗領導，很快從銀行系統查到鄔少華的去向，當機立斷取消通過香港工銀星洲銀行匯款計劃。当初没外债额度，是萧通过香港公司借钱，作为公司投资进内地的。现行政策下这是挺敏感的事。

好不容易通過上級協調，辦妥與工銀星洲的對接手續，突然叫停當然要問個究竟。怎麼解釋呢？

有人悄悄告訴工行市分行行長，你的前手下鄔經理私下給華銀遞信息。這不違法，只是噁心。於是，工字號內部一交流資訊，工銀星洲領導看鄔少華也膩歪。

但蕭讓阿O自己去解決外匯問題，是他搬起石頭壓在自己的腳面。沒辦法，他只好再求助於金融老鴇高行長。大通銀行在澳門有分支機構，高行長聽阿O一說，立馬與澳門的大通銀行聯繫，內保外貸，以存貸差 1 個點的最優惠條件，接下了這筆生意。阿O想，大通銀行看似沒賺什麼錢啊，這金融老鴇不會只是助人為樂吧！

想來澳門的大通銀行是個存差大戶，逼窄的區域工商業融資需求不大，放不出去。放款給賭徒敢麼？高行長那裡工商業需求旺盛，是個貸差大戶，網點不如國有大銀行，存款不足吧？

兩地有資本流動的壁壘。而內地銀行現在雖說以信貸額度控制為主，但也看民營銀行資產負債比例。財幣行欲如流水，做銀行更是如此。這不是我的機會嗎？阿O像狐狸發現雞窩，竊笑。

阿O又去了澳門。這次蕭副市長親自過來，當然不僅是給他送 3 億元的存單，重要的是合謀一個直接融資平臺。

張先生在砲臺山的一個私人別墅與他們會面。

阿O提出幾個目標公司，篩選下來，蕭和張共同圈定了一個老牌上市公司："星洲基建"，股票代碼是 00□2·HK。一是體量合適，總股份 20 多億；二是主業與市政府戰略意圖契合，公司帳上還有 6 個億的閒置資金，資產可即時注入；三是看股權結構，控股者佔 34.7%左右，盤面大多是 10%以下的小股东及散戶，而張的家族間接持有約 20%多，實際是第二大股東。

眼下，目標公司已跌入"仙股"注1 行列，市值已在公司淨資產之下，是低價收購的好機會。第一大股東是英國人司密斯先生，打算在香港 97 回歸前撤資回英倫三島。張有把握說服他把所持股份轉讓給阿O，問題是必須一次性付清全部價款。

阿O哪來這麼多錢？蕭也調不動這麼大額的資金，現在市裡各方面都缺錢。張考慮再三，說：

"我把馬會的那部分股金轉讓吧，她臨行交代過的！"

"不，那是您家族傳承的核心資產。"阿O斷然拒絕，知道說的"她"是誰。"況且，您若提供資金，咱倆關係將浮出水面，構成'一致行動人'，會觸發"全面要約"，那併購程式就複雜啦。"

阿O私下打算通過高行長的關係，以股權質押向澳門大通銀行借"過橋貸款"，但八字還沒一撇，不想多說。市政府缺錢，優質資產倒是有，什麼叫"賣了還在自己手裏"？那就是上市！

"甬江大壩投入營運的收費價格政策定了麼？"

"定了。測算下來，兩岸車輛通行費、船舶過閘費及觀光平臺經營權年費，合計年純收入約 8,600 萬元。還有，市政府劃出濱江一帶 25 公頃土地，給項目公司開發，以作財務補償。"

"一舉兩得，這也是為舊城改造拓開迴旋餘地吧？"

"別都說破好麼？"蕭伸手拍一下師弟的機靈腦瓜，是讚賞。

"甬江行將變成淡水湖，兩岸房地產升值，項目公司與開發商合作，也將能賺不少錢。"阿O盤算，以 10 倍市盈率估值上市，應能抵消買殼支出，并覆蓋項目公司債務。毅然道："我有信心！"

"OK！"豹子頭與阿O擊掌，又緊緊相握。他們把目光轉向張先生，只見他臉色轉陰，抽著雪茄，吞雲吐霧。想必他還有為難之處，蕭和阿O相互目光碰了一下，阿O開口道：

"伯伯，我初出道沒經驗，還請您多指教。

"是不是想用資產換股反收購？"張抬眼看阿O，目光里含著複雜的情緒。沒等阿O回答，他繼續說："這方面現在監管非常嚴格，程序複雜，須耗費大量時間和金錢。而且，司密斯先生很可能不配合，我也不好撕破臉逼他就範呵。"

張家大哥的子女在英國發展，產業與司密斯家族合作，張厚富先生是有顧忌的。阿O也想到了這一層關係，不忍過於為難誠心幫助自己的長輩，便說："我另想辦法先搞錢來買下控股權。您幫我聯繫司密斯先生，私下溝通一下好麼？"

"好，我來安排。"張允諾。

蕭和張相視一笑，要看看阿O如何空手套白狼。當然不是看白戲，會盡一切可能提供幫助。

注1：指價格低於1元，以分（cent）計價的股票。"仙"是香港人對cent的音譯。

三、酒色

還有點時間，阿O陪師兄在山上轉一圈。在殖民時代初期留下的燈塔旁，蕭指著海灣問：

"澳門也曾是天然良港，為何衰落？"

"國際貿易發達起來，航海業蒸汽大輪取代三桅帆船，澳門港灣就顯得太淺了。維多利亞港水深可泊萬噸巨輪，更適應時代進步。是否想告訴我，為什麼你力主讓甬江成為內湖，要把甬港碼頭外遷到北侖區一帶深水岸線？"

"嘿，"豹子頭笑笑，彼此理解即可。"那麼英國殖民者既得香港，為什麼又非得謀取九龍不可？"

"港口要興旺，必須有深廣的內陸腹地，以利貨源集散。港島彈丸之地，施展不開。拿下九龍，便於鯨吞珠江三角洲經濟。"

"對啊！市委擬定的發展戰略是'以港興市'，要讓北侖港發揮應有的作用，僅有蕭甬鐵路、公路還不行，我們還要建鐵路、公路深入三省通衢之地婺城，還要建跨海灣大橋通向滬上。市政府的窮家底你是知道的，你我之輩，肩上的擔子不輕，阿O！"

話裏含著同門之情，殷切期望，沉甸甸落在阿O心裡。

蕭又話鋒一轉，笑道："此項併購的策略、步驟，只能由你自己掌控啦！哎，若你搞來錢，自己先購入點股票待漲如何？"

阿O手頭已有 10 萬美元，現在買入這隻股票正是時機。然而，他搖搖頭，"放心，我不會牟一己私利，去開'老鼠倉'。"

"在富豪之間周旋，你就安心做個窮酸？"蕭笑著調侃。阿O心存師訓，坦然道：

"樂道而忘賤，安德而忘貧。"

阿O送蕭副市長出拱北海關。回程，在車上玩味著師兄的敲打，自信有師門傳承的《通玄真經》，誓志在萬丈紅塵裏守持本心。

觀察香港股市，阿O已躊躇再三，幾次想出手做波短線，還是敏銳地嗅到陰險氣息，忍住了。K線圖的所謂"金叉"，那是莊家操盤做給散戶看的，迷信技術分析十有八九栽進坑裡。要賺錢必須吃透發行人底細並估算莊家手裏籌碼，否則就是賭博一樣碰運氣。

"現在不正是發財良機麼？"心魔在誘惑。而心神抗拒：

"君子愛財，取之有道。"

"道？你識海裡不已在醞釀陰謀詭計了麼？"

"謀取資本市場入場券，那是為家鄉建設籌資，俯仰無愧。"

勞斯萊斯轎車沒回張先生的私人別墅，而是來到葡京酒店。洋妞把阿O帶進了金碧輝煌的"鳥籠"，穿過底層鬧哄哄的"百家樂"賭桌和"老虎機"群落，坐電梯直上三樓，走進一個泰式裝飾的VIP廳。偌大的廳堂，只有兩張鋪著綠色天鵝絨的賭桌，一張桌空著，另一張有七八個人散座在四周。阿O走過去看，莊位站著一位面無表情的中年荷官在發牌，玩牌的是張先生和一位穿旗袍披波浪長髮的女士、一位西裝革履的富態男子，分坐三方，其餘幾個男女分別聚在這三人旁邊觀戰。天門位的張對阿O一笑，便專心玩牌。他們玩的是牌九，賭注倒不大，看桌上籌碼估計也就各有百萬上下。阿O的全部身家，也就是人家一場牌局的玩資。

洋妞招手，邊上一位穿制服系黑領結的帥哥湊上前，她與他低聲耳語幾句。那帥哥點頭，出去一會兒，持一盤籌碼回來交給她。她在一張單子上簽了字，接過那盤籌碼遞給阿O，示意他也下場玩玩。阿O嚴肅地搖搖頭，推開了。正好桌上又完了一局，張招呼阿O入局，阿O辭謝說：不會玩牌。

這不是實話，牌九玩法一看就懂，從不賭博才是真的。方才看了幾局，彼此各有輸贏，沒什麼出彩。若真下場，贏一把不難。

張看看手錶，也不勉強，與牌友交流幾句了結牌局，便招呼大家去餐廳。席上，張把阿O安排在身旁，為他逐個介紹座上賓客。

阿O記住了星洲基建股份有限公司的兩位董事，大衛·王和約翰·李，及其夫人李何淑儀，其餘幾個酒桌上熱絡一番，過後便忘了。似乎要考校阿O的酒量，張讓阿O給諸位賓客逐個敬酒，自然人家要回敬囉，阿O這倒不含糊，一口一杯幹了軒尼斯XO。李夫人是最後回敬的，說："聽說，你手裡'有的是賺錢的機會'？有錢大家賺，可別獨吞喔！我幹了，你隨意吧！"

碰了杯，她一仰脖子全乾了。社交場合，女士一般都是喝香檳或隨意的，她一口乾了烈酒是率性放肆，也是特別的尊重。

阿O此時酒已上頭。定定神，見她亮了杯底，便一笑，問張先生："小可今晚拼了一醉，也不能對不起李夫人，您說是不？"

張頷首笑道："好，少年郎就該有性情！"

這杯酒下肚，阿O坐不住了，道聲"失陪"，去了洗手間。約翰·李埋怨自己的夫人："妳不該激他。妳看……"李夫人辯白："我真的是好意！沒想到他是這麼認真，唉！"

"他還不善辭令，心性卻純樸，不願負人。"大衛·王說。

阿O已在洗手間吐得天昏地暗，把今晚吃的山珍海味全交代了。等他定了神，洗把臉出來，張和客人都走了，只留下張身邊的洋妞在等他。李何淑儀還留了一張名片，託洋妞致歉並關照：約時間再談。洋妞叫了碗甜品燕窩，逼他吃下，別傷了胃。還說："張先生讓我關照您，生意場上的應酬要吃過'三碗麵'。"

"哦，"阿O疑惑，問："哪三碗……什麼麵？"

"桌面、情面、場面。"洋妞很認真。她等阿O喝下燕窩，挽起阿O，"接下來跟我去見見世面。"

她把阿O帶出酒店，來到一個令他瞠目結舌的地方。

這個夜總會，光怪陸離，舞臺上一個接一個美女跳鋼管舞，有黃皮膚的、白皮膚的、黑皮膚的、棕色皮膚的，有來自美國的、波蘭的、俄羅斯的、印度的、南非的、巴西的、荷蘭的和日本的，輪著上臺，全都身材妖嬈，美貌嬌豔，號稱"八國聯軍"。艷舞動作極盡挑逗之能事，最後都脫得一絲不掛，赤裸裸表演，可謂是閱盡人間春色。現場受不了性刺激的觀眾怪叫連連，讓阿O想不通的是女觀眾怎麼似乎更興奮。

夜宿賭城，阿O差點夢遺。許多女人大腿、豐乳晃動在眼前，識海自發誦起《通玄真經》，驅散了光怪陸離的魅影。阿O神遊鹿臺，穿過酒池肉林，飄飄然度過星河。

恍惚間，回到甬城的三江口教堂，熟門熟路進入苦阿婆的蝸居，半地下室內光線昏暗，只見一個白衣女子坐在桌前照著鏡子，雙手箍住自己腦袋摘下一頭長髮，梳理起來。

雙肩聳動，她似在抽泣，令人心酸。

見狀，再也忍不住衝動，從背後攬住她的雙肩，俯在她耳邊說："匡姐，等我大學畢業，有出息了，我娶妳！"

她一怔，猛地掙脫攬抱，發起飆來……

阿O嚇醒。回味夢裡"初戀情人"的腮香，又懼怕她的淚流滿臉的狂怒，不由苦笑。是的，她被苦阿婆從大火的餘燼裡救出，頭髮燒光了大半不再生，臉龐的疤痕褪不去，對青春少女何其殘忍！她發飆，想必誤以為他是憐憫，觸疼了自尊心。到香港後，見有整容醫院，阿O動了心思：等賺夠錢帶她過來治。

留在心底的她，靈睿、嫻淑、儉樸善良，還有懷抱的溫柔芳馨。疤痕只讓他心疼，并不覺得她醜。

"八國聯軍"，豐胸肥臀的妖嬈女人，夠刺激但並不可愛。阿O強迫自己鄙視那些裸露肉體，惱恨晃動眼前的撩人艷色揮之不去，哼！老子也曾擁抱過女人，那才叫窈窕淑女……

性有不欲，無欲而不得；心有不樂，無樂而不為。無益於性者，不以累德；不便於生者，不以滑和。（九守·守易）

不知不覺，天亮了。阿O起身去沖了個涼，驅除滿腦子胡思亂想，告訴自己：身負使命，專心工作。

華銀大廈裡，還是那個會議室，阿O把澳門大通銀行的匯票交給了那個陶經理。儘管陶對阿O能這麼快還清債務，心有猜忌，驗證匯票無誤，還是按規範程式當即出具收據。但是，當阿O要求他們在解除項目資產及衍生權益抵押的文案上簽署時，陶經理拒絕了。他解釋：按協議約定，解除抵押應由華銀指定的律師事務所辦理，你不用管，付錢就是。

阿O只好收起那份產權抵押登記部門提供的制式文案。顧律師不就在現場麼，便問顧："要多少時間能辦好，多少錢？"

"15 個工作日，8 萬元。"

"要 8 萬港元？"阿O有點心疼。"何必呢？簽個字就解決的事。"

"是 8 萬美元。"顧的眉毛一揚，"主協議標的是美元，已是按優惠費率計收。"

阿O冷笑，當大陸來的都是"白斬雞"，為政府辦事的都拿百姓的血汗錢不當回事？語氣冷到冰點："免了！"

不理會他們驚愕的目光，阿O昂首走出了華銀大廈。順便，他取走了 10 萬美元存款，開了張銀行本票揣在衣袋。從此，這座矗立在香港市中心的利劍似的建築，在他心目中失去了光彩。

若干年後，銀行內部大洗牌，這是後話。

回到公司，阿O悶悶不樂，又掏出菸來抽，要想個對策。忽然，手指夾的菸支不見了，他扭頭一看，是總公司的大美女秘書小嫣抽走的。她笑著說："要講文明，室內不准抽菸哦！"

"慚愧，"阿O抱歉笑笑。

"什麼事讓你這麼煩惱？"小嫣問。阿O把律師費的事說了，想聽聽她的意見。她聽了個大概就不耐煩，這算什麼事？

"8萬美元說貴是貴了點，但這是香港！什麼不貴？沒聽美國人說'律師是明火執仗的強盜'？又不是你工資裏出，做政府的事按規定支付就是囉。得罪人家，你自己以後就不好辦事啦！"

阿O衝她點點頭。面對一張吹彈得破的俏臉，眼前卻浮現船老大常壽伯那風霜刻畫的滿臉皺縐，恨不得讓常老大那雙老繭比腳掌還厚的"熊掌"，左右開弓扇她兩耳光。想想這含金鑰匙出生的小姐何辜，做個鬼臉自嘲無恥，自己默念師門教誨：

儉嗇損缺者見少也，見小筆能成其大，見少故能成其美。

"哦，差點兒忘了！"小嫣哪知他心底惡念，樂顛顛到自己的桌上去拿來一份請束，雙手遞給阿O。"是一個歌舞晚會。由專人送來，我幫你代收的，唔……帶我一起去好嗎？"

"我有事，乾脆妳去吧。"阿O又把請束遞回去。

"不行的，寫著阿O先生大名！"

"好吧。"他隨口應了，又埋頭想對策。看看四周沒人，小嫣又把香菸塞到阿O手裏，柔聲說："少抽點！"

三分青煙穿過胸，一條妙計上心頭。

阿O打開電腦，代市裡產權抵押登記部門擬了個致香港華銀的通知函，說是：已接到抵押人申請及提交的貸款清償憑據，鑑於主合同還款義務履行完畢，根據我國《擔保法》規定，在本局登記的建設項目資產及其特許經營權的抵押協議自然了結，抵押解除。特此函告。云云。再將華銀的提前還款通知和收據掃描輸入電腦，連同代擬稿，打包成電郵發給蕭副市長。

去他媽的霸王條款！

按國際司法慣例，不動產及其衍生權益的抵押，適用不動產所在地的法律。華夏法律也有這方面明確規定。

這時候，鄔少華掏出一張金卡在水療會所的櫃上結賬，一長串阿拉伯數字的賬單他懶得細看，揉成一團丟進垃圾桶。

陪同來港考察的市領導，好好享受了一番小姐按摩，回味不錯。平素高高在上的領導，在桑拿房和他"坦誠相見"。蒸透後，赤條條肉身裹上浴巾進入各自隔間，粉色光映曖昧，趴上鋪了白床單的"案板"，任由豐胸肥臀的小姐擺佈。先是抹上精油，再是一陣"波推"，然後是"漫遊世界"，柔舌似靈蛇從後背舔起，最後鑽入"菊花"。渾身骨頭都蘇了。銷金窟裡出來，神清氣爽。

"叔，明晚有一場高規格的歌舞秀，我搞到了請束。"

"不了，八月十五我得趕回家，要不黃臉婆會發飆。"官員不再緊繃著臉，容光煥發。"放心！你這樣根正苗紅的金融才俊，早已列入'第三梯隊'，一定會重用。"

四、歌姬

請束約定的時間，一輛黑色奔馳轎車來信德中心來接阿O，這次馮總沒親自來，想必應酬很多。阿O和潘媽上車後，奔馳車快速穿過西區海底隧道，到九龍街區被車龍堵了，好不容易才突出重圍，行駛到一個星洲衛視拍攝基地。穿過院門，看到場內停著不少豪車，有勞斯萊斯、賓利、邁巴赫等，還有阿O不認識品牌的敞篷跑車，晚上應是上流社會的一個小聚會。

小媽有點侷促不安，趕緊從坤包掏出化妝盒補妝。

奔馳車直接停在攝影棚門口，門童過來打開車門。阿O先下，然後很紳士地攙扶小媽下車，兩人挽手踏上紅地毯，隨引領小姐穿過長廊，進入內場。

很大的攝影場，穹頂的鋼樑掛滿了各式燈具，幾盞大射燈照得前面舞臺明晃晃的，表演已經開始，幾架攝影機在周圍拍攝。舞臺前的嘉賓席一桌又一桌看過去，已幾乎座無虛席，引領小姐不敢驚擾，一時躊躇。阿O牽著小媽在後排席位自行找了空檔坐下。引領小姐只好任由他倆，吩咐侍者奉上飲料果品。小媽出自內地官宦家庭，眼界不低，但也沒見過如此明星薈萃、高朋滿座的場面，似有點怵，緊緊依傍阿O，讓人看著像對戀人。

舞臺上明星鶯歌燕舞，各展才藝。以前阿O只在電視裡看到，現場觀賞還是第一次。他是星盲，一個也叫不出名字，不過藝術鑒賞品味卻不俗，對豪客們追捧的明星演藝，心裏品長論短，只是不吭一聲。既不叫好，也不喝采，鼓掌也只是出於禮貌。旁人看上去他有點土，又似乎高深莫測。

中場休息，電視切換廣告，場內燈光轉為柔和，眾人隨意走動，相互交談。阿O剛起身，忽然有人拍了拍他的肩膀，回頭一看，是陶經理，他身邊還站著個老熟人。他含笑打招呼："陶經理，鄔經理，巧啊！"

"你怎麼也來了？她是……"鄔疑惑，這場合可不尋常。

"哦，認識一下，這是我同事潘小姐，我陪她來玩玩。"

阿O將小媽介紹給他們認識。小媽身著一身蕾絲金線鑲邊白色連衣裙，挽著皮爾卡丹坤包，靚麗又矜持，讓鄔以為是她才是貴賓，對她恭維有加。說起來都是甬城貴胄，很快熱絡起來，於是陶盛情邀請她去前邊的金融界那席，倒把阿O晾在原地。

他們沒什麼不好意思，她也樂意受寵，怡然自得跟著去了。

不過，她很快就懊悔。馮總得空跟引領小姐找過來，把阿O拉到中央的主賓席，介紹給幾位香港著名大佬和演藝界大腕，引得在場眾人矚目。尤其是那位仙風道骨的S大師，把阿O招到身邊坐下，還拍拍他的肩膀，親熱的像對待小老弟。阿O前些日子抽空拜訪大師，恭請教導易學，特殊的數理觀念及悟性，讓大師特別鍾意，還贈予自己尚未整理出版的易學講稿，連馮總都有點嫉妒。

下半場演藝也是直播。阿O心神不定，臺上演些什麼都沒在意，真是盲馬夜入牡丹園，糟蹋了良宵美色。直至舞臺推出一個新人，她的歌讓阿O大驚失色。

莫攀我，攀我太心偏

我是曲江臨池柳

這人折了那人攀

恩愛一時間

……

伴舞的是一群舞姿婀娜的綠裳姑娘，舒卷長袖，似風中搖曳的垂楊柳。演唱者鶴立其間，淺綠長裙曳地，俏臉半掩，額頭雀狀面具遮蓋眉眼。眾女載舞載歌，相互應和，一唱三嘆。

這熟悉的旋律讓他心頭隱隱作痛。阿O憶起當年與未婚妻一起欣賞瓊瑤的《在水一方》，她在學作曲，想叫他也用白話改寫古詩詞試試。他找來這首敦煌曲子詞，說不用改了（其實還是改了一個"者"字，與"這"同音，無所謂改），就是白話。她很是喜歡，就在西湖邊的茶座裡，即興譜曲，當場清唱給他聽。雖然，舞臺樂隊伴奏加了前奏，混入許多華麗的修飾音，但酸楚婉約的主旋律沒變。演唱者把曲中幽怨發揮得淋灘盡致，深深打動了在場的男女。

曲終，場內靜寂良久，似在回味，讓餘韻繞梁三匝。

阿O首先激動地站起來鼓掌，全場似被驚醒，轟然響起熱烈掌聲，有幾個女子竟跳起來尖厲叫好。馮總壓低聲音說，這節目是藝術總監發掘自內地夜總會，簡直讓男人再不敢尋花覓柳！旁邊幾個大佬聽了不禁俯仰大笑。

"真詩果在民間！"S頷首讚許，還問側畔激動不已的阿O："哎，這詞曲你很熟悉？"

阿O點頭，但沒說明。

演唱者再三謝幕，場內還是掌聲不斷。馮總吩咐手下，請她再唱一首。

電視切入娛樂八卦。臺後有校音聲傳出，顯然臨時準備。

片刻後，追光燈下演唱者再次出場，鶯聲燕語，說承蒙諸位抬愛，再為大家獻上一首古調新歌。還特意說，也是藉此酬答在場的一位知音。隨之，樂隊奏起阿O經常縈繞在心頭的旋律，他懵了。

樂曲前奏中，一段序言：這不是古代才子佳人的唱酬，而是當代一對大學生情侶所譜寫，寄託畢業分配各奔前程時，在西子湖畔依依惜別之情。調寄《惜分飛》。

　　放鶴亭前花露濺

　　西泠波光黯斂

　　不敢言離怨

　　勸君千里逞宏辯

　　此去迢天沒鴻雁

　　虛設宵朗月圓

　　但得潮如願

　　海雲頻送搵憂盼

　　演唱者很投入，聲淚俱下。阿O聽著，止不住淚流滿面。馮總投來疑惑的目光：阿O貌似理工男，動情也不會形之於色吧？"男兒有淚不輕彈，只是未到傷心處"，難道……阿O覺察到自己失態了，摘下眼鏡，抹去淚水，沉聲問馮總：演唱者是誰？剛才報幕沒留意。馮把節目單遞過來。

　　《望江南·曲江柳》演唱者：柳鶯。

　　沒聽說過這名字，是藝名吧。她是如何拿到這些詞曲的？阿O想見見她，馮雖有猜疑，還是答應了。

　　曲終，在滿場起立熱情鼓掌時，馮牽著他的手，悄悄繞到後臺。見到剛卸妝的演唱者那酷美的臉時，阿O如遭雷擊。

　　星光大道盡頭的那家咖啡店，露天的桌椅就在維多莉亞港的岸邊，坐在這裡可以欣賞港島璀璨的霓虹。

　　月上中天，海風習習，白日的暑氣盡消，街頭也不再喧囂。阿O喝著冰鎮啤酒，坐在身旁的美女呷著咖啡，低聲聊著。如果沒注意她臉上的淚痕，還以為兩人在談情說愛。

她就是失蹤已久的夏敏。在唱完第一曲時，阿O首先起身鼓掌，她就已認出。這第二曲，也是為他唱的。

在阿O關心詢問下，她訴說了別後的人生遭際。

當年無奈之下，她把被砸爛的家收拾一下，給老公留了一封協議離婚書，淨身出戶，到海南投奔小姐妹。她們從小學到中學都是同桌，高中畢業才分手，一個考上省城的歌舞團，一個頂替父親進了甬江航運公司。後來，她同學跟著老公辭職闖海南，幾年奮鬥下來有了個歌舞班子，儘管鮮有機會登大舞臺正規演出，基本上是在夜總會客串，也算有了安身立命之本。夏敏去投奔，以美貌和歌舞天賦，很快成為歌舞班子的臺柱，受到許多人的追捧。

可是好景不長，她的肚子一天天隆起來，半年後無法出演。因為對前夫的愧疚，和對小生命的憐憫，她不聽任何勸說，堅持把孩子生下來。這段時間，她花光積蓄還欠下大筆債務，只得將繈褓中的嬰兒送回奉化老家，託付老父母撫養，再回海南登臺賣唱。但嗓音有點變，不合適再唱嬌聲嗲氣的流行歌曲。

同學的老公是個樂癡，人緣不錯，從音樂學院學生習作中淘來幾首古風歌曲，與她的音質異常適配。恰逢社會上已膩味了甜蜜蜜情歌，要換換口味，於是她又漸漸紅了起來。

在夜總會、歌舞聽、酒吧甚至色情會所出演，天天與男人們的慾望周旋，是在萬丈紅塵裡打滾。受挑逗調戲，鹹豬手揩油，是家常便飯。那老闆娘心態變了，與她已非當年同窗姐妹，說來也是為了歌舞班子的生意，竟以債務逼她陪一些闊佬上床。有次是三個性變態齊上，還用日本產的淫具，讓她受盡折磨。她為了寄錢回家養孩子，忍辱偷生。這些難以啟齒的事，她第一次對人說，口吻卻像在說別人的故事。

這次星洲衛視中秋晚會想選新人出臺，老闆娘託關係搞到了這個機會。想不到在香港，沒臉見故人的她，見到了最想見又不敢見的阿O。

聽她傾訴滿腹苦水，阿O為這麼個正直幹練的白領麗人淪落風塵而傷感，為自己當時沒說服她留下而深深自責。

說什麼呢？沒有誰有資格指責一個善良的弱女子下賤，她為了生存，為了孩子的生存！阿O點起一支香菸，吞雲吐霧，竟想不出半點主意，腦子裏千頭萬緒，亂成一團糟。

街邊，一輛白色的豐田商務車驟然剎車，發出尖銳的聲音，引得露天咖啡座寥寥幾個客人都扭頭看去。車上下來兩個小青年，一高一矮，都穿T恤衫，沙灘褲，白球鞋，頭髮剃得像是希臘武士的盔鬃，徑直朝阿O一桌走來。

"喲，柳鶯小姐在這裡宵夜呢，害我們好找！"

"有什麼事嗎？"阿O起身問。

高個子伸出紋龍的手臂將阿O擋開，對夏敏說："老闆娘找妳有事，叫我們接妳回去。"

再轉過身，惡狠狠打量阿O。小個子也挨過來，神情詭異。

"我跟你們回去，別惹這位先生！"夏敏急忙站了起來。對阿O尷尬一笑，"晚安！你也該回去休息了，我們……再見。"

阿O也不好說什麼，點點頭，但覺得不對勁，眼睜睜看著離去的夏敏和兩個青年。他們到了街邊，商務車的側門自動打開，車廂裡伸出一條胳膊來接人。夏敏一見裡面的人，見鬼似的一聲驚叫，向後跳著躲避。兩個青年在旁抓住她往車裡推，夏敏拼命掙紮。阿O見狀急速衝過去，大喝："住手！"

聞聲，高個子轉過身來，雙手交互捏著指關節，對著阿O獰笑。小個子還扯著夏敏，被夏甩來坤包劈臉砸了個眼冒金星。

"快跑！"阿O見機大吼，衝大個子猛的側身靠上去。大個子一拳落空，腹部被阿O手肘狠頂一下，痛得彎腰蹲了下來。冷不防小個子背後刺來一刀，阿O吃痛一閃身，背上被劃開一長條口子，忍疼旋身一腳將他逼退。阿O趁機拉上夏就跑，狠狠衝過了行車道，沿街狂奔。

"還不快追，八格牙路！"車廂裡跳出一個白白胖胖的中年人，狠狠踢了捧腹蹲縮的高個子一腳。

高個子忍痛起身，四周張望，只見街對面男的拉著女的在逃竄，小個子遠遠落在後面追蹤，就嗷嗷叫著追了上去。那中年人看著，扭歪了臉，用車載移動電話撥號，找老闆娘算帳。

接到電話，老闆娘氣惱夏敏傻逼不配合，深更半夜還能找誰去應付？自忖姿色不遜於夏，今晚乾脆自己去陪，讓他消消火，萬不能得罪這恩客。她竟把自己洗白白送到日本人的床上。

俗話說："只有累死的牛，沒有耕壞的田。"

老娘怕個吊！不就是讓男人在身上趴一會兒麼，又不會磨損，有什麼大不了？當那日本人淫笑著打開一個小提箱時，她看到牙醫工具似的整套電動淫具，渾身顫抖，後悔已晚。被剝光的她四仰八叉，這胴體鬼子看著品質還差強人意，變態地將她折磨到差點昏死過去，還沒滿足性趣。

第二天她幾乎下不了床，胯間紅腫近半個月才消，這期間小便都困難。本以為，忍忍就過去了，想不到街頭售賣的AV碟片中，高清晰地再現了這噩夢。

這下，連樂癡丈夫也無法再忍受，散夥。香港街頭出現了一個戴墨鏡扮瞎子的流浪藝人，拉二胡演奏"二泉映月"很動聽，引來不少行人駐足圍觀。藝人不在乎觀眾打賞，每有曲終間隙就向眾人打聽一個歌女的下落，語言不通，好可憐。

沒多久，他消失了，想必被巡警拉去，遣送回內地。

五、仗義

慌不擇路，轉來折去，幾次被追上或兜轉遭遇。他們招來了幫手，尾追堵截的人越來越多。阿O拼命突圍，又要護衛夏敏，背上、肩頭又捱了幾刀，渾身浴血。稀疏的過路人和的士司機見他倆狼狽相，避之唯恐不及。慌忙間，阿O裝著大哥大的提包遺留在咖啡店桌面，無法在逃奔途中呼救，更不敢在路邊電話亭逗留。

他倆逃到嘉道理徑，前面是上山坡道，希望山上能找個隱蔽處所。跑了一段，夏敏已氣喘吁吁，被阿O拖著走。一個趔趄，她的高跟鞋扭歪，跌倒在地上。阿O回頭一看，喘口粗氣，蹲下來，咬咬牙把她背起，繼續往前趕。

背上鮮血已將西服滲透，順著褲腿滴在地上，幾乎一步一朵血花。阿O頭也有些發暈，越走越吃力，腳步慢了下來。

"阿O經理，放我下來，您自己逃命吧！"

"不，這回我不會放妳的！"阿O緊了緊手臂，怕她掙脫，盡力加快腳步，往山上走。天已破曉，讓阿O看清，這山徑兩邊都是別墅院落，靠近就有狗吠，附近找不到藏身之地。

後面追來的人有一群，雖也疲憊不堪，遠遠已經看到他倆在前頭，興奮得嗷嗷叫。阿O心一沉，今天在劫難逃。轉過彎，看見右前方有個別墅小院的門半開著，就橫下心來，拼命衝過去，拐進了院子。踉蹌幾步，他眼冒金星，一頭栽倒在地上。他背上的夏敏也被跌個七葷八素。

庭院裡，一個鬚眉皆白的老人正在練劍。見狀，收功趨步過來俯身探視。夏敏還算清醒，哀求道：「老先生救命呐！有人要強暴我……他救我……人家追上來了！」

老人點點頭，仔細察看阿O背上的傷口。外出倒垃圾的女傭剛回來，見此狀況，急忙關上院門。他們架起昏迷的阿O拖進房間，讓他趴在床上。女傭搬來藥箱，老人剪開衣服，在傷口灑上雲南白藥止血，再用紗布把他上身半截緊緊包紮。主要傷口是匕首劃的，刺入時他閃得快，利刃被肩胛骨一擋沒深入，順勢下劃，皮肉開裂幾寸長。其他幾處是薄刃長刀砍的，都在肩背，傷口深見白骨，估計是逃奔時被背後追砍傷及，但也只是皮肉傷。夏敏看得臉色煞白，心慌不已。剝下的衣衫背面幾乎被血浸透，老人也神色凝重，給他把了脈，然後安慰她說：「不要緊，這年輕人血氣旺，根基非常人可比。」

正說著，外面的院門被拍得山響。老人眉頭一皺，示意夏敏噤聲，然後反手抄起長劍，叫女傭去開門，自己也跟著來到庭院。

大門剛打開一半，小個子馬仔一頭鑽進來。唰的一道白光閃現，他一怔，只見劍尖頂在自己眉宇之間，吞吐著攝人的寒光。他臉上擠出猥瑣的諂笑，「冒犯了，老爺子，冒犯啦！」

老人一聲冷哼，目光炯炯，看著門口一群屑小之輩。

高個子有點眼色，衝老人抱拳作揖，道："老爺子，冒犯您啦！小的賠罪。"扭了扭脖子，又說："有兩個大陸仔，不，一男一女，一言不合傷了我兄弟，逃到這裡不見了。我想……我想……"

"想幹什麼？"老人冷笑，"想進來搜？"

小個子伸出手指，小心翼翼去撥開眼前的劍。只見劍芒脩的一閃，他慌忙脖子一縮，覺得頭皮一涼，幾縷頭髮飄落下來。嚇得他趴在地上慢慢後縮，退出門外。利劍之下，再不敢造次。

門口幾個被招來助拳的見了，知道老頭子手裏是利器，可不是公園耍的玩意，而且功夫不淺，沒人敢上前。惹了江湖前輩，恐怕怎麼死都不知道。最後，還是高個子硬著頭皮再開口：

"老爺子，這我回去不好交代呵！"

"嘿，"老人冷笑著挽個劍花，收劍於背後。發話："回去告訴你們老大，讓有資格跟我對話的來。"

說罷，他轉身回房。大門敞開著，那夥人面面相覷，誰也不敢再跨入一步。鬱悶呵，通宵忙乎也累得夠嗆，回吧！

房內阿O昏迷不醒，一夜逃奔，加上失血太多，身體本能保護機制啟動，使他沈沈睡去。夏敏趴在床前，聽到外面動靜沒了，繃緊的弦一鬆，也抵不住瞌睡了。老人進來看看，對著阿O的臉仔細端詳，驚呆了：莫不是……那個題詞郎？

想了想，又輕輕退出去。不錯，幾年前為尋訪恩人到甬城碰運氣，遊耍鬻畫時遇到的題詞郎應該就是他，是個有才的文士呵！而今受了如此重傷，還背著累脫力又扭傷腳的女子，直至昏倒不肯放棄，想必不是小人。看追他倆的混混，沒一個正形，怎能信他們胡說八道。自己多年不理江湖事，今天遇上了也是個緣分。

給這受傷的大陸仔熬一服藥吧！這百年老山蔘、何首烏和雞血藤是省不了的，該用就用上，要不這大陸仔以後會虧了根本。

直到黃昏，阿O才醒過來，見身上纏的紗布，知道獲救了。女傭和夏敏相幫著，小心翼翼把他剝光擦洗了全身，他臊的滿面通紅，但無可奈何，總不能散發著汗臭血腥吧，好在最後一條浴巾圍住了下體。老人已熬好湯藥，叫夏敏餵他，這是阿O生來從未有過的大補。很快他有了精神，要拜謝老先生，被老人按在床上，還扣住手腳。老人怕他睡覺翻身，牽動傷口。畢竟這麼深長的傷口沒有縫合，只靠包紮，動了容易扯裂。

"他好像還是個練童子功的。"老人詫異，把夏叫到外間問："你倆是什麼關係？"

夏老實說："他是我以前工作單位的經理，一個正直的人，真心為工人謀福利的領導。我辭職下海多年，今天只是偶遇。"

她知道老人在想什麼，就主動說起昨夜的事。作為藝人，按老闆要求去陪客人是潛規則，當她看到車內坐的是曾折磨過她的那個日本人，就嚇得驚叫起來掙紮要逃，他衝過來相救，接著是黑社會群起追殺。老人聽了氣得發抖。風塵女子他見怪不怪，但如此逼迫華夏同胞給鬼子糟蹋，是可忍孰不可忍？！

第二天上午，有個九龍地界的老資格黑道大佬登門拜訪。老人仗劍相迎："看你凜凜一軀，堂堂一表，怎麼甘為鬼子作倀？"

"誰那麼下賤？！"黑道大佬知有誤會，忙分辯：

"兩個馬仔貪小錢，私自受人差遣，還召集同門圍毆，已吃了一頓家法。今兒不是為馬仔出頭，而是有個大人物出面請託，在下多年前欠下了人情，不得不領命登門拜謁，來接回簽了約的歌姬，随班子去夜總會演出。"

黑道大佬信誓旦旦保證，再有逼她給日本人糟蹋的事，不用老哥出手，自己先剁了那老闆娘餵狗。雖是場面話，倒也說得漂亮。

這倒為難，總不能違背江湖道義，扣著簽約歌姬不去賣藝。

在房間裡聽著的夏敏，不忍讓老先生為難，咬牙要出去。阿O奮力掙脫索縛，紅著眼睛說：

"第一次沒攔住妳，妳的遭遇讓我會難過一輩子，這次拼了性命也不讓妳再去跳火坑。"

阿O打開房門，走入客廳，向上座的兩位躬身一揖："前輩，恕我無禮。敢問解除她與老闆的合約有什麼條件？"

黑道大佬從太師椅上起身，走過來在阿O身周轉了一圈，看著紗布纏裹半身，一條浴巾圍住下體的精壯裸身，點了點頭，"童子功？是條漢子！"

回到太師椅上坐定，他沈吟一下，說："今兒個看老哥面子，我劃個道。按柳鶯現在知名度，給公司培訓捧紅的補償 80 萬元不為過吧？你付 80 萬元，我作主這事算結了。"

此話一出，老人皺眉，不知歌女"脫籍"是什麼行情，一時語塞。阿O卻應了，說："老先生不必為難，我這就付錢。"

阿O回房間將床頭掛的破西裝取下，再到客廳，從西裝前胸口袋掏出錢夾，遞給黑道大佬。"這裏有張 10 萬美元華銀本票，還有一些港幣，應該夠了吧？"

黑道大佬接過來，取出華銀本票看了看，收納袖裡，放下錢夾笑道："呵呵，你小子真是個情種，為所愛不惜傾囊相助，好！就 10 萬美元了結。"

他當即起身，對老人抱拳一禮："告辭。"

黑道大佬帶著幾個手下，揚長而去。倚在房門口探聽的夏敏一洩氣，癱坐在地上，傷心抽泣起來。

"阿O經理，您哪來這麼多錢，怕是公款吧？救了我，您怎麼辦？這是要坐牢的呀！"

阿O只好耐心解釋。這次來香港工作，朋友匯來這 10 萬美元給他以備不時之需。所以這不是公款，實在還不了，朋友也不會計較。原委說來話長：當年公司被逼入破產程式，危難時刻，他號召職工傾家蕩產集資買下公司，改組為股份公司，現在通過大家努力，公司已在滬上股票交易所上市。他當時借款 100 萬元入股，只是職工股上市流通還需待一年後。到香港來時，這些股份按面額轉給了朋友，讓朋友去還清貸款。看行情，現在市值約 1,000 萬元。

老人在旁聽了，吃了一驚，難不成自己出手搭救了一個善財童子？連女傭聽了都直念觀世音菩薩。夏敏深悔當時沒聽阿O的，自己沒留下來助阿O一臂之力。

當時的羞辱，與後來經歷相比，又算得了什麼。

六、宿因

老人見阿O神態有起色，便把他倆引到書房坐，取出已裱好的那幅漫遊甬城時的即興畫作，正是阿O題了詠竹詞的畫，故意只展開一半，問："可曾相識？"

夏敏茫然。阿O則眼睛一亮，吟誦：

挺秀足風流，無意取人悅。埋沒泥中未出頭，已有堅貞節。

風雨促成長，頑石壓不滅。待到凌雲志遂時，猶自虛心徹。

"不錯，你就是那個題詞郎。真是有緣！"老人開懷大笑。

阿Q靦腆點頭，為自己年少輕狂之舉道歉："當時見您老作畫，為筆筆往上沖的氣韻感動，胡謅罷了。冒昧之舉還望見諒！"

"哎，你我意趣相投，哪來這麼多酸腐氣！"

這意外相遇，讓人感到冥冥之中，自有宿因。老少相談甚歡，夏也少了拘謹，在旁端茶續水，驚魂漸漸平復。環視書房，四壁還掛著幾幅書畫，其中朝南北壁掛著的一幅畫格外醒目，不但鑲嵌了玻璃框，下面還鄭重設了香案。

畫面上，一個漁家少年把著舵杠，將船駛向茫茫大海，後面有槍彈射來打在船舷及桅帆上。前方夜色裡，有一點明晃晃燈光。還有，遠方一片祥雲之上，有個古樸的小廟。

見客人的目光被吸引過去，老人一聲喟歎，道："也許是神靈指引，讓我碰到了你這才子，有緣啊！"

說起來，老人的家世是南洋富商。少年時跟父親去大陸經商，曾在東海洋面遭遇海盜，貨物洗劫一空，父子倆被劫持，海盜讓船員回去報信，索要贖金。在不知何名的小島，父子倆被綁在一條小漁船上，日復一日等待家人來贖，眼看期限要到，面臨撕票。

那天傍晚，一個漁家少年照例提著籃子來送飯，他光腳踏過已結薄冰的灘塗登船。

問他，大冷天還穿著單衣不冷麼？怎麼連雙鞋子都沒有？回答是，自己一個孤兒，東家給什麼穿什麼。

聞言，知少年無牽掛，父子倆跪下懇求他救命。同是可憐人，少年毅然為父子倆的解開縛繩，放他倆逃生。可孤島四周是大海，怎麼逃？少年索性解了系在岸上的船纜，把船撐離海岸。在少年指點下，他們合力扯起船帆，乘風逃離海島。

島上留守的幾個海盜發現了，不斷向小漁船開槍，船已駛遠，追也來不及了。但他們要逃往何方？夜色降臨，黑漆漆不見星月，小漁船隨風飄蕩的話，若遁向遠洋，不葬身風浪也會飢渴而死。那少年仰天俯地，不知在向何方神聖祈禱。

不一會，他們看到前方遠遠亮起一點燈光，在黑夜裏十分耀眼。於是，少年嫻熟地使風把舵，將船駛向燈光。憑借風力的船，行駛時慢時快，無論如何，燈光始終不遠不近在前方照耀。

將近天亮，前方燈光在霞光中消隱，遠遠看見了岸線。

小漁船衝上灘塗後，他們問了當地人，才知這地方是大陸的北侖大契鎮。不遠處有座盤陀廟，他們逃出了生天，自然首先去廟裡磕頭。看廟裏供奉的塑像不是諸天道佛著名神聖，而稱盤陀，眉宇間神態和漁家少年有點像。後來想起，莫非他是神靈之後？

此後，父子倆要回南洋，劫後身無分文，就問少年的姓名以圖後報。他只知自己叫作小"O"，還在地上畫了個圈，不識字。

阿O聽了發傻，世上竟有這等巧事！這故事，小時候聽父親也說過，只不過角度不同。父親說是為救那一老一少，從此背井離鄉，當了海員，從伙頭仔升到水手長，四海漂泊，再沒回去過。說到神奇的燈，任阿O怎麼試圖以科學知識解釋都不行，父親固執己見。

"恩人再也沒法找到，無從報答。"

多次撞運似的尋遊自是無果，只為盡心。與阿O相遇的那次，老人去盤陀廟進了香，所以疑是"神靈指引"，與阿O結緣。

阿O要問老人尊姓大名，他擺擺手，指著畫中少年，說：

"我也是託他的福蔭，你們要謝就拜謝他吧！"

阿O蠻聽話，跪地三拜。心說：在別人家裏跪拜自己已故的父親，還真有意思啊！叫我怎麼說呢？老人都不肯說自己的姓名，固執"施恩不圖報"江湖道義，我阿O自報家門說是他的恩人之後，豈非小人。

夏敏也跟著跪拜，起身凝視畫中人，又看看阿O，驚詫："與你有點神似哎！"聞言，老人細細端詳阿O，神情恍惚。阿O心頭一驚，慌忙道："別，別胡說！"

想想那漁家少年而今起碼也有自己這把年紀，故事也不能這麼編，老人釋然。這恩義，幫眼前這大陸仔不也是報答？當年漁家少年冒死搭救，不是也與自己無親無故?於是，又問阿O："現在你全部身家都付出了，在香港這資本社會你怎麼混？"言下之意，有心給予幫襯。

"我有工作嘛，混個溫飽沒問題。我還考了香港證券執業牌照，會有機會的，錢可以再賺回來。"

"你真是個善財童子！"老人笑著調侃，"觀眉宇間氣象，財運很旺，但犯桃花，會欠下許多情債，可要小心呵！"

阿O渾不吝的，沒往心裡去。夏卻羞得滿臉通紅。

下午，那個大個子馬仔叩門求見。

他背負荊條，口口聲聲請罪，女傭開門後他膝行進入庭院，長跪不起。老人不屑與小輩計較，讓阿O自己處理。大個子先奉上從咖啡店找來的阿O遺留的提包，內中東西一件不少；還將夏敏與女老闆簽的合約原件也帶來了，說是事已了結，誰敢再為難夏姑娘就是與咱家老大過不去。黑道上絕不是一群魯莽之輩，做事縝密，不可小覷噢！

奉上荊條，他請求責罰。阿O接過荊條，被追逐一夜，血流浹背，很想抽他娘的。當大個子俯身等著挨揍時，他又心軟了，怎麼也打不下手。阿O蹲下來問："你老家是哪裡的？"

"我爹是從廣東潮州來的。"

阿O扔下荊條，說："記住自己是華夏子孫，我們是同胞！"

沒想到，此時見大個子已受家法責罰，阿O不忍心再抽打他出氣，說了一句出於自己天性的話，竟在他心裏深深打上了烙印。以後再見時，印證天道循迴，報應不爽。

阿O生來至今打過數不清的架，卻從未恃強淩弱。處於優勢，能說理解決問題無需動手；遇到強梁不可理喻，才被迫動手反抗，因而打架常吃虧。《通玄真經》有訓：

矜者不立，奢者不長，強梁者死，滿溢者亡。飄風暴雨不終日……行強梁之氣，故不能久而滅。(九守·守弱)

此時，他拿到了大哥大急著充電，翻閱未接來電。

首先，他打蕭副市長電話，蕭的秘書接電話說他在開會，並轉告：蕭肯定阿O的解除質押做法是對的。律師已論證：按華夏時下有關法律規定，主合同債務還清，擔保抵押的從合同隨之解除。

政府相關部門已按阿O的代擬稿正式函告香港華銀。原擔保抵押的協議裏，有關解除抵押的條文無效。

還有，攔江大壩項目解除了抵押，可以首先裝入上市公司，要抓緊啟動併購。市政府常務會議已通過審議，會議紀要已發往駐港辦事處。

接著，阿O又給馮總回了電話。馮總司機前晚把他們送到星光大道邊上後返回，女老闆問他夏敏的去向，他沒多想就如實回答。

第二天馮總找阿O找不到，急了也問司機阿O昨晚去了哪裡，司機猜想有問題，想找女老闆再問也沒找到。阿O報了平安，馮才放下心來，問清地址，他讓司機來接。

至於潘媽的來電，阿O懶得理會。

阿O辭行，老人要阿O留待傷好再走。阿O說，公務在身，這點皮肉傷還扛得住。老人叫女傭拿來一套原色真絲唐裝，要阿O穿上，說是自己穿過的，但找不出合適的新衣。阿O穿上還挺合身，既已受大恩，一套絲服也不推辭了，總不能穿破衣裳上街吧？

夏敏也換上了女傭給洗淨血跡晾乾的連衣裙。

阿O又問老人尊姓大名，圖來日報答。老人仍不肯說，再三懇求也不為所動。想想反正他住在這裡，以後還可以再來，也罷。

馮總派來接他的車到了，先回去辦事要緊。阿O要跪下來叩首，老人雙臂扶住，綿力深不可測，無論如何跪不下去，只得揖別。

車到星視集團總部，馮總裁早已倚門等候。

馮詳細問了事情來龍去脈，為阿O慶幸。若非江湖前輩搭救，可能命都沒了。10 萬美元解約，也是看了江湖前輩的面子。

中秋晚會，柳鶯一舉成名。

《曲江柳》已在各個夜總會、卡拉OK廳、酒吧流傳開了。歡場歌女各有身世遭際，但內心誰不有個摯愛渴望，這隻歌成了自艾自憐的感情投射。

《惜分飛》則傳進了校園，成了少男少女畢業分手時眷戀的寄託。主流媒體評價是正面的，《誠報》W先生親自撰寫評論：

吳城著名的放鶴亭前，那片水面因西泠橋得名，花木掩映，景緻幽靜，是情人幽會的好去處。這首詞展開一卷動畫，描述情侶話別的情景，黃昏起到月上中天，難分難捨，委婉動人。詞語淺白，寓意卻深。看似即景抒情，幾乎句句皆有出典，有黃山谷遺風。

上闋"放鶴亭前花露濺，西泠波光黯斂"，首句脫於"感時花濺淚，恨別鳥驚心"^{杜甫·春望}，次句源自"黯然銷魂者，唯別而已矣"^{江淹·別賦}。

下闋"此去迢天沒鴻雁，虛設宵朗月圓"，情深意長。《河洛理數》的漸卦，卦訣："人存清遠志，脫跡離塵埃。萬里人扶上，端為廟廊才。鴻漸雲逐陸……"可見，送別者對才郎的期望殷切，卻又暗自傷感："此去經年，應是良辰好景虛設"^{柳永·雨霖鈴}。

唐詩名句："早知潮有信，嫁於弄潮兒"^{李益·江南曲}。"但得潮如願"句偷取其一個"信"字，隱喻遠行人決不負情。辛棄疾登建康賞心亭感歎："倩何人喚取，盈盈翠袖，搵英雄淚。"而這遠行人在放鶴亭訣別，卻要借天天到訪吳城的錢江潮，頻送"海雲"，搵佳人期盼的淚眸。"海雲"之柔，勝似"翠袖"。

詞中，動人最是"不敢言離怨，勸君千里逞宏辯"，一反"悔教夫婿覓封侯"^{王昌齡·閨怨}，跳出了閨怨詩的窠臼。

據知情者披露背景：遠行人大學剛畢業，就應邀去一家期刊搞文藝評論，投身當時文壇的一場大論戰，前程凶吉叵測。"勸"為勉勵，可見送別人亦不俗。

可惜，不得不指出，有個"圓"字破格，但瑕不掩瑜。

這詞評勾起風雅之士興致，一時報刊出現不少步韻唱和之作。星洲衞視的馮總裁見機，想找夏敏出一個專輯。

夏敏現在自由了，可直接與星洲衞視簽約，他這個總裁可以作主。以後由星視集團罩著，誰不長眼可以來試試。問題在於歌曲的版權，怎麼辦？那個女老闆不會輕易放手，她已經弄丟了一顆搖錢樹，回過神來還可能不甘心呢。

"版權問題馮總可以放心，有我呢。"阿O很自信。

"香港是法治社會！"馮提醒小老弟。

"這兩個曲子是我未婚妻譜的，《惜分飛》詞是我為她寫的。"

馮差點驚掉下顎。"怪不得你當眾失態！S老師私下猜測，與你有切身關係，果然如此。"

夏也吃驚，知道阿O是《惜分飛》的詞作者，歌譜上就寫著的"阿O填詞"，但這詞牌的古譜早已失傳，誰知重新為之譜曲的竟是他的未婚妻。這是多麼令人羨慕的一對啊！

"那好，這兩首歌的版權星視買下來，你小子開個價吧！"

"無價！"阿O斷然拒絕，"不是什麼都能換錢的。"

見馮憋得瞪大了眼睛，阿O忙補充道："授權星視無償使用。"

"這才是我的小老弟！"馮鬆了口氣，又說："你剛扔出去 80 萬呀，不行！我得給你找回來……"

"別，"阿O急忙阻攔，"給夏敏一個安寧吧，這錢花得值。"

值？時下，在海南花這個錢，能召一支"黃色娘子軍"連隊來，為所欲為。夏快要哭出來：這世上還有誰這麼在意自己呵！

七、毒丸

馮總請阿O和夏敏好好吃一頓，壓壓驚。夏已是星視的簽約藝員了，她的留港簽證馮會解決，阿O放心了，也就多喝幾杯。夏婉言勸阻他再喝，怕對傷口不利，阿O乖乖打住。他要告辭回家，馮不放心，要請個護士照顧，夏主動請求由她來照顧。馮想想也行，叫她等阿O傷好些再上班，出專輯還得籌備，其他演藝節目也不急著要她上臺。阿O說得對，什麼都沒人重要。於是，就派車把他倆送回阿O租住的灣仔公寓。

需要療傷，阿O在公寓貓了好些天，可沒閒著。

他用筆記本電腦上網分析股市行情，並盯住星洲基建的股價、成交量，收集資料分析公司的財務狀況。許多公司內部資料是通過電子郵件傳過來的，與第一大股東的接洽，通過張先生中間傳話，已開始私下進行，不著痕跡。

李何淑儀來電話問候，還介紹一位券商來拜訪，提了一大堆滋補品，客套幾句，開門見山就談合作。密謀一番，券商留下一串證券賬戶和密碼，讓阿O自己上網操作。他提供證券融資沒要保證金，阿O也沒提獲利分成。阿O悄悄開始操盤，逢低吸納 00□2·HK 股票，每個帳戶持股均沒有超過 5%，不需要舉牌，悄無聲息已累積到將近10%。

其實，掌握併購內幕，想不賺錢都不行。

情知達莫克利斯之劍已懸在頭頂，阿O很小心。如果出了事，他將自己承擔全部責任，與市政府無關。說不定除了香港證監會的處罰外，市政府還不得不痛下殺手，處分他做"老鼠倉"，利用內幕消息營私舞弊。

這段時間，夏對阿O的照顧是全方位的。

工作上，她曾是很出色的辦公室主任。生活上，她曾是操持家務的賢妻，天天變著法兒給他做好吃的，增加營養，促進傷口癒合。前夫曾在海戰中負傷，出院回家養傷期間由她護理，因而她有些醫療知識。她到藥店買來紗布、碘酒和消炎藥，自己給阿O定期換藥。由於傷口沒有縫合，要待長出新肉彌補，好得較慢。天熱容易潰爛，不得不用碘酒消炎，這是很痛的。

每次見到他肩上、背上道道傷口，總想起他護著自己逃命的情境，心頭既有痛楚，又有暖流。悲慘人生，遇到這樣一個男子漢，老天對自己也算不薄。但是他有婚約，自己是殘花敗柳……恨不相逢未嫁時。午夜夢回，想想而已。

每天洗澡是最尷尬的事。阿O的傷口不能沾水，夏敏細心為他拭擦全身。阿O難免暴露下體，躲不過只好自找理由：醫者聖潔，她是在護理傷兵。祛除了私心雜念，也就坦然相對。

阿O的傷稍有見好，便催促夏敏去星視上班。她開始進錄音棚試唱，挺順利的。星視集團的前輩悉心輔導，除了教發聲技巧，還教樂理，是看馮總的面子，也是憐惜這美女的天分。

出專輯還要湊幾首歌，阿O還想為她寫寫新歌，但誰來譜曲呢？他想起了久已失去聯繫的未婚妻，不知她有沒有嫁人，追求她的人是不少的。近日寫過一封信，試圖聯繫到她，說明曲譜的版權問題，既沒有回話，也沒有退回。阿O讓星洲衛視放心，出了事他承擔全部責任，相信她絕不會為難自己。

他找出自己讀書筆記所錄鍾意的古詩歌，找出一首附有工尺譜的，把它譯成簡譜：

涉江採芙蓉

蘭澤多芳草

採之欲遺誰

所思在遠道……

下闋太傷感，阿O寫不下去。工尺譜是小婭爺爺教的，自然又想起小婭，不知她能否適應新的工作？

阿O去西藏探望過。在碼頭苦力中長大的小婭，與窮苦人天然親近，也吃得起苦，因而和當地群眾關係十分融洽。她時常幫藏民收割青稞、打場、翻地，跟藏民騎馬放牧，擠牛奶，還學會了接生小羊羔。她當年就接任了縣委書記，由於工作出色，後又被調到藏南邊境任地委常委，主管婦女兒童保護和衛生、教育。升了官，她仍經常到基層農牧民群眾中去參加勞動，學會說一口藏語，說這樣才能真正瞭解藏民疾苦和願望。

進而，她在自治區黨委召開的一次會議上提出：援藏幹部必須到藏民群眾中去，不要自以為自己是施捨者，高高在上，以為當個好官，能過問民間疾苦就很不錯了。

共產黨員不要忘本，來自勞苦大眾，自當和群眾同甘共苦。

藏民的生活習俗和宗教信仰要尊重，但共產黨員也要在群眾中發揮自己的影響力，啟發群眾覺悟，這需要在群眾中身體力行。下文件、做報告，高屋建瓴灌輸精神，其效果不如到田間出一身汗！

這番話，被中央領導大加讚賞：難能可貴！

在阿O的心目中，小婭是雪域高原上的一隻雛鷹。

雖然星視也給就近安排了宿舍，夏敏每晚無論如何都要回來，守著阿O，說是他的傷口不痊癒就放心不下。那天晚上，由於臨時客串一個娛樂節目，馮總讓司機送她到家，已是午夜。進屋不見阿O人影，打他的大哥大，"不在服務區"，她急得團團轉，快要咧嘴哭了，才發現書桌下被風吹落地上的留言箋：去澳門談業務。

第二天重陽節，夏敏哪裡也不去，倚門苦候。

阿O沒回來，卻等來了他期盼已久的信。吳城寄來的，從信封上娟秀的字跡來看，應該是他的未婚妻寫的。那個神秘的作曲人，會說些什麼？夏不敢拆開看。

會談在張先生的遊艇上舉行，而且駛到海面上。

星洲基建的第一大股東司密斯先生親自來了，他比阿O大不了幾歲，一副運動員的身材，氣質高貴，很客氣地邀請阿O下海先暢遊一番。阿O搖頭，被他鄙視膽小。張先生身邊的洋妞告訴司密斯，阿O先生有傷在身，不然在水裡輕鬆弄死你，他當過船老大，水性更好。阿O大致能聽懂，現在裝糊塗，一臉懵逼。

有金髮碧眼的性感女郎陪同戲水，司密斯先生倒也愜意。

但生意就是生意，司密斯泳後換一身浴袍坐到談判桌前，可是精明商人。家族的資產傳到自己手裏，遇到香港 97 回歸，真夠倒楣！賣是肯定的，但要爭取一個好價錢。由於保密要求，他沒帶任何人，那位洋妞充當翻譯。他點起雪茄，躊躇再三，說：

"貴方開價實在無法接受，一般這樣的併購是溢價 20%。"

見阿O垂下眼瞼不答腔，又補充道："既是張先生的朋友，我退讓 5%，只溢價 15%，這殼價夠意思了吧？"

"司密斯先生可能過於樂觀，"阿O這才打起精神，坐端正了。"您應該看到，00□2·HK股價還在下跌。您不會希望回英國時，手裏只捏著一根雪糕的棍兒吧？"

不知道洋妞是怎麼翻譯的，他臉色變了。

"如果貴方惡意收購的話，我的公司不妨吞下這顆毒丸。"他有備而來，從公事包取出一疊文檔，遞給阿O。

這是一份ABS計劃和樓宇按揭貸款的評級報告，投資銀行把這些按揭貸款打包，證券化出售。如果星洲基建用帳上 6 億多資金去買這證券，房價再下跌房主有可能斷供，將蒙受巨額損失，若是房價回升，也有獲利的希望。但對阿O來說，想收購公司後裝入內地資產，不得不說這是個重大障礙。

"確是個高明的毒丸計劃。"阿O表示佩服。他把資料轉手遞給張先生看，又說：

"問題是，這項高風險投資您能實施麼？"

司密斯看向張先生。張先生埋頭看資料，不理會。如果張不支持，董事會上要通過，也難。阿O看出他的心思，說：

"不要為難張先生。如果收到我的正式併購建議，這毒丸計劃必須通過股東大會表決。如果我徵集股東投票權委託的話，會有比您更多的投票權，制止您的飲鴆止渴行為。"

司密斯撩起浴衣的下擺擦汗，露出了下體的小不點，這傢夥圖爽快竟沒穿內褲！見旁邊的金髮女郎投來鄙夷的一瞥，他意識到出醜，慌忙遮蓋並夾緊雙腿。豆大的汗珠滴了下來⋯⋯併購的事，誰都會詭計百出，天知道對手手裏已經掌控了多少籌碼，拿不到把柄只能認栽！今天說的誰都可以不認帳，再說也犯不著賠上家族的聲譽。他相信對手有籌碼，張先生不支持，自己贏面不大。

"不是花您自己的錢吧？"司密斯軟了下來，換個方向進攻："政府的公帑麼，何必如此計較。"

"記得貴國首相撒切爾夫人說過，沒有什麼公帑，有的只是老百姓繳的稅金。"阿O的臉冷下來，"這是我父老兄弟的血汗錢。"

洋妞翻譯了前半句，不說了。阿O還看著她，她聳聳肩，翻了個白眼。阿O自己說：

"Those are sweat and blood of my father and brother, Their

hard-earned money!"

不管他的英語如何彆腳，司密斯聽懂了，別想跟他勾兌啦！

他說要想想，出去到前甲板打幾個衛星電話。張先生跟了出去，提醒他：經濟不景氣，公司不得不收縮業務，賣掉已趨於虧損的幾個投資項目，現在真是"窮得只剩下錢"了。眼下找不到好的項目運作，就只能虧損下去。眼見得股價跌跌不休，市值縮水，真擔心會只剩一根雪糕棍兒。阿O出的也算是良心價，已經看自己的面子啦。當然，彼此配合，大家省點麻煩。

雙方僵持，談不下去。

阿O胸有成竹，也不以小氣為恥。張理解阿O，大陸政府的每個銅板都浸透老百姓的血汗。

回到岸上，阿O給夏敏打電話報了平安，又去大通銀行澳門分行赴約，接洽股票質押過橋貸款的事。

高行長已陪同總行幾個高管專程飛來澳門，深入分析了併購方案，很有信心。雙方達成協議，協議構設一個封閉的環：市政府將甬江大壩資產抵押給銀行，銀行提供資金給永興創業有限公司，去買下星洲基建的控股權，股票質押替換抵押資產，再由星洲基建收購這項資產，永興創業將轉讓項目所得資金歸還銀行貸款。

最後一項附加條件：這個為阿O出資購股的運作行，是大通銀行指定的一家香港銀行，而這家銀行有證監會核准的資質。

大通銀行有進軍香港的戰略意圖，對阿O的支持其實也是給自己鋪路。高行長心裏有數，阿O卻沒有深究，自覺當一塊鋪路石，因而在併購過程得到巨大的財力支持。

作為此舉的主謀，高行長是擔了風險的。蕭副市長通過協調，甬城市財政局將預算外資金賬戶轉到了他的大通銀行。

回到香港天剛黑，在宿舍傻傻等待的夏敏見到阿O，衝動地要擁抱又怕牽動傷口，一時無措，賭氣推他到床邊坐下。阿O乖乖的，俯首靠在她懷裏，歉然不知該說什麼。

她攬著阿O腦袋暗自流淚，許久不放，卻沒出怨言。聞夠了阿O頭上冒的汗酸味，她動手將他剝光，從頭到腳細細擦洗一遍。阿O兩天沒洗澡，也熬得難受，乖得像小屁孩領受母親般的照拂。

接著，她又小心翼翼給阿O換藥，傷口已結痂，有點炎症，並未痊癒，怕出了汗會再度感染，不免又是碘酒棉拭擦傷口。阿O能忍疼卻故意呲牙咧嘴，賣萌。

阿O換下的衣裳，她拿到廁所去洗，把他塞在皮鞋裏的臭襪子也搜去。阿O羞愧，趴在床上學鴕鳥，把臉埋在枕頭裏，疲乏襲來，不一會睡著了。洗罷，她見阿O腳趾甲也長了，就抱著他的臭腳細心修剪。阿O被弄醒了，不敢動，鼻頭發酸止不住掉淚。暗罵自己：怎麼像個娘們！旋即自我辯解：人非草木，阿呆才不感動。

"別裝睡了，起來吃點。"

她拍了一下阿O屁股，扶起他，讓他坐在床頭。煲好的藥膳端過來，她揭開蓋子，頓時香溢滿室，讓人垂涎。他猴急伸出的手被她含嗔拍開，她拿湯匙先嘗嘗，再一匙一匙餵他。

三五下後，阿O搶過湯匙自己來，狼吞虎嚥。

她含笑看著他吃完，自己則簡單吃了碗面條，就收拾碗筷去涮洗。既想要阿O的傷早點好，又怕沒理由待在這安寧的港灣，同在一個屋頂下，兩人哪怕相對無言，她也感到溫馨，不願獨自面對香港萬花筒般的世界。但阿O是有未婚妻的，自己早晚得離開。

"吳城來了一封的信。"她拿出信件。

阿O沒戴眼鏡，說："打開吧，妳念。"

夏猶豫一下，還是依言拆開信封。一頁信箋，內容是一首歌，歌詞和簡譜，此外並無一語。歌譜吸引了她，看得入神，不由自主地低聲唱了起來：

湖上月明時，我自吁天苦。照眼寒波映斷橋，往事堪回顧？

悵悵白堤行，不是春風路。秋鎖心頭遍地霜，恨向廣寒訴。

唱著，她止不住淚流，失聲哭泣。阿O木然，但心在滴血。雖然，版權的事不著一辭，再寄來一首舊作，就是態度。星洲衛視在大陸有轉播，顯然她也看到了柳鶯的中秋晚會節目有感觸，這首歌很適合柳鶯來唱。唉，她對自己實在太好了，愛屋及烏！

再沒有話對他說，她不怨他卻怨天。

既然這老地址她還能收到信，阿O就把早已託人買到的美國輝瑞出品心臟病特效藥拿出來，讓夏敏交到馮總手裡，拜託他設法過關到鵬城再郵寄過去。阿O從沒有利用關係走私過。因為這種內地沒有的新藥，若要通過正規管道，審批手續是難以逾越的萬重山。相信馮總能理解，也能辦到。他原諒自己的不法行為：不是為牟利，是孝敬喔！孔夫子也曾原諒孝子，讓嚴峻的軍法網開一面。

想寫幾句附言，他咬着筆頭前思後量，千言萬語沒一句合适的，結果也是不著一辭。信箋上只留下幾滴淚痕，內心酸楚說不出，揉成一團，悄悄丟了。

八、挫折

標題為《惜分飛》的柳鶯專輯唱碟正式發行，受到各大媒體的追捧，《誠報》稱之為"一股脫俗的清流"。古風新歌的魅力，為有一定文學修養的聽眾發現，競相傳唱並效仿。當然，這和美女演唱的感染力是分不開的。演唱是再創作，也須有才氣的喔！

那首《卜算子‧愁》也收錄其中，原本無題，是阿O取其中"秋鎖心頭"之義為題，有狗尾續貂之嫌。不過，與《惜分飛》曲調風格一致，詞義正好相承相應，再次引人關注，紛紛猜測詞曲作者命運。好事者還編出故事來，說後一首詞因男生春風得意變了心，是女子的傷感之作。有的說男詞女曲，有的說詞曲都是女作，難道女子不能寫出好詞？甚至有人懷疑就是柳鶯往事，看她唱得如怨如訴，淚汪汪的，那麼投入！

星視集團更是不遺餘力地宣傳推廣，把柳鶯捧得一時風頭無二。發行量一增再增，大賺一筆。

MTV中，她的形象也確實脫俗，淺綠長裙曳地，徜徉在荷塘邊、柳蔭下，無論是撫古琴，舞夕陽，皆是阿娜多姿。這韻味，有漢唐遺風，叫人無法形容，更別想模仿。此所謂天生麗質吧！

她額頭始終帶著雀狀面具，遮掩眉目，雖不失酷美，總讓觀眾不見她完貌而遺憾。馮總也向阿O抱怨過，她額頭又沒疤痕，素面朝天，臉蛋都靚麗得讓人窒息，為什麼不願真面目示人？阿O說不知道，尊重她吧，缺憾不也是一種美麼？維納斯塑像，有許多高人嘗試為她續上斷臂，沒一個成功的，不明白為什麼嗎？這一說，夏敏更不願在公眾場合摘下面具。讓導演恨得牙齒癢癢。

有部電視劇想要她出個角色，她不肯摘下面具，只好作罷。

在娛樂圈，美女要守住清純談何容易。漠視任何潛規則，想要出人頭地，幾乎是天方夜譚，幸而有馮總裁的鐵腕扶持。她不接

"床戲"，不接"脫戲"，絲毫沒有"為藝術獻身"的覺悟。她向馮總表明心跡：此身雖是殘花敗柳，既蒙阿O拼死拯救，誓將守身如玉。

回到阿O的宿舍，她還是一副小媳婦模樣。除了操持家務，她常和阿O交流對詩與音樂的理解和感受，尤其對他的"詩的內在旋律"之論著迷。

詩歌同源，阿O舉例說："坎坎伐檀兮，置之河之幹……"詩經本就是歌謠集。詩意"難以言詮"，"言之不足，故長言之"。

詩詞，古人吟誦類似於歌。詩的內在旋律，感動人，因而吟誦起來"以吸噓疾徐之勢，而成抑揚亢墜之節"，再發揮就是歌唱。

但就在這"發揮"的門檻內外，詩是詩，歌是歌。夏苦惱：有心譜曲，不知如何入手。阿O試圖幫她邁過門檻，說：吟誦的"吸噓疾徐之勢"，源自內心感動，感動之下會以不同的語氣吐辭，形成語調、節奏——這她懂——那麼，語氣語調就是樂曲的"動機"，"動機"的發揮，變奏遞進，反復迴旋，衍生為樂曲的旋律，這就進入了她正在學的樂理。發揮得好不好，成不成調，這就不是阿O的專業領域，在以前就是未婚妻譜曲的事了。

夏暗暗使勁學習譜曲。或許，稍能填補阿O失去未婚妻的缺憾，這是她朦朧的野望。萬事起頭難，邁過這道檻就入行。

現在，兩人除了沒有同床共枕，形同夫妻。夜夜入睡前，阿O總要盤腿坐在床上，修煉一段《通玄真經》：

清目不視，靜耳不聽，閉口不言，委心不慮。棄聰明，反太素，休精神，去知故，無好憎，是謂大通。除穢去累，莫若未始出其宗，何為而不成。知養生之和者，即不可懸以利；通內外之符者，不可誘以勢。無外之外，至大；無內之內，至貴。能知大貴，何往

不遂。（九守·守平）

夜夜與可人的美姬同居一室，還真是煉心。

也許對小婭來說，夏敏是毒丸。當然，小婭現在哪知道？貧窮落後的青藏高原固然通訊不便，主要還是她全身心投入工作，為藏民謀福利。現在急切籌措資金，想做成幾個邊遠部落整體搬遷的扶貧項目，幾乎心無旁騖。陪同專家考察選址，開座談會，走訪調研，編寫可行性研究報告等等，由於團隊成員基礎較差，什麼都要她親力親為。生活艱苦自不必說，幾次因操勞過度而染病住院，她都沒告訴阿O和爺爺。

夏敏感念老人恩德，要獻上自己的處女作專輯，阿O就買了DVD影碟機，一起去拜望。可是，別墅的大門緊閉，老人可能出遠門了。連去了兩次，都吃閉門羹。

金融危機的威脅下，香港一家南洋富商的小銀行瀕臨倒閉，被併購整合後重新開張，掛出了"大通銀行"的金字招牌。阿O前去祝賀，獻上花籃。不僅自己去開戶成為第一個客戶，還借助蕭副市長的影響力，把甬城駐港的"窗口"公司賬戶也拉了過去。繼而，附屬幾個貿易公司也跟著去開了戶。

新來的行長姓龍，原任大通的吳城分行行長，總部選調來的，是一個戴金絲眼鏡的斯文年輕人，穿中山裝，不苟言笑，看作派也是名門貴冑。阿O第一天到他辦公室拜訪，奉上沉沉大禮。他見了禮包有點警惕，身在香港商場隨俗，開業賀禮不好意思不接。當阿O揭開紅綢蒙蓋時，他眼睛一亮：一條栩栩如生的青玉雕龍，白玉祥雲底座，刻著拙劣的四個字：及時行雨。

阿O建議把它放在面海的窗口，指著底座四個字說：“不好意思，我自己刻上去的，太拙劣。”

“哈哈！”龍行長開懷大笑，“看一眼就往我心坎去啦，要不是這四個字揭示了特殊寓意，我還想怎麼辭謝哩！”

阿O告辭，被龍拉住。他從抽屜裏取出一個鼓囊囊的信封，遞給阿O：“‘泰山’大人託我找你，請收下。多虧你寄來良藥，對症見效，現在老人看上去好多了。”

阿O一愣，轉念明白過來，堅決地把那信封推擋回去。

龍急了，說：“你哪來這麼多錢買貴重藥品！我知道，你們國家幹部在香港拿的工資都上繳，實際還是內地這點工資，每天 72.5 港元的津貼，只夠喝杯咖啡。”

“請轉告，用他女兒歌曲版稅支付足夠了。”

話未落音，人已在門外。

阿O仰起頭走了，不是驕傲，是怕淚灑當場。雖然早已解除婚約，但今天才感到心裏空落落的。再無堵心的纏繞思念的苦悶，像被挖去了一大塊腑臟。

星洲基建股份有限公司的辦公樓來了一位律師，拿著合共持有 10%以上股權的幾個股東授權委託書，直接找董事長司密斯要求召開股東大會，質疑公司的經營問題。

司密斯心知肚明，就是阿O的詭計！現在召開股東大會，公司經營業績無法向股東們交代，張先生勸過自己出讓股份，就算礙於情面不倒戈也不會力挺，那麼這小子會糾合眾人把自己轟下臺，敢公開叫板就已有底氣。

試過別的途徑出手股份，時下相熟的大佬都不敢接盤，股市上拉升出貨無望，才拋了一點就引起恐慌。

經過一番內心爭紮，他終於接受阿O的出價，氣急敗壞對律師叫嚷："叫阿O拿英鎊來。再燉下去我要疯啦！"

由於張先生在背後支持，此項股份協議轉讓，順利通過董事局獨立委員會審議。大通銀行出面為阿O的公司承付併購款項。

星洲基建的股票交易停牌，公司隨即發布公告，召開股東大會。一時輿論譁然，《誠報》首先發布消息，各大媒體轉載，永興創業有限公司浮出水面。雖然是個名不見經傳的小公司，但背景是一個港口城市，給人以很大的想像空間。

內地國企接二連三進軍香港，讓士氣低迷的香港股民看到一點希望，股市出現了紅籌股小陽春，聯交所也樂見其成。此項併購由於不到35%，沒觸發強制全面要約（2001年改為30%）。

潘嫣等同事大跌眼鏡，阿O竟不聲不響控制了偌大的老牌上市公司？他們到處找阿O，希望能分享一杯羹，他失聯了。於是，紛紛罵他沒義氣，早透露一點資訊，大家都發財了。鄔少華本不關心股市，小嫣告訴他之後，立即和陶經理等朋友交流了看法，密切關注。想使點壞，咬他一下，但阿"O"像個氣球，無從下口。

緊要關口，有人向聯交所反映阿O有操縱股價的嫌疑。調查結果，00□2·HK的股價近期雖有下跌，乃隨大盤下行，沒有大幅波動。阿O本人及公司股票賬戶，在吃下史密斯的32.1%股份（已在股市拋了點）之前，均未沾染00□2·HK，指控罪行查無實據。

不過，又一封舉報信引起了證監會高度警覺，嚴加審核。

併購如何出牌及披露是策略問題，往往事後可援引條例的但書，以"正在商榷未能作實"，"事關商業機密"等等推脫，也可在張先生配合下改渠道規避。證監會聆訊問及，則不能欺瞞。若否認有下步收購內地資產的計劃，那就再別想做，而不做資金又怎麼平衡？阿O老實認了，人家手裡攥著把柄——市政府關於攔江大壩項目借殼上市的會議紀要（機密）。聆訊的結果：永興創業協議購入星洲基建 32.1%股份不能視為一般財務投資，與尚未出臺的下步收購內地資產計劃有資金上密切關係，應合併視為反收購行動。

併購陷於兩難：要麼放棄併購，出售到手的股票；要麼承諾在以後的 2 年內不進行下一步的收購行動。

若放棄，首先司密斯不幹，那麼誰接盤？在股市上賣出，威脅到所有股東的利益。眼下股市不景氣，00□2·HK已經跌入仙股，再拋出 6.42 億股，無異砸盤。

若承諾 2 年內不作為，那麼阿O是束手待斃，所負戰略使命不說，銀行利息就吃不消。

星洲基建已淪為"現金公司"，之前聯交所已發出警告，再不裝入能贏利的優質資產，將被迫停牌，最後摘牌退市。眾多股東人心惶惶。輿論壓力下，多方交涉、計議，最後併購上訴委員會接受阿O提出的解決方案：

兩步並作一步，控股權轉讓和收購內地資產計劃一併提交股東大會審議，收購項目由獨立財務顧問作出評估報告，由非關聯股東投票表決。為保護眾多小股東利益，永興創業發出全面要約。

這意味著要準備巨額資金，足以按之前六個月內購入的股票最高價格收購所有股東手裏的股票。如果你真的全買下來了，還要按重新上市程式申請，再發行 25%以上的股票給公眾，以維持流通。

能不能順利發出去，看有沒有人買你的股票。你去路演，去滿世界招募，要不你就私有化，退市。

證監會還要求委任一名保薦人進行盡職調查，并支付首次上市費。阿O也願意遵從。

市政府接到報告，領導層出現反對意見，甚至認為啟用阿O就是個錯誤。蕭副市長出頭擔責，並堅持認為：香港是國際金融中心，要下決心立住腳。這點風浪都經受不起，還談什麼與國際接軌？阿O的前期操作是出色的，證明其有能力解決問題，應給予支持而不是指責。燕書記瞭解後出手干預，支持蕭的意見。

市長不敢臨陣換將，但不提供財力支持，隨時準備切割。

鄔少華邀朋友們在蘭桂坊酒吧相聚，小試牛刀穫得大捷值得慶賀。論功潘媽最大，她被眾人寵著喝高了。鄔乘機把她架到左近酒店，開房一親芳澤。

在香港，鄔已憋了好久。這裡色情場所更精緻，當然價格也是高檔次。暗裏也有"一樓一鳳"，但也不是他這點工資能享受的。在工銀星洲工作，他想受賄也沒人敢送。廉政公署的"貓屎咖啡"可真是比貓屎更難受的味道。

自從中秋晚會相識，開始隔三差五約會。她是大家閨秀，獨在異鄉寂寞，但還是矜持的。喝咖啡聊天或吃飯、逛街沒什麼，甚至海邊拍拖摟摟抱抱也罷，不敢再越雷池一步。自從阿O失聯，她怨自己沒抓住機會，與鄔相聊時有流露。

鄔熱心給予指點，讓她在經手的資料裏探究一些蛛絲馬跡。但是，鄔並沒有研究出股價走勢及賺錢的機會，倒是買了一些高檔化妝品送給她，兩人關係迅速熱絡起來。市政府與阿O的來往函件及傳真，她偷偷複印，給了鄔。鄔不愧為金融專業人士，發揮想像力，居然也猜到幾分，炮製一個"內情揭露"，還真沒想到有這麼大的效果。要好好犒勞自己，也"犒勞"她。

在她昏睡中，他偷偷地解開她的羅衫。剛剝開胸罩，一對大白兔躍出，白晃晃的……

"啊——"撕疼中醒來，她睜眼看到，壓在自己身上的鄔在獰笑，驚恐中不顧不管地用手去狠狠撕扯他嘴臉。鄔這時很清醒，如果不能征服她，後果不堪設想。於是抓住她的雙手，使勁捺住，霸王硬上弓。心想，搗得她爽就好。

小媽後悔了，眼淚突眶而出，流得滿臉皆是，終於無力掙扎，癱軟在床上，忍著胯間撕疼，任他在自己身上肆意馳騁，讓他褻玩個夠。屁股底下黏濕一片，落紅居然那麼多。雖然酒精害得頭昏腦脹，心念在轉：自己再不是處女……已被他佔有，還能嫁給誰。

出人意料，大通銀行竟又給出了 10 億元港幣的保付函。

其實，借貸雙方肚裏都清楚，實際上並不需要動用，一切阿O都算計好了。按要求向聯交所提供了資信證明，阿O立即通過大通銀行的投資銀行部和公司董事會，發出全面要約通函。

阿O也有意料之外的。星洲衛視播出了甬江兩岸的風光和攔江大壩的雄姿，柳鶯在畫中遊，雖是技術合成的，也美輪美奐。她第一次摘下了讓許多粉絲痛恨不已的面罩，熒屏上亮出酷美容貌。

四明山色勝天臺，東海揚波絲路開

古城深秀處，我禦春風踏浪來……

這段MTV適時播出，又引起一場轟動。《誠報》上的評論很有意思，有意無意地點出，這是柳鶯的家鄉，也是近來鬧騰的星洲基建併購案擬借殼上市的項目所在，順便介紹了項目的經濟效益。

股市有人驚呼：發現一個聚寶盆！

通函發出後，21天內幾乎無人響應。誰還肯將看漲的00□2·HK股票，以割肉價出售？阿O又越過了一道坎，順利取得了星洲基建的控制權。由於股權結構、管理團隊基本沒什麼變化，只是換個大股東而已，後續私有化、再發行什麼的，一風吹。

但是誰也沒想到，星視這場MTV秀，給甬城的旅遊業帶來了大批遊客，尤香蓮樂得合不攏嘴，卻給柳鶯帶來了威脅。

甬城檢察院接到舉報，柳鶯就是夏敏。

不錯，正是鄔少華舉報。鄔以暴力佔有了小媽，沒遇到拼命的抵抗，相反這個傻女人事後還討好他，讓他予取予求，隨心玩弄，甚至反過來求歡，說他好棒！實指望他娶她，以全名節。她的家庭背景比鄔家顯赫，如果當場反抗到底，鄔可能被她外公一指頭捻死，連他爹媽都吃不消兜著走。可虛榮心不許她聲張，委曲求全。

鄔還真的得意自己的雄偉讓她臣服，反而不滿足，甚至覺得虧了。當他在電視上看到柳鶯的真面目時，吃驚之餘，又從心底喚起他對夏敏那雪白胴體的渴望：那才是女人中的絕品！

情知現在這個大明星是他可望而不可及的，傳聞：誰要X她，那個"瘋"總裁要X他媽。不要懷疑，那可是一個黑白兩道通吃的狠人！妒火中燒更是難受，怯懦又不甘之下，舉報信發出去了。

九、鯨吞

股東大會審議時，雖然永興創業公司作為利益關聯方迴避，無權投票，但不妨礙阿O介紹擬收購項目，發表意見：

"古人說：財幣行欲如流水。錢只有花出去才能帶來更多的錢，放在帳上是不會增值的。現下除了公司辦公大樓，沒有能帶來投資回報的營運項目，我們真的'窮得只剩下錢了'！目前公司守著 6 億多資金卻沒錢給股東分紅，股價節節下挫，便是如此。"

"誠然，這項目沒有暴利。"阿O分析了投資效益，"但好在攔江大壩營運收入的現金流穩定可靠，還將逐年遞增。濱江地產開發，以我公司的經驗和經濟技術優勢，可為公司帶來不菲的利潤。"

股東聽明白了公司面臨的窘境，參考獨立財務顧問的評估報告，正是這個道理。表決結果，獲得絕對多數通過。這項收購，未改變原公司主營業務，資產規模和項目收益測算也符合上市條件，聯交所樂見其成，證監會也沒再苛求。

已竣工投入運營的甬江大壩，項目公司資產經評估為 10.2 億元，升值約為 1.86，近一倍。星洲基建以存量資金加銀行貸款收購，沒有以定向批股為代價，阿O說是"要利用槓桿增加股東紅利"。貸款 4 個億，濱江地產開發收益足以還本付息。

華銀的陶經理主動找上門來。為大局計，阿O不計前嫌，也想修復關係。計議未定，龍行長強勢插入。預見香港 97 回歸後，局勢穩定下來，資金市場拆借利率將會下行，大通銀行以優惠利率搶下了這筆生意。高行長專程到香港來說服阿O：

"下雨天給你送傘，見日頭你也不能丟了傘喔！"

"對。"阿O很給面子，當下拍板。還討好高："若您还想放貸更多，我永興創業可以再借點，市裡建設資金哪有個夠。"

高行長喜出望外。但阿O堅持先走賬結清併購的過橋貸款，這不是脫褲子放屁多道手續？不，這叫"信用記錄良好"。

金融界老鴉自然心領神會，不嫌其煩，前債清償後，再簽訂新的協議以股票質押貸款 1.5 億元，還被這信用良好的暴發戶"勒索"，給以更優惠的利率。龍行長送走阿O後，對高說："這阿O屬猴的吧？精得出人意表！"

"刀工拙劣，寓意……"高在細細玩味那玉龍底座特意刻的四個字——及時行雨，忽的醋意大發："這是壞小子送的吧？枉我這麼器重他，也沒給我這個評價！"

"不不，"龍忙不迭解釋，"開業那天送的，暗示我要布施！"

巨額資金到賬，永興創業還清項目建設的債務，又劃轉大筆資金投向市裡的港建項目，讓一向討厭阿O的市長大人也樂了。但他內心忌憚蕭副市長勢力坐大，蕭已被提升為常務副市長。

由於優質資產的注入，星洲基建的股票復牌後大幅上漲，跳出了仙股行列，眾多小股東興高采烈。阿O見機，將私底下幾個帳戶吸納的股票，悄然出手了結。

券商結算，扣除拆借資金成本及交易費等，獲得不菲的利潤。獲利如何分成？經請示後臺老闆李太，"給點甜頭"，從澳門賭場提來沉沉一箱現金交給阿O。這錢的來龍去脈沒有銀行過賬記錄，操盤痕跡淹沒在股市海量交易裏，難以查證。

阿O提著裝滿鈔票的密碼箱，到星洲衛視找馮總裁商量。馮說，你苦心操盤的成果，自己留著娶媳婦吧，商量什麼？阿O說這個錢自己不能要，捐了吧，星洲衛視不是在為慈善基金搞義演募捐活動麼？又問：能給西藏麼？

馮是募捐活動的發起人，當然樂意幫他，當下聯繫慈善機構，得到"按捐款人意思定向使用善款"的承諾。

慈善機構來人點鈔驗收，整整 100 萬美元!

在場人目瞪口呆。馮臨時起意，說該留 10 萬美元，讓阿O去還為贖夏敏所欠債務。夏敏說不要，她要靠自己努力掙錢來還"贖身錢"，讓馮這來自西北的鐵漢子也刮目相看，動了柔情: "好! 我母親也姓夏，以後妳就是我的表妹，哥想辦法幫妳還。"

當晚的義演現場，舞臺上一個個當紅明星輪流獻藝，隨之會有一個個捧她（他）的大款登臺捐獻，捐款有給盲人的，也有給非洲兒童的。最後輪到柳鶯登臺，她唱了一首《卜算子·詠竹》。

那天她暗暗記下了這首詞，生平第一次自己嘗試譜曲，樂師看了覺得頗有靈氣，修改後還給安排了配樂。她今天特選此曲登臺演唱，現場唱給阿O聽。曲中堅貞不屈而又奮發向上的意氣，激動人心，令阿O也吃驚。在全場熱烈掌聲中，主持人請歌詞作者阿O上臺。阿O懵逼，這事先沒通過氣呀!

被拉扯上臺時，馮把那沉沉的錢箱硬塞到阿O手裏，讓他臺上現場打開。生平第一次登上舞臺的阿O，傻乎乎的，一個趔趄跌倒，頓時錢箱砸開，花綠紙撒了一地，給人強烈的視覺衝擊，臺下嘉賓嘩然。主持人扶起阿O，宣告他捐款 100 萬美元，並請他發言。

刺眼的追光燈下，面對臺下興奮地熱烈鼓掌的嘉賓們，阿O哭笑不得。張先生要他吃"三碗麵"，這場面可吃不消! 無奈，接過麥克風開腔:

"這些錢，我想通過慈善機構捐給西藏。"

低頭看看一地鈔票，阿O小心挪腳，避讓來收拾錢的慈善機構工作人員，不是心疼錢，是不敢褻瀆"富蘭克林"。

「西藏前不久還是奴隸社會，百萬農奴六十年代才掙脫枷鎖，獲得自由解放，西藏社會文明和城鄉建設遠遠落後於其它地區，要趕上時代還要通過艱苦奮鬥。前年，我送妹妹小婭去那裡扶貧，從自己並不發達的家鄉來到高原上阿里地區村落，鑽進燒牛糞取暖的土坯窩，就像回頭穿越了千年。」

說著，阿O憶起高原上的親眼所見，雙目泛現淚光。

「小婭告訴我，剛到那年就遇到大雪災。她跟著地委孔書記，也是內地援藏幹部，跑遍災區的每個村落，挨家挨戶走訪，落實救助措施。救災資源有限，由於措施及時精準到位，災區沒死一個人，而孔書記竟然途中暈倒，跌落馬下，幾乎喪命。醫生說，使這位山東大漢垮下的，不僅是勞累，還因身體虧虛。他有祖傳醫道，日常榨菜下飯，省下工資買藥為藏民治病，還收養了三個以前地震災後倖存的孤兒，三次悄悄化名去醫院獻血，共 900 毫升，得到 900 元營養費，用於孤兒上學買書包及學習用品。他在透支生命！」

臺下一片唏噓，有些女士已淚濕衣袂。

「藏民是華族的一脈，我們的同胞。幫助他們發展生產和改善生活，我們義不容辭呵！在此，我捐的錢不多，但已竭盡所能。」

現場電視直播，感動了許多人，給星洲衛視義演節目招來了更多善款，也招來了禍殃。甬城的檢察官專程趕來找夏敏，前些日子接到舉報已急不可耐，居然又有國家幹部出巨資為她捧場！

馮總護著這個歌姬，同意檢察官見她，但必須按香港法律在星視集團的律師陪同之下。想要帶走她，大陸政府和港英政府沒有引渡條約。

這怎麼審訊？檢察官還真沒這個經驗。

好在夏敏配合，坦陳當年的事實經過，解開了這案子的諸多疑竇。檢察官取得了滿意的筆錄，不免對鄔公子起了憤慨：誠然人家公司有求於你，可她並沒自己許身之意。是你利用職權誘奸了一個軍人的妻子，害得人家流離失所，淪落風塵。

鄔後來為報復而自首，就沒事啦？起碼該問個破壞軍婚罪，另案處理吧？但上級掌握政策，奈何！

與檢察官同來的還有市紀委幹部，還帶著審計師。從永興公司帳上自然找不出什麼問題，要不阿O現在已被證監會處罰，甚至被律政司起訴。阿O捐給西藏的那筆巨款來源，他坦承是和朋友一起炒股賺的。其實，他可以推說是澳門賭場賺來的。黨員不可涉賭，可他沒動用公款，處分會輕一些。但他不願對組織說謊。

那麼，本金哪裡來的？和誰、誰、誰一起炒股？紀委幹部自然聯想到併購中的波瀾起伏，要阿O把來龍去脈說清楚。

阿O坐蠟了，這才醒悟：如果和盤託出，洩漏出去會讓許多幫過自己的人有麻煩。而且，心裡沒底，這風險不可控。

雖然不願撒謊，但坦誠不等於願脫褲子。由於整個計劃環環相扣，部分說或不說，都難圓其說，不如不說。然而，一個共產黨員對組織要襟懷坦白，沒有沈默這項權利。

"阿O同志，你還是個黨員麼？"紀委幹部已失去耐心。

"是的。"阿O開口了，牢記誓言："永不叛黨！"

"那好，現在黨組織對你實行'雙規'，跟我們走。"

這是要他在"規定時間、規定地點"交代問題，紀委幹部帶阿O立刻返回甬城。還告知：組織上出於愛護一個犯錯誤的黨員幹部而及時採取措施，自己要明白才好，積極配合吧。

阿O又失聯了，為避免股市波動，暫時嚴格保密。

"阿O真的被紀委帶走了？"鄔少華和小媽一番雲雨之後，進入更深一層的交流。

永興創業銀行帳戶及證券帳戶，按甬城駐港機構（總公司）的制度，都是潘媽經手管理的，而且來往信函也是她在打理。她源源不斷提供情報，雖然帳面上看不出什麼，鄔以他這個金融專業人士的敏銳觸覺，結合股市走勢，也能猜測出點問題，於是舉報揭發阿O可能獲利幾千萬元。

恰好，阿O這傻瓜又高調捐出巨資。

這次，巨額資金來源不能說明，"利用內幕消息交易，做老鼠倉"的嫌疑，看你阿O怎麼洗脫？就算你在黨內洗脫了，還有香港證監會等著你！鄔不愧為金融專業人士，馬上聯想到按聯交所規定，星洲基建須馬上披露這個信息。市紀委以為阿O配合就鬼神不驚，傻逼官員沒想到這層吧？於是興奮起來，立即與小媽商議：

"趕緊想辦法籌一筆錢，做空星洲基建，消息一披露就會暴跌，我們發財啦！"

"做空？"小媽懵逼，"我只買了一點點呵！"

"傻逼！可以向券商借啊！借來股票高位拋售，等消息出了股價暴跌下去，底部再買回來，還給券商，不就是大賺？"鄔不得不給她啟蒙。

"哇噻！"潘大小姐是聰明的，馬上跳起來摟住鄔的腦袋，使勁亂啃："老公你真英明，真棒！"

"慢慢慢！"鄔忙不迭的掙開，"券商不會空口白話借股票給你，得付保證金。妳能拿出來多少？"

對啊，錢呢？向家裏要恐怕來不及，手頭工資積蓄幾乎沒有。他的交際廣，她要買高檔化妝品，都是寅吃卯糧的。鄔眼珠一轉：

"我們銀行管得嚴，妳那裏幾乎獨自當家，能不能……"

"不，不可以的，"小嬌一聽嚇得哆嗦。鄔鄙視，拍打她的腦袋，"真是聰明面孔笨肚腸，不會拐個彎嗎？"

鄔教她，偷偷開張支票，給券商質押，說好兩星期時限，正常情況下不會兌現。拋出股票得到錢，留在券商帳上，到時候買回股票還給券商，拿回支票撕掉不就結了？香港的銀行支票隨便拿，平時妳開錯撕掉的還少嗎？只要帳上錢沒動，誰管妳？

"可萬一 ……"她可不是真笨。

"不相信妳老公的妙計天衣無縫？"鄔拉下臉來很猙獰，真想扯住她頭髮暴揍這傻逼。轉眼之間，臉色又柔和下來。"不知道'愛拼才會贏'嗎？唉，算了，我不為難妳。"

然後，他自憐自艾道："想我鄔少華金融才幹和經驗，比阿O這混蛋不知強多少倍，可我沒他的好命！都說一個成功的男人背後有一個賢慧的女人，古人誠不我欺呵！妳看，明明已被我們搞得併購流產，那個歌姬跳出來為他唱讚歌……"

"你別說了，老公！"她衝動地撲到他懷裏，哽咽著說："我依你，我信你，我要你比阿O更風光！"

鄔笑了，情場老手還玩不轉妳傻逼？接下來該幹點什麼，自然是要幹得她把魂丟了。他使勁揉捏著她的那雙豐盈，見她臉色開始潮紅，知道她又被勾起性趣，可是自己怎麼不應呢？他急了，粗暴地扯住她長髮，把她的腦袋往自己胯下按。她掙紮幾下，還是乖乖的張開櫻口……

今天他有牛郎的覺悟，必須得讓她爽透，爽歪歪。就把她當夏敏，精神奉獻吧！可憐的小媽，秀髮散亂，翹著屁股迎合，貓叫嗚嗚，沈浸在愛河。

第二天下午一開盤，00□2·HK出現大量拋盤，震驚股市。

張先生第一時間警覺，電話聯系阿O沒應答，情知不妙。他和阿O曾討論過出現變故的應對之策，立即反手砸盤。股價在暴跌中觸發冷靜機制，停止交易 10 分鐘。過後，繼續直線下跌，直接把市值打到資產淨值之下。鄔拋售的股票，因人家拋售價更低，都擠不上檯面，再壓價，直到很低價位才被張家的操盤手回頭一口吞掉。雷霆萬鈞的打壓之下，情況不明，沒其他人敢接盤。

第二天開市前，聯交所市場部來電話詢問，公司回答不知所以然，隨後又報告公司董事長失聯。按照指引，公司申請停牌。

鄔沒有達到預期的高價位出貨目的，部份賣出去的已接近底價。本想會有莊家抵抗，但沒出現預期的護盤行為，讓他窩囊的感覺像是射精一半被堵住。當夜，想想千載難逢的良機不可放過，不惜出賣潘媽，兌現支票，次日反手做多再一博，不料翌日竟然停牌了。難道消息提前洩漏？計劃全被打亂，他亂了方寸。

鄔急切地聯繫陶經理，券商是他介紹的，手法不專業呵！陶回答，復盤檢視是按委託全部"市價賣出"，誰能料到第一大股東不動的情況下，還會有人拋售大把股票砸盤，顯見阿O設置了預警系統，埋了大量地雷。散戶哪有這麼警覺，這麼果斷？

消息傳到市政府，蕭副市長主張立即放阿O回去主持局面，但由於他與阿O有牽連，沒人理會他的意見，還有人借機打壓他。阿O則在被宣佈雙規之時，就不得對外有任何聯繫。

結果，在政治正確的理由下，市紀委沒有改變措施。

在香港證監會的壓力下，公司不能久拖不決。市政府考量，如果公佈阿O被雙規的消息，將造成慘重損失，弄不好可能會把星洲基建的控股地位丟了。市長考慮了好幾個人選，逐一約談。懂行的人都如臨深淵，不敢在這時候接盤；有勇氣接盤的不懂行，敗下陣來難道槍斃他？

夏敏陷入迷惘，問誰都打聽不到任何消息，阿O消失了。

她懷疑自己是做了一個夢，現在夢醒了，自己還是個賣唱的女子，白馬王子壓根兒沒出現過。連續幾天音訊杳然，打他的大哥大也不接，誰都不在她面前提起阿O。

難道他嫌棄自己，故意避開？

這隱憂，像烏雲一樣始終盤旋在她頭頂。知道自己配不上阿O，他遲早會和另一個純潔新娘步入婚禮殿堂，內心也這樣期盼。但是，自己沒有勇氣離開阿O，這世上她就這一個男人可全身心託付，離開他活下去沒意思。這就是愛？

她在家裡發呆，不吃也不喝，蓬頭垢面，幾近崩潰。馮總抽空來探望，見了很疼惜，這樣下去她可能會精神分裂。

"振作起來，妳還有事業，我看好妳的前程！"鐵漢子不會哄女人，只有激勵。

"前程？"夏神情迷茫，向著不知在何處的阿O，吟唱起一段流行歌曲：

若沒你不須有我，若沒你不需有什麼……[注1]

捧著絞痛的心口，淚如雨下。在海南初出道時，她學著陳慧嫻演唱這首粵語歌，可從未有這般深切體會。是的，全賴你方真正活過!

注1:《你身边永是我》，词曲作者陈扬，陈慧娴演唱。

十、不悔

夏敏止住抽泣，從床頭櫃抽屜取出一封信，交給馮："這是給孩子他爹的。也許沒有我更好，孩子長大了無須為娘而羞恥！"

信沒封，馮打開來默讀，鐵漢子也鼻子一酸落下淚來。

"我沒有做母親的權利，信就拜託您了！告訴孩子，娘早就死了……"夏幽幽地說："現在我只為阿O而活著，沒有他的世界，活著有什麼意思？"

"別傻，天塌下來還有老哥我替妳頂著！"馮大吼。冷靜下來，說："走，跟我去找他的上級問問！"

馮陪著她一起到信德中心找到甬城駐港機構領導，也問不出頭緒，怏怏而回。馮總安慰她，一定會找到小老弟的，必要時採取特殊手段。並告訴她，阿O不露面可能有他自己的理由，黑白兩道近期沒什麼動靜，他的人身安全應該沒有問題。

兩人分手，他去找S大師想想辦法。

對啊！阿O在生死關頭都沒有拋下自己，現在又怎會故意躲避？這樣想著，她獨自在街頭漫無目的躑躅，不自覺地走到嘉道理徑上。心一動，碰碰運氣吧，就朝著那老人的小別墅走去。

天已黃昏，真巧，院子裡面亮起了燈。

敲門有了回應，她被女傭引入客堂，見到了風塵僕僕的老人。

老人家的和藹笑容，讓她如沐春風。說起她跟阿O兩次拜訪不遇，老人解釋是回新加坡了，處理一些家族生意上的事。而今剛又回來香港偷閒，躲個清靜。

她的演藝走紅，和阿O的併購成功，他都有關注。說到阿O失蹤，他起卦推算，由"遯"入手，導出"訟"。

象曰：天與水違行，訟。君子以作事謀始。

他也不解釋，嘆道："就因'挺秀足風流'呵！阿O太過剛直，又張揚，犯了小人，被人陰算。為人磊落，他要遮蓋什麼呢？他不會自己溜走，失蹤極有可能陷入官司。現在，有什麼梗在內心，不肯屈服又無法抗辯。"

訟，有孚，窒惕，中吉終凶。利見大人，不利涉大川。

"那位大人物可搭救他呢？"老人念叨卦辭，屈指算計著，"最好是別回內地，若在內地就別來香港。"

此時，阿O自己也在推演"訟"卦。初爻而論，不永所事，小有言，終吉。因而他沈默以對，看事態發展。心中掛念的倒是星洲基建的事。剛有良好的開端，如日中天，呈"乾"象，自己一走，頂頭陰缺，豈非轉為"夬"象。上卦為"兌"，"兌"為澤；下卦為"乾"，"乾"為天。澤在天上，形勢岌岌可危。恐有大禍。

阿O被"雙規"的消息，不脛自走，很快傳了開來。市政府為避免被動，終於發布消息。香港股市上也公告了，星洲基建繼續停牌，由於大股東沒派出合適的人接任公司董事長，一拖再拖，遲遲不能恢復交易。

東窗事發，潘媽挪用公款炒股暴露了。原來 00□2.HK股價狂瀉之下停牌，那券商見勢不妙，把鄔少華質押的支票到銀行兌現，1,000 萬元資金轉入自己控制的客戶資金帳上。對此，陶經理也愛莫能助。約定期限已到，人家並沒有吃沒你的押金，這是規定動作懂不懂？

晚上，鄔悄悄潛入小媽的宿舍，商量對策。

"不要怕，看在妳外公的份上，他們不敢拿妳怎麼樣。要不妳早被扣押了。"鄔柔聲安慰她，並拿出券商的名片和那天收盤的結算單塞給小媽，鄭重地說："記住，是妳見阿O炒股發了財，心動了，有樣學樣。還可以說是他教妳方法的。對，他一定是這麼做的！只是妳的運氣沒他好。"

小媽噙著淚，點點頭。旋即又香肩顫動，幽幽的抽泣。

"千萬不要把我供出來喔！"鄔也怕了。

"我怕！嗚嗚……"她軟弱地歪下身，把腦袋埋在鄔的懷裏。

鄔心裏惱透了，但忍著，不能顯出絲毫不耐煩。

"市政府要面子，不會把妳交給警方商業罪案調查科的。最多把妳調回內地，問完了再從新安排工作。妳外公還在位，怕什麼？"

"我親愛的潘大小姐，"鄔吻著她的耳垂，"只要妳老公我保住了，以後我們一定會發達的！"

"你可要對得起我喔！"她抬頭看向鄔的臉，睜大淚汪汪的眼睛。鄔心有感動，忙跪下來，舉右臂伸雙指：

"向上帝發誓，我渡過此劫就娶妳為妻，若有負於妳……"

小媽慌忙用吻堵住他嘴，怕不吉利。他熱情迎接香吻，用沒發完誓的舌條侵入櫻口，絞纏她的柔舌，還把嬌軀擁入懷中，緊緊攬住。她漸漸軟化了，幸福滿滿快要窒息。

幾天後，果然潘媽被調離崗位，返回甬城。

馮總查到阿O蹤跡，是正常出關去了內地。至於去向，從伴同出關的人身分推斷，他明白怎麼回事，對夏只說阿O回了甬城，惹了點麻煩。夏敏聞言稍安，想著老人的話：指望誰搭救呢？

報紙上出現一些極其難聽的言論：剛併購完成，馬上套走巨額資金，掏空公司。負責人溜之大吉，公司市值跌入穀底。牽累一些紅籌股紛紛下跌。隨後，股市公告，說公司負責人被內地政府羈留，接受調查。股民們憤怒了：這不是騙局麼？

眼看要釀成政治風波。馮總對夏敏說：會很快讓他回來處理，已經驚動高層啦！

正在北京參加黨內重要會議的燕書記，直接受到來自高層的責問。他不知情，立即搭機返回甬城，召集有關人員開會研究。紀委書記沒想到會捅了天大的漏子，確實是沒這方面經驗。市長態度來了個 180 度的轉彎，反而責怪紀委辦事不考慮經濟問題，坦承：一時找不到合適的人員去處理，還在物色人員。

燕書記聞言，強行壓制住躥頂之火，憋得漲紅了臉。好不容易平靜下來，說：要親自找阿O談話。

面對市委書記对他私下操盘的質問，阿O很坦然：

"國際資本市場瞬息萬變的風波裏，我不可能事事請示，也難免會犯錯誤。香港股市是公海，深不可測，暗處潛伏多少大鱷，有多少見不得光的陰險手段，如果按教科書上規範動作去做而不知變通，可能被吃得骨頭都不剩。"

他申辯："這場併購是空手套白狼。所以，許多操作細節政府領導還是不知道的好，我個人承擔責任。"

燕書記內心是同情阿O的，但不能說出口。雖然不懂股市上那些伎倆，但政治經驗豐富，如果阿O如實交代，政府如何自處？

"若以此藉口舞弊，股市還有正義麼？"燕還是不認同。

"股海無時不刻有人在興風作浪，監管利劍也隨時侍候著，但也只能維護基本的公平公正。"阿O渾水摸魚，但還要辯白：

"我只是為了拿到資本市場入場券，沒有為賺錢而過度操作。能掌控的所有賺的錢都捐了，我一分不留。"又補充：

"我想，市政府也不能要。"

燕笑笑，說："捐到西藏，是想幫小婭？"

"幫她？"阿O詫異，說："她在幫誰？為誰奉獻青春？"

燕肅然。順勢又折轉話鋒："你就不想她？"

"想呵！"阿O目光有些恍惚。最近她來信說，因當地缺乏懂行的領導，她主動參與一些財政金融事務管理，被上級賞識，抽調到自治區政府專做金融方面協調工作，現在拉薩。以前阿O送她去西藏，先飛到拉薩，再搭軍車去阿里，那裡幾乎是原始的蠻荒之地，高寒缺氧，生活極其艱苦。拉薩城裡則好得多。

信中還說，在自治區政府有位領導，來自甬城市委，跟阿O很熟，經常和她聊起阿O的一些糗事，還說"願有情人終成眷屬"。她讓阿O猜猜，是誰？……阿O又走神了。

"想？"燕勃怒，是真為小婭不忿："那你還跟艷星同居？"

"同居？"阿O像被踩了尾巴的貓，跳了起來。"同居什麼意思？住在一個屋頂下就叫同居？請您尊重一下她的人格！"

"要我怎麼尊重？"燕也拍案而起，"不說演藝界的流言，她曾色誘銀行幹部你知道嗎？"

"誰誘誰？利用職權誘姦現役軍人妻子的混蛋輕輕放過，被害得流離失所的可憐人卻死咬不放，天下還有公平麼？"

"至於演藝界的流言，"阿O怒發衝冠，脫掉上衣，把背上道道傷疤亮給他看。"知道她是怎樣被逼迫淪落風塵的麼？一個無依無靠的女子，怎扛得住黑社會脅迫？"

燕震驚地看著這些猙獰的疤痕，伸手哆嗦著去撫摸。阿O氣鼓鼓坐下，不想再理他，竟無言淚流。

好一會，他才平靜下來，幽幽地說：

"她住進來是幫我療傷，讓我傷一好就趕人走？她在香港無依無靠，何況歌姬吃的是青春飯，能為以後節省一點也好，她還有一個小孩要撫養。我住的一室一廳套房，讓她客廳裡放張床又如何？香港的房租多貴呵！"

談話結束，燕讓阿O立馬趕往香港。

他也沒為自己討個說法。相信黨組織吧！忠誠的黨員應該以人民的利益為重，不要計較個人得失，受點委屈也沒什麼。到了香港一露面，就被記者包圍。阿O聲明：

自己是接受正常的組織審查，股價暴跌是有人惡意狙擊，公司基本狀況沒有改變，項目營運收益每月正常到帳，濱江地產與內地開發商合作，進展順利，公司年底應可分紅。

記者可不好胡弄，追問審查結論。阿O只能回答，結論自當有組織上通過正常途徑宣佈，自己無可奉告。

阿O自身公開亮相，就意味著沒什麼大不了。

通過幕後一系列的聯絡商洽後，星洲基建向聯交所申請復牌，很快得到批准。恢復交易後，股價開盤就跳回以前的高位，天量買盤懸著，讓空頭低位平倉休了心思。聯交所的市場監管看出有人操控，但沒出手，似乎樂見有人護盤。市政府的駐港機構（總公司）也有高人指點，私底下要求阿O配合一下，逐步拉升，讓他們先低位吸籌彌補損失。阿O沒操盤，也控制不了股價，聳聳肩表示愛莫能助，讓人恨得牙齒癢癢。

因潘媽挪用公款融券做空，根本沒機會回補。這損失應該由潘媽賠償，可看看她背景，能叫她賠麼？

有心提請上級對阿O施加壓力，但哪個領導敢下這個指令。阿O現在是危險人物，誰能保證他不反噬？於是，有人故意將阿O在市紀委的供述洩露出去，便又有人寫舉報信發送香港證監會。

股市上，00□2·HK股價走勢，阿O分析有人吸籌。

誰呢？阿O以微弱多數佔有的公司控制權受到不明威脅。這也是他不敢冒險拋售股票去打壓股價，讓潘媽空倉回補的原因。再則，與張家利益有衝突，也不該做，這盟友是控制公司的最大依仗。何況操縱股價是應受懲罰的失當行為，他不會為誰的私利去做。

夏敏見阿O回來，抑捺不住激動，擁抱著他，痛哭一場。阿O自認虧欠她很多，浮上心頭還是那句話：最難消受美人恩。

他暗暗下決心不讓她再受委屈，跟著自己生活以淚洗面，但自己護得了她麼？自己也是如文天祥所嘆，“生死沈浮雨打萍”。

聯交所早就密切關注，只是阿O沒太過分，不出手而已。事態平息以後，證監會約談公司負責人，要求準備財務資料解答一些問題。阿O從一堆問題中嗅到危險氣息。反覆思索，以自己的計劃周密和券商的謹慎，怎麼驚動監管當局的？

肯定內部又有人舉報。

晚間電視新聞說，有個老人炒股虧光了養老金，燒炭自盡……雖與00□2·HK不沾邊，也刺激他的神經，徹夜難眠。

阿O深刻反省：香港的銀行存款利息近於零，市民但凡有點錢大都去買股票，指望能得點股息，或待漲賺點差價，也有的還夢想發點小財。可憐小股民，被一茬一茬割韭菜，都是血汗錢吶！

"一將功成萬骨枯"，自己心安理得麼？

這場併購中，那個券商的所獲暴利他心中有數。他不會去計較，若沒李太介紹，人家還不尿你這窮光蛋哩！也沒什麼道德可說，人家本就是這叢林生態的一部分。可自己不是他們同類⋯⋯

夏敏聽到阿O在床上輾轉反側的動靜，知道他心焦，過來陪他聊聊，卻不知怎麼寬解。阿O跟她說了心裏話："儘管我不是謀一己私利，但在併購過程中做了違法的事，還是應受懲罰的。人家好意冒險資助我謀取控股權，不該受我牽累。"

"所有責任我一個人扛下來，明天去自首。"他下了決心。

"我陪您去。"夏沒阻攔，關切地問："處罰會很重嗎？"

"涉及內幕交易和操縱證券市場，香港《證券條例》規定：最高可監禁10年，罰款1,000萬元。"

夏無語。心說：真是個男兒！

翌日，阿O先到信德中心，將辭職信交給總公司負責人。眾人鄙夷的目光之下，他兩手空空走出公司。等在門口的夏敏看在眼裡，挽起他的手臂，陪他去自首。

她心裡為自己的男人抱不平，問："阿O，後悔嗎？"

"不悔。是不是覺得我的付出很不值？"阿O反問，還笑笑："不用去看人家臉色。我知道，我傻。"

十一、淪落

證監會接到舉報信，已著手調查。初步查下來，併購中介大通銀行的投資銀行部，行為正當。再查永興創業公司和阿O的銀行賬戶，也未見異常跡象。回看 00□2·HK股價走勢，除了司密斯想拉高出貨的那幾下無效折騰，也沒異常波動。

阿O自首來得正好，很客氣請他喝咖啡。阿O願意認罪，換取默契，不追究其他人的責任，自己承擔全部法律責任。

整個併購過程，問題其實在逼司密斯就範的那些股份，司密斯緘口，沒人知道。當然，阿O也不會說。舉報人提供的有用線索，只是他高調捐出的那筆巨款，以及他在上級面前供認炒股所得，來龍去脈，無跡可尋。可以推斷，這筆巨款與併購行為有關，涉嫌內幕交易。但要在香港股市搜索證據，不是不行，無異大海撈針。

阿O認罪就大家省事，免得浪費納稅人的錢。

但阿O不肯把來龍去脈交代清楚，連具體哪幾個賬戶操作都不說，惟恐會追責其他人。調查科的執行人員好意提醒：

"若交代清楚，可以減輕一級處罰。"

阿O拒絕了好意："開戶及證券融資是正當業務，現在香港有千餘家在做。整個操盤過程我獨自掌控買賣，觸犯《證券（內幕交易）條例》的是我，該我承擔責任。該怎麼處罰就處罰吧！"

刑事訴訟的證據要求近於苛刻，必須是客觀、確鑿的，排除一切其他可能的。就算口供有破綻，有疑點，被告可以保持沉默，不解釋。即使不能自圓其說，也不能強迫自證其罪。

阿O自首的舉動，讓燕書記痛惜不已。對阿O回港後力挽狂瀾的行為，他是欣賞的。面對新聞記者的應答，也維護了市政府的體面，沒有辜負自己為他一肩擔當。相信阿O決不會牽累市政府，若他會這麼做，早把整個併購過程內幕在紀委抖出來不就是了，再要捂蓋子就是市委、市政府領導的責任了。但現在事情不是他所能左右的，何況阿O確有問題交代不清，市委書記也有無奈之處。

阿O隨即被開除公職，徹底切割，市長十分果斷。

黨籍被燕保了下來，留黨察看。畢竟阿O還沒被判刑入獄，況且香港還在港英政府手裏，又沒簽訂雙邊司法協議，相互承認判決。旁人眼裏：飯碗都砸了，黨票算什麼？但燕相信阿O會知道，黨內不是所有同志都拋棄了他，不能讓他失望。

證監會將案子提交律政司起訴。阿O被送上法庭，沒錢請律師辯護，在香港也沒財產，是徹底的無產者，光棍一條。指定的法律援助律師的辯護意見他也不聽，直白認罪。

法庭上，阿O坦白：在併購過程，利用自己所掌握的內幕消息，做"老鼠倉"，不小心賺了大錢，想想覺得不該將這錢據為己有，一股腦兒全捐給慈善基金了。法官問他誰指使還有誰參與，他如實回答是獨自操盤買賣，還怕人家不信，說自己通過了證券專業資格考試，不是外行。法官問他究竟賺了多少錢，他老實說沒數過，慈善基金說有 100 萬，那就 100 萬。

哈，說得有趣。法官正色問他知不知罪，這他倒振振有詞：

這種行為嚴重侵害了股市的公平公正，放任這種行為將使股市失去社會公眾投融資平臺的信譽，淪為賭場。巧取豪奪者該受到嚴厲懲罰！自己……自作自受嘛，所以自投羅網，前來請罪。

法官忍俊不住。看他義憤填膺樣子，還要說，趕緊揮揮手令他退下。再不問了，擇日宣判。

訴訟過程受到社會關注，引發熱議。同情的、詛咒的，讓夏敏聽了都傷心。關鍵時刻，有三個太平紳士站出來，為阿O求情：

畢竟他沒過分擾亂市場秩序，股價未見大幅度波動，看走勢，操盤行為很克制。私下利用多個賬戶購入股票，想必是為增加併購勝算。併購結果，也符合公眾利益。獲利已全數捐給慈善基金，可見他沒有利用內幕消息牟利的主觀意圖。況且，他已知罪悔罪，還主動自首請罪。應予以寬宥，以資悛惡向善。

這幾個太平紳士，是香港有突出貢獻，社會影響力極大的人士。他們的求情法庭不能無視，在香港是有減輕刑罰甚至免死先例的。當然，他們可不是一般人請得動的。若無人引薦，阿O連見一面都難，更別說交情。

誰請託這些太平紳士？夏敏心中有數，不告訴阿O。

法院審理結果，阿O炒股所得確實全捐了，又失去工作，而今生計都是問題，罰無可罰。要追究供職單位也理據不足，做"老鼠倉"是私人行為，公司沒收一文錢好處，並已予以紀律制裁。

法官毫不掩飾對阿O的同情，破例輕判2年緩刑，附加240小時的社會服務令，以阻嚇效尤。

還有要命的，是證券市場5年禁入。

阿O老老實實去掃大街，清倒居民社區的垃圾桶，到老人院做清潔衛生。讓人感慨的是，這罪犯身邊竟還有個蒙著大口罩的美姬陪著，一起幹髒活，不離不棄。社會上傳為美談。

接替阿O出任永興創業有限公司經理的人，阿O怎麼也想不到竟是鄔少華。他在工銀星洲已被領導另眼相看，快待不下去了，是小媽的外公及時出手，抓住了機會。組織部門考察給予他不錯的評語，向市政府推薦：根正苗紅的第三梯隊成員，有金融方面資歷，還有香港工作經驗，是出任香港永興創業有限公司經理的適當人選，也有利於進一步培養造就。

有人提起他過去一椿不光彩的事。"他不是主動揭發了麼？""不是還配合破案，抓獲羅經理？""揪住小辮子不放，還講不講政策？"市長把人家問得啞口無言，力排眾議，下達任命。

阿O服從組織決定，將公司移交給鄔，心裏確實不好受。

鄔很得意，還找上門來欺辱。阿O住的公寓，租金在公司報銷，豈容阿O再住下去。"這地方不錯，還有海景，就是會展中心的工地有噪音，不過也快完工了。既然你已辭職，該換我來住啦！"

這天馮總正好來看阿O，夏敏也在家。負案人阿O不想再惹事，說等週末吧。鄔不同意，要他馬上搬。還對夏敏說：

"妳可以留下來呵，我們是老朋友啦！這些年有沒有想我啊？"說著，動手去拉扯夏的衣袖，被她厭惡地甩開。鄔還要糾纏：

"呵呵，害羞啦？妳以前可——呃"噎住，後面有隻大手抓著他衣領，將他拎了起來。脖子被衣領卡住，他的臉色漲得豬肝似的。

"柳鶯，揍他！"馮面無表情，下令。

夏上前使盡全身力氣，狠狠搧他一巴掌，咬咬牙，反手又是一巴掌。鄔被打的眼冒金星。她還不解氣，又朝他褲襠踹一腳。高跟鞋跟錐正好戳到他命根，痛得他眼淚直流，又叫不出聲，差點昏死過去。阿O在旁冷漠地看著，憋不住咧嘴一笑。

馮把他倒拖出門外，往樓道一扔："記住，私闖民宅在香港是重罪。這裡是星視集團租的，再敢來搗亂，讓你撲街死！"

說罷，他轉身回房，把門帶上。鄔痛苦地捂著胯襠，艱難地爬起來，對著關閉的房門想啐一口，吐沫到嘴邊又咽下。馮的凜然殺氣，是真見過血才有的殺氣，在他心裏投下莫名陰影。剛進去時，馮坐在阿O旁邊，很斯文的，自己沒留意這"瘋"總裁在場，轉瞬間他變成了怒目金剛。生平第一次見到這樣的狠人啊！

心念一轉，自己還真傻，怎麼能與人好勇鬥狠呢？有身分的人何必逞匹夫之勇？算被孫子打了！想開了，施施然離去。

回到房內，馮笑笑說:

"早就想給你們換個住處，寬敞一點。現在偏不搬……"

"住在這裡挺好的，感謝馮總！"夏挺知足。

"那先住著，租金由星視集團報銷。找到好地方再搬。"

"我想回內地"，阿O幽幽地說。

馮和夏傻眼了。

"別！張先生說了，你就留在香港，他有事要你做。"馮本來就是要跟阿O談這事的，方才是見阿O情緒低落先開導開導。

"證券市場5年禁入，我還能做什麼呢？"

阿O已經通過了證券專業資格考試，原想找券商掛職申請上市保薦人牌照，大展身手，現在被關出門外，很沮喪。五年禁入，意味著也不得擔任上市公司高管，等於廢了武功。

"張先生現在中東，具體事項要等他回來跟你說。"

"再說，你現在也不得離境呵！"夏也勸。

想想自己虧欠張先生太多，阿O只好點頭應承，暫時放下返回大陸的念頭。他的工作簽證要改簽，馮攬去辦。

張先生沒回來，不等於影響力不在。鄔少華先生要接任董事長，星洲基建董事會多數董事不同意，拿他當笑柄。若立即召開臨時股東大會，改選董事，雖然永興創業是第一大股東，折騰下來怕也得不到多數同意，成了僵局。這甬城的組織部門可管不到。

鄔雖是金融專才，卻一籌莫展，只能向市政府匯報。

同時，他向小媽求援。她外公立即向市政府施壓，讓市長兩頭受氣：您老有本事，親自向星洲基建下令啊！想想而已，怎敢向德高望重的省委領導叫板。市長有些後悔：阿O辭職，當時接受也就罷了，竟然開除公職，徹底切割！還有迴旋餘地嗎？

星洲基建再次停牌。暗中大鱷環伺，待機狙擊。

天知道，復牌後會不會再次重演故事？97 回歸在即，再出亂子，高層恐怕不是責問，而是讓無能之輩下課。

此時，阿O已在九龍城的一個建築工地打零工。他不願待在家裡"吃軟飯"，義工沒做完，白領工作不好找，也不想為吃口飯去受人恩惠。在烈日暴曬下，他和一群壯漢混在一起，汗流浹背地幹著粗活。這些人大多是潮州來的，有的是偷渡客，他們有"組織"。見阿O幹活賣力，肌肉發達人老實，搞不清他的底細，大家混口飯吃，工地上也沒人欺負他。

那幫地盤工轉場到一個新工地，有一堵唐樓的殘牆要拆除，場地狹窄無法施展機械，原先安排幾個雜工用鑿子和郎頭在折騰，眼看要影響施工進度，包築頭著急，無計可施，急得團團轉。

阿O躍上牆頭，叫其他人讓開，自己掄起大錘順勢往腳下砸，水泥牆皮成片落下，磚縫鬆動，用腳一蹬就倒下一大片。這效率驚倒其他人，大家搬的搬、鏟的鏟，清理一批。阿O又跳上去，掄起大錘往腳下砸，打松一排，腳一蹬又倒下一大片。看他赤膊掄大錘，汗水洗滌的雄壯肩背上刀疤猙獰，周圍工人好不仰慕。

包築頭立馬將他升為地盤工領班，日薪由 350 元加到 500 元。

眾人也服氣，收工後請他喝酒，幾個小青年還想拜他為大哥。阿O雖然與他們語言交流不通暢，但江湖習氣相投，倒也融洽。

夜排檔很熱鬧，價錢比飯店便宜，海鮮豐盛，紮啤鮮美，阿O也放開肚皮豪飲。地盤工夥伴裏有個陌生青年過來敬酒，頭髮披肩，貌似張飛，T恤上印著個也長髮張揚的頭像，看上去應是國際共運的著名烈士切·格瓦拉。碰了杯，仰脖子灌下一紮杯後，他乾脆傍著阿O坐下，湊到阿O耳邊說："你的案子我有聽說，敢作敢當，仁義！你是共產黨？"

阿O審視他黝黑的臉龐，挺真誠的，點頭稱"是"。

"我叫小熊，馬克思的信徒，"他伸過手來。

阿O握緊了，感覺他的大手粗糙，指關節壯實，是個苦哈哈的地盤工，頓起好感。於是，兩人聊了起來，坦呈肺腑。中學畢業來做苦工，他不是找不到文職工作，而是鐵心要做個"徹底的無產者"，像切·格瓦拉那樣鬧革命。幾年下來，也有許多人追隨。

說起來，香港工人薪酬遠高於內地工人，但交了高額房租，也就供家人填飽肚子，沒什麼積蓄，還隨時有失業威脅。他們深感自己是被奴役的，盼望香港早日回歸，除了根植於血脈的因素，還希望共產黨來了讓他們也有退休金，有就業保障，甚至冀望像大陸1949年那樣翻身做主人。

可是，駐港新華社的黨代表讓小熊失望。少年時的記憶中，許書記剛到香港時，去九龍城貧民窟看望百姓，衣著樸素，態度慈祥。後來，看著他的行頭闊了起來，顯得高貴，整天忙於豪門周旋，說話和資本家們漸漸合拍。

"唉，曾希望他像前輩'省港大罷工'那樣，到我們工人中間來領導革命……據說帶著情婦跑到美國去了！"

阿O感覺，小熊的親共理念很激進、浪漫，又受西方思潮影響，真想送他去自己母校（黨校）進修。但眼下自己……唉！

"有沒有想過再進修？"

"工地就是我的大學。"小熊不無自豪地引用高爾基[注1]的話。阿O說起自己中學畢業後也曾在碼頭混日子，苦笑："那現在我是留級生，還是留學生？"

"該是博士生啦！"聚攏來聊的小後生們調侃，以後戲稱阿O為"博士"。不過阿O確實能開解大家困惑的一些問題，似乎挺博學，聊起來話就多了。

晚上，他喝得半醉回家，見夏敏還守著飯菜等他，赧顏告罪。夏疼惜他辛苦，沒一句怨言，讓他先沖涼。她獨自吃不下飯，草草扒拉幾口就收了，撿起阿O換下的一身酸衣臭襪默默洗滌。

夏有女人的明智：若男人愛妳，妳難過他會自責，不用說；若不愛妳，說也沒用，囉嗦徒增嫌隙。男人不是可教育的孩子。

剛才蕭副市長來過電話，是她接的。蕭問候阿O近況，她沒敢實說，知道阿O有很強的自尊。蕭還要阿O做個策劃，說是甬婆高速公路行將完成勘設，投資還沒落實，指望星洲基建增發股票籌措。她本不想轉告，但又怕阿O生氣，待他洗完澡後，還是說了。

阿O沈默良久，還是打開電腦收了蕭的郵件，並建模演算，編制增發新股的籌資方案。夏為他泡了雀巢咖啡，給他提神。

夜深了，阿O漸漸支不住，伏案瞌睡。南國秋後，夜涼也容易感冒，夏為他披衣，見他腦後已現縐縐白髮，心一酸從背後擁著他，無言淚流……

淚水也在洗滌她的心靈。近朱者赤，感化是無形的。

注 1：無產階級作家、詩人，1922 年發表自傳體小說《我的大學》，描述他的苦力生涯和覺悟——稱之為"皮肉熬出來的真理"，與知識分子的書本理論相對。

十二、難為

夜總會，金碧輝煌。到處是香豔的豐胸，觸目皆是粉腿，靡靡之音充耳。鄔少華取代阿 O 為永興創業的經理，陶經理等一些金融界菁英咸來祝賀。

媽咪帶上一批大陸妹子，一個個袒胸露肩，供挑選。鄔的腦海此時又浮現夏敏的倩影，看看氣質沒一個可比的，都是庸俗粉黛。他揮了揮手，於是媽咪又換上一批佳麗。可別小看她的實力哦。

別人都選定了鐘意妹子，鄔也勉強把一個姿色不錯的拉到身邊。眾人不再理他有什麼心事，顧自摟著小姐開始點歌酬唱。鄔點唱了《愛拚才會贏》，粵語居然已像模像樣。在哥們喝采吹捧下，又點唱《心雨》。小姐伴唱挺好，情場色友起鬨，被逼著和他喝了交杯酒。

接著，鄔讓小姐自己點唱，她點了時下流行的《香江柳》：

莫攀我，攀我心太偏

我是香江岸邊柳……　　　　　（《曲江柳》的篡改版）

熒屏出現柳鶯的酷美形象，鄔一見狂性大發，猛地揪住小姐長髮，粗暴地撲倒在沙發上，扯皮帶、撕裙子當場要強上，嚇得小姐尖叫，引來保安，差點打起來，幸而媽咪及時趕到化解。

在鄔大少甩出一疊鈔票後，保安哄著哭嚷的小姐離去，媽咪又給他找了個巨乳洋妞作陪。洋妞會說粵語，鄔也能說，可調情就不利索，說英語反倒洋妞不利索，她是羅薩。後來兩個就躲在一角，玩骰子賭酒。陶經理拉他再唱，他點《精神病患者之歌》，找不到這歌目，再提不起興致。

荒唐戲嬉到夜深，大家盡興散去。

媽咪留鄔大少再喝幾杯，親自把盞伺酒，摻了獨門聖藥，體貼入微地勸酒。醉眼迷離中，恍惚又見曾讓他欲仙欲死的"活馬"，竟對半老徐娘起意，挨了一記耳光。

最後是兩個小姐送他回家，雙燕齊飛，總算讓他爽一把。

這花費麼，公司報銷，區區幾萬，在香港應酬還真不算什麼。好在是，他意外得到了江湖傳聞中的聖藥，稍微一點就金槍不倒，可以花叢稱霸。

聚會中，朋友們也想不出什麼辦法，星洲基建的這鍋夾生飯怎麼吃，就怨阿O這混蛋。報復的陰損招數倒是提供不少。

阿O這混蛋當初怎麼不即時改組董事會呢？公司董事會有 7 名董事。4 名執行董事中，2 名是張先生家族的舊臣，阿O當然不會起意去動；2 名是永興創業推薦的董事，阿O原是其中之一，任董事長兼總經理。另一名執行董事大衛·王，在司密斯出讓股權時循例告退。由於此人是建設項目預決算審核高手，還負責監管公司財務，市政府也一時難以找到替換人選，因為不僅要有專業資格，還要常駐香港。當時急於要完成資產注入，阿O還費了好多口舌才將他延留。原先司密斯控股時，3 名獨立董事是他與張先生商定的，雖然都曾是司密斯好友，但恪守"董事只對公司負責"原則，而且與司密斯家族沒有任何經濟利益瓜葛。他們是社會名流或是阿O欽佩的專業人士，所以他沒想過換人。

市長也厭惡鄔少，爛泥糊不上牆，撤換又怕會得罪省委老領導。無奈之下，他去找燕書記商量。燕在政治上確實比他高明，舉重若輕，把處理這個問題的任務交給蕭副市長，由他便宜行事。

即將離任去鹿城的蕭，儘管心裏好為難，還是趕到香港。

電話打到家裡沒人接，他又打阿O的大哥大，找到建築工地見了阿O。阿O向包築頭請了假，帶著渾身汗臭，陪他到附近的一家茶餐廳坐下。兩人點起香菸，默默相對，一時無從開口。

"以後有什麼打算？"還是蕭先發問，為阿O擔憂。

"5年後再說吧。"

"……"蕭想說，跟我去鹿城吧。但自己此去能不能站住腳還不清楚，前任可是被地方勢力擠兌得沒脾氣，據說。再說，這麼做會不會被人看作拉幫結派？

"為甬婺高速的增發股票籌資方案看了麼？"阿O問。

"很不錯，"蕭點頭認可。心頭又感到難言的壓抑，"難為你了！問題是誰來執行，鄔少華行麼？"

"市裡那麼多才子，為什麼就不能換一位？"

蕭默然，使勁抽菸，抽完一支再接一支。阿O又叫了兩瓶冰啤酒，也陪著抽菸。兩個男人，心裏都苦，都不會吐露。

"阿O，你該讀讀《資治通鑑》。"蕭灌了一大口冰啤，喟然道："人家會用權啊！"

結果，蕭什麼都沒說。謝絕了共進晚餐的挽留，直接到街頭打的去啟德機場。阿O目送他索然背影，看他早生白髮的後腦勺，反憐他被人排擠出甬城（副省級城市的常務副市長去地級市當市長，級別上是平調），仕途坎坷。嘆息道：

"樓觀甫成人已去，旌旗未卷頭先白！"

阿O看看錶，還不到下班時間，直接用大哥大找星洲基建的公司秘書，以個人名義請全體董事明天喝早茶。

週末上午，上環的喜樂門茶餐館裡外都是鬧哄哄的。

左近的西港城，是一個老建築，內地來觀光的遊客很多。夏敏陪阿O到那裡，見時間還早，先進去逛了一圈，意外遇到尤香蓮。夏已擺脫了往日陰影，也不知尤使的陰招，老同事相見，自然熱絡一番。阿O讓夏陪她逛逛街，自己告罪先赴約，請客哪能遲到。

公司秘書昨天訂了包廂。阿O踩點到達，還是有幾個住得較遠的董事反而先到了，還帶了夫人孩子，已開始吃喝。香港人喝早茶是比較隨便的。這裡的蝦肉餛吞是滬上城隍廟風味，灌湯包可媲美吳城知味觀，其他鳳爪、魚丸、蒸糕什麼的，潮州味不敢恭維。

不一會兒，人到齊了，還有兩位也帶了夫人孩子，李太也來了，大家自然寒喧一番。還沒進入議題，李太先埋怨阿O沒帶柳鶯一起來，說夫人們有點失望呵！阿O當即用大哥大聯繫夏敏，她有星視配給的袖珍手機。一問還在港澳碼頭的商場，過天橋就是，夫人們帶著孩子興沖沖趕了過去。

早茶聚會，成了不久以前的董事會。

大家並沒有因為阿O落魄而看不起他，反而對他敢作敢當十分佩服。阿O先謝過諸位給面子，誠惶誠恐，恭敬有加。接著與大家分析現在公司的尷尬處境，阿O認為：公司持續停牌下去，運營也受影響，風險極大。讓鄔少華當個董事長，公司事務也不是他可聖口獨斷的，只要重大決策諸位能以公司利益為重就是。該聽的聽之任之，不該聽的，諸位也不是能為五斗米折腰的。

這話，尤其是 3 位獨立董事愛聽。他們自視甚高，又猜到一些內幕齟齬，覺得鄔出任董事長是對阿O不公平，更是看不慣他趾高氣揚。約翰·李還說，聽他一開口便知是個紈絝草包，根本不知現代企業制度為何物。既然阿O這麼說，是為公司好，他們可以接受。其他幾位也不怕鄔少華這小人翻天。

公司董事長遲遲不到位，對公司確實不利。至於為什麼不能換個人選，想問又不好出口，阿O不提這茬，應有難言之隱。

接下來，阿O又提起增資擴股，籌資建設甬嵊高速公路的事，將自己的意見供大家參考。公司做項目賺錢才是正事，大家想想也是，要求阿O把方案發郵件過來，表示會好好研究。

末了，那位大衛·王提議，永興創業能派一個合格的總經理過來，則更好。眾人贊成，阿O也心領神會，當場與蕭副市長接通電話，把董事們的意見說了。蕭通過電話向董事們問候，並表示會尊重他們的提議。

夏敏和尤香蓮與這些夫人、孩子匯合後，一起逛了皇后大道，又去銅鑼灣轉了一圈，再到時代廣場選購時尚衣物。尤抓住機會，搶著為大家購物買單，李太說"怎麼好意思讓妳客人破費"，拿出運通黑卡一刷了之。夏提議去珍寶坊，請大家吃了頓海鮮大餐。

席間，尤自我介紹是經營旅遊公司的，進而說起古老甬城的三江六岸風光和名勝古蹟，邀請夫人們帶孩子去玩。夏知其意，也幫她繪聲繪色地描述，說到梁山伯廟還搬出老話：

欲要夫妻做到老，梁山伯廟走一遭。

幾位夫人心動不已，李太挑頭，相互約定一起拉各自老公司去。尤這次過來是找港埠華夏旅行社合作的，碰了壁。今天意外遇到夏敏，結識幾個有來頭的夫人，也是緣分。也沒想到會給她帶來重大機遇，公司經營又上一個臺階，還讓她擺脫了洪總裁的控制。

她訂了晚上鵬城飛甬城的機票，下午匆匆離去。臨別，夏又從音像店買了一套自己的專輯碟片，親筆簽字送給尤留念。尤感慨良多，心生羞愧。回去後，她好幾天睡不著覺，找匡姐訴說。

見她痛哭流涕，匡姐給她讀了一段聖經：

如果我們坦白了所犯下的罪，上帝保持信義，原諒我們的罪過，並幫我們洗去身上的不義。

尤沒敢給夏敏寫信坦白，卻向岑牧師懺悔。只有上帝知道！

阿O在茶餐廳的開導，化解了障礙，讓鄔少華終於當上了星洲基建的董事長。鄔心裏卻像當年找阿O決鬥時那樣，一點找不到贏的感覺。暗罵阿O賤：老子都尿到你臉上，你居然還出手替老子把尿！然而，當市政府派了原市體改委的戴處長過來，指令鄔在星洲基建董事會提名戴出任總經理時，鄔總算明白過來：阿O根本不懷好意，讓自己當了個傀儡。

鬥爭矛頭不得不轉移，這次對手論背景與鄔旗鼓相當。

阿O仍在工地上賣苦力，日復一日。如果不是家裡有個美姬天天在等候，他好像回到了上大學以前，白天辛勤賣苦力，夜裡挑燈讀點書，似乎生活本該如此。這期間，阿O沒去聯繫往日的好友，連S師那裡都好久沒去拜訪，放任自己沈淪在社會底層。的確很沮喪，有時覺得自己是被遺棄的。老老實實做個地盤雜工領班吧，跟窮兄弟打成一片。工地上好些天沒見小熊影兒，也許又到哪裡去搞他熱衷的街頭集會活動。他給阿O留了張紙條：

行無愧怍心常坦，身處艱難氣若虹

嘿，還拿陳獨秀的詩句來激勵我？阿O感到暖意，卻又擔心他會被人利用，就像當年的魯老大。但以自己的尷尬身份，去跟他講黨的"社會主義初級階段"理論和"一國兩制"政策，豈不可笑。

週末晚上，兩人照常相伴去做義工。社區有人認出戴口罩的竟是歌星柳鶯，奔相走告，招呼鄰居大家相幫搞完衛生，搞完了圍著她要聽歌。她見月上中天，唱起"春江花月夜"以遂眾願，憂傷而空靈的唱腔很有感染力，有人情不自禁跟著學唱，還有人掂著二胡來伴奏，圍觀者越來越多。有些才藝的人也一時技癢，競相獻唱，搞成了坊間音樂會。

阿O發現民間有不少懷舊歌謠，寄託著對祖國的思念。他在旁默默記詞錄譜，汲取營養。以後一有時間，也主動到群眾自發的坊間聚會去"采風"，只是怕負案之身有損歌星形象，不肯和夏攜手出場。而夏非得要拉他一起唱，她真的不在乎阿O身份，也不在乎自己名份。歌星艷事被娛樂八卦渲染，鬧得滿城風雨。

與義工為伍，柳鶯不但沒被鄙視，反而人氣更旺。

在家，她像一個賢妻，樂於操持家務。不知道人有沒有所謂"氣場"，在阿O身邊就感到溫馨。連他身體的汗味、淡淡的菸草味也感覺蠻好，有時會拿他換洗的T恤捂在鼻子上聞聞，這是自己男人的味道。溫馨的時光，但願永駐。

近幾天她有點神情恍惚，粗心的阿O也有感覺。問她，她推說工作有點壓力，還強笑著反勸阿O要振作，別被命運磨難壓垮。

那天晚上，匡姐突然出現在門口，帶來噩耗。

苦阿婆去世了。三江口的教堂鳴響喪鐘，岑牧師為她主持了葬禮，教友們從甬城各個角落冒出來，匯聚竟有上千人，跟她告別。

苦難的一生，她幫助過許多人，卻從未得到過什麼報償。連阿O發誓要加倍償還的一萬元投資，也是未解凍只看得見的財富，怎不叫人痛徹心肺！

唯一堪慰的是，匡小君早就拿到出國留學簽證卻遲遲不肯走，陪她老人家走完最後一程。

說完了苦阿婆喪事，匡仰天長歎，任由阿O、夏敏在左右各抱著她一條胳膊慟哭，茫然佇立，已流乾了淚。

第二天，匡姐轉機飛往美國，去進修醫學。經通宵敘談，她諒解了夏敏何以扣下苦阿婆病危的電報，也為阿O受法院處罰抱屈。臨別時，再也抑捺不住沖動，緊緊擁抱阿O，在他耳邊說："還記恨姐揍你麼？傻阿O，其實姐一直都愛你呵！"

她把初吻給了阿O，澀澀的，也許是今生最後的吻別，從此天各一方。機場候機廳正播放著一首不知什麼年代的老歌：

恨今朝相逢已太遲，今朝又別離

水流迂迴，花落如雨

今朝又別離

明月為證，白石為憑

我心早相許

今後天涯，願長相憶，愛情永不移！

十三、相思

夏敏和阿O的脖子上系了麻繩，戴孝七七四十九天。

夏其實心裏比阿O更難受，扣下電報實非得已。苦阿婆為救她差點自己淹死，她至今無以報答！但阿O不得離境去奔喪，還不活活撞死？她情願天打雷劈，替阿O擔下"沒良心"。這心腸讓匡姐感動，她含淚祝福夏和阿O白頭偕老，帶走了《惜分飛》專輯。

受罰期間，阿O每天除了為生計打工，其餘時間基本由社會福利署官員調派，若沒夏陪著，這日子還真難熬。240小時義工眼看要熬出了頭，苦悶漸漸散去，但阿O仍精神疲頹，似已甘心沉淪。

馮總來看望阿O，帶來一部電視劇本，想請阿O寫個插曲。阿O苦笑，說已"江郎才盡"，現在只是個地盤工，倒是有把子力氣。看看夏敏，他又不忍讓主演的她失望，接過劇本看了。

這是部苦情戲，俠女傳記，戲中插曲是"雪山天女"在月下訴說相思之苦。心念一動，他拿出小婭寫來的信，截下一段，改成來自西域的古調歌：

月徘徊，難入睡

祈盼哥哥，託夢來相會

又怕魂遊千里外

重重關山，欲把心揉碎

月明樓，誰共醉

意許高原，不掉相思淚

守得雪蓮花嫵媚

來日休嫌，妹妹人憔悴

歌詞切合故事情節。夏敏正好借題發揮，再次嘗試譜曲，將內心深處對阿O一片深情滲入古調歌旋律。馮拿回去給劇組，編導大為滿意，請樂師修飾曲譜並配樂，叫夏敏試唱。當場，讓不少人為之淚下。

於是，插曲標題為《無寐》，與電視劇推廣片同時播出。

由於通俗直白，就是眾多怨女曠婦的心裏話，說出口羞羞，唱起來各有委屈。此曲，很快在市井流行，又像《曲江柳》被篡改了幾個字，有好幾個版本。

首映式上，柳鶯對捧場嘉賓透露：曾認識一個銀行的白領麗人，去了雪域高原扶貧，備嘗艱苦，奉獻青春，她才是真正俠女。這首歌，就出自她寫給情哥哥的私信。引起輿論大嘩，紛紛追索她是誰。夏怕阿O責備，耍賴不說，惹來更多猜疑。

隨著電視劇在內地電視臺播出，這劇中插曲在青藏高原也到處傳唱。新任自治區政府副秘書長的小婭，一心撲在工作上無暇看電視，偶爾聽到同事在學唱這首古調歌，不由得心跳：怎麼這歌唱的像是自己私信的悄悄話？

北京，喜歡娛樂八卦的小婭後媽，恰巧在電視上看到此劇首映式，直覺認定柳鶯說的就是小婭，也成了追劇人。插曲中"月明樓，誰共醉"的畫面，不是嫦娥舒袖起舞的廣寒宮瓊樓玉宇，而是酷冷的冰天雪地，所以聽到"意許高原，不掉相思淚"，她就忍不住要哭，抱怨老公不會用權：

"不顧女兒孤苦伶仃在雪域高原，怎麼狠得下心？"

身為父親，既為女兒援藏工作出色而驕傲，又念她獨在異鄉苦苦奮鬥多年而難過。聞言他流淚了，起私心要調她到自己身邊。但她這一批青年幹部是中組部直接關注的，要動還真不容易。

週末，馮總相邀，阿O帶夏敏去拜訪S大師。

阿O除了以前公司上班的正裝，沒什麼像樣的休閒服，找出老人送的唐裝穿上，倒也與大師家氛圍不違和。夏敏穿一襲白色連衣長裙，長髮編成藏女的夾綢辮子盤在頭頂，映襯雪肌鵠頸，只是帶了大號墨鏡，讓人認不出她就是柳鶯。她挽著阿O走在街上，還是令不少路人駐足回顧。

見到兩人連袂同來，S大師自然不免提起那中秋晚會的歌曲，又問最近有沒有新作。夏敏奉上《古調歌·無寐》的碟片。

這隻歌電視上反覆播過，報紙也有評論。有人說應是民歌翻新，腔調似早年在西北流行，歌詞直白無文，肯定不是文士之作。還有人說，夜裡盼望情郎魂遊千里入夢來，又擔心路途險惡勞心傷神，這心裏委曲想必出自女人的手筆。說得阿O好不難為情。

S也說不含蓄。但不迂腐，說司空圖《詩品》中"直率"也是一品。似不連貫語句的跳脫之間，值得玩味。"守得雪蓮花嫵媚"是"意許高原"的精神寄託，還是憔悴人盼情郎記得自己昔日嫵媚？

馮欣賞"意許高原，不掉相思淚"句，說這就是俠骨。

S穿鑿：從"月明樓，誰共醉"讀下來，恐怕脫自范仲淹的"明月樓高休獨倚，酒入愁腸，化作相思淚"。阿O心悅誠服：小婭受范希文影響甚深，信上還說"燕然未勒歸無計"哩！

座上常客W先生不爽，說："同是白話填詞，不如《卜算子·詠竹》。記得宋人徐庭筠寫竹，有'未出土時先有節，便淩雲去也無心'佳句。你的這首詞意思差不多，卻抒發了一股子意氣。"

"豈可與士大夫的節操相提並論？我吐露的只是小人物不甘、不屈、不自卑，還有不自滿的自勉，就是您說的'一股子意氣'，或者說是滿腹牢騷而已。"阿O有點不好意思。

"所謂'詩言志，歌詠言'，或許就是這區別吧。詞是抒情為主的，口語化的。"有人讚同，還說："這首詠竹詞，唱起來暢快淋漓，直訴胸臆。"

"我喜歡這詞，就沖這股意氣，一吐為快！"夏怯生生插嘴。

"哎，有意思！"W來了興趣，"妳倒說說，《卜算子·詠竹》和《古調歌·無寐》，妳是怎麼譜的？"

"嘗試譜曲時，我不知如何入手。阿O告訴我，表達詞意的語氣是旋律的動機，旋律是語調的發揮，此即所謂'歌詠言'。我試著這麼做，譜了這兩個曲子，覺得好像音樂旋律本就在詩詞裏，我不過是用樂師或歌手看得懂的形式寫了出來。"

"讀了動人的詩詞，我也有樂感，怎麼就沒個譜呢？"

"那是你沒這個音樂修養！"S笑話他，"也許你也能憑感覺哼哼幾句，哼不成調。哼出調來也不會記譜不是？"

"對對。"那人經商，也是詩詞愛好者，受了啟發："就像我有時候觸景生情，有了詩意，卻做不成詩。"

"妳說'旋律本就在詩詞裏'，那為何同一首詩會譜成不同的歌曲呢？"有人發現了問題。

"有一百個觀眾就有一百個哈莫雷特。"W不屑道："這就是藝術，不是你經銷的工業品！"

"現代歌曲，基本上是因詞譜曲，詩詞格律還有意義麼？"

對這個問題，夏有自己心得："詩詞格律可以理解為基調或體裁，有的詞牌以前是有譜子的。但像現代'信天遊'民謠那樣，同樣的基調因歌詞不同能唱出不同的味來，旋律也不是千篇一律。"

S說，古歌調此曲唐代自西域龜茲傳入，當時有三曲，分屬沙陀調、水調、金風調，相傳歌詞原為七言，後多有演化。詞牌也有蘇幕遮、雲霧斂、縹雲松令等等。夏認真受教，還提了些問題。大師耐心給她指點，還推薦了幾本古籍。

"詞的聲律脫胎于律詩。律詩有句中'一、三、五不論'之說，忌犯'孤平'，卻可'拗救'，還說'平平仄平仄'，或'仄仄平仄平'之類句式是古風。填詞亦然，不然哪會有諸多變體。"阿O覺得詩歌"抑揚律"，與瑪采爾 "音樂的行進" 之論似乎相通，但現在不是學術研討，是閒聊。籠統言之， "不能因律害義"，還舉例說：

"那篇《惜分飛》下闋中，我原填作'宵朗月遠'，譜曲人改'遠'為'圓'，雖不合律，但改得好。"

"'圓'、'遠'各有意味。"W略有沉吟，還是點頭："改得好， '圓'有更強的衝擊力，唱起來也不違和。"

"格律嚴謹的詞，白話填寫暢快淋漓，辭章功底不淺！"說這話的是位研究辭章學的耄耋老人，阿O叫他師叔，他和阿O的老師王迅川教授是日本早稻田大學同學，曾相互論過師承。他埋怨道："你小子也算是王教授的關門弟子，何不繼承老師衣缽？為何轉又去黨校進修經濟？"

"您是否笑話我想升官發財？"阿O尷尬，不得不解釋：

"其實我上大學進華文系，主要是為追蹤范蠡足跡探究計然經濟學深奧，但計然沒有剖析現代資本社會的經濟運行，於是我想認真讀讀《資本論》，而黨校應有正宗傳承。"

"原來阿O真正志趣還在於經濟。怪不得能在股市興風作浪，剛剛還賺一大票！"馮醒悟道。

"我是否渾身銅臭，不該附庸風雅？"阿O摸摸鼻子自嘲。

在座有人問及《涉江采芙蓉》曲譜來源，阿O說得自一個中學老師傳授，自己譯的，當即將簡譜還原成"工尺譜"。阿O還有這一手，令人不堪思議，大陸"文革"沒掃盡"四舊"麼？眾人興趣轉到漢樂府和古樂律呂話題，不免感嘆華夏文化的式微。S扼腕太息：

"以阿O的造詣和天賦，何不放下俗務，洗去一身銅臭，專注於創作，哪怕是做個當代柳永！"

阿O辯解："華夏文化式微，還不是由於國力衰落？現在年輕，自當為國家強盛效力沙場，等老邁時退隱林泉再專注文學吧。"

說得自己像是赳赳武夫！S撫掌大笑，年輕時抗日烽火燎天，他也曾投筆從戎。馮幫腔："看來詩詞歌賦只是他業餘愛好，就像辛稼軒心在沙場點兵，阿O志在商場縱橫捭闔，經國濟世。"

"是啊是啊，阿O很有經營才能的，曾將一個快破產的集體企業，做成上市公司，他借100萬投入，現值1,000萬！"夏誇耀。

"真的？"老教授驚歎，不是不信，是難以置信。

"我信！"W也是搞財經評論的大腕，自不會輕信，"看他併購星洲基建的手段，空手套白狼，簡直是商場殺手。"

座上幾位老先生大跌眼鏡。

晚餐時，一位來自臺灣的老友到訪。席間，S特意給阿O作了介紹。他姓何，坐著腰板挺直，不苟言笑，膚色黎黑，一看便知行伍出身，其實就是前國軍將領。

何先生老家在奉化剡界嶺下，溪口鎮附近。說起來夏敏還是鄉鄰，喜出望外，目光透出親切感，懇請她講講故鄉近況。夏如實相告，描述了剡溪兩岸風貌改變，乃至農村土地承包經營後的民生苦樂，還提及雪竇寺修建。並說，自己也有兩年沒回鄉，掛念著老人和孩子，若有幸與何先生同行，願為嚮導。在座其他幾位海外遊子也聽得入神，表示也想去老蔣故里一遊。於是，幾位當場與何先生約定，中秋節一起去。

勾起思鄉情切，闊別家鄉父老多年，該帶些什麼見面禮呢？

問阿O，是問道於盲，人情世故是他的短板，拜訪S大師都沒帶禮物不是。他還說心到就是，千萬別鬧笑話。說起來，兩岸"三通"之初，阿O有個同事的叔叔，據說還是一個臺灣石油公司的副董事長，到甬城探親背來一大包東西相贈，打開一看，淨是長短褲衩。他誤信宣傳，還以為大陸三個人輪穿一條褲子。眾人噴飯，何卻沒笑，此前他也將信將疑，留在記憶裏的大陸，是當年潰兵撤離時留下的滿目瘡痍。國庫黃金搬空，是他帶兵押運去臺灣的。

S說自己曾回老家鹿城，看到交通不便制約了經濟發展，於是拿出自己的全部積蓄投入了鹿婆鐵路線建設。阿O由衷讚揚：鋪路造橋乃是華夏人的至高功德！何聽進去了，後來他私下聯絡同鄉袍澤，也湊了一大筆錢支持家鄉的"村村通公路"建設。

阿O見何先生等人約定了時間，就熱心安排接待，打電話聯繫了奉化溪口鎮政府領導，他曾在這一帶搞過"社教"，很熟。

在"人民公社"吃過晚飯，回家時，他倆順皇后大道一路逛來，手挽手像對情侶。夏和前夫結婚是通過親戚介紹的，相親後就擇日拜堂進洞房，還真沒拍拖的經歷。每次挽著阿O逛街，總有點莫名心跳，醉意微醺。到家很晚了，沖洗罷，她幽幽地說：

"阿O呵，還是聽S大師的吧！"

她為阿O的前途擔憂，也為他賣苦力的辛勞而難過。拿出自己的銀行存摺遞給阿O，她說："我的薪資足以供我倆生活，馮總還經常給額外片酬。這麼苦的活你就別再去幹了，專心搞創作吧！阿

O，不要再去工地了好麽？"

阿O推開她遞過來的存摺，"這些錢妳自己好好存著。演藝界花無百日紅，要為以後打算。"

夏衝動的抱住阿O："哪怕以後挨餓，我也不忍看你去做苦工！我不要以後，活一天算一天……"

"妳還有孩子要撫養，"阿O提醒她。他雙手捧起她的臉龐，目光炯炯注視她噙著淚花的眼睛："要堅強！"

"嗯。"她乖巧點頭，止住淚水。提起孩子，女人總是認真的，不但心思就會改變，恐怕連身上的荷爾蒙分泌都會改變。雖然早想把孩子交給他爹，孩子還小，究竟還有不捨。

阿O冷然發問："妳是不是覺得我現在的工作很卑賤？"

夏一愣，答非所問："就是沿街乞討，我也跟著你！"

阿O想了想，想不出對她怎麼解釋好，深沉地說道："社會上只有卑賤的人格，沒有卑賤的工作！"

夏那雙晶亮的眼睛審視阿O：這"大男孩"既純真又複雜，看不透。"你就甘心這樣扛粗活混下去，埋沒才華？"

"我也想有用武之地，可這世上有多少才華橫溢的人，報國無門。"喟然長嘆一聲，"何世無遺才，埋沒在蓬蒿！"

霓虹燈下街頭，販夫走卒中，難道再無呂望、管仲……

"你也太苦了呵！"說著，她又流淚了，頭一歪依偎在阿O的胸膛。她肩頭還在聳動，阿O能感覺到她還在無聲抽泣。自己與她在異鄉相依為命，有責任愛護她，不讓她難過。於是，他坐下來，摟著她說："我為妳唱首歌吧。"

年輕的朋友，你莫把淚水流

生活從來就是這樣，你不要難受

世上有苦水也有美酒

看你怎樣去尋求

只要你能夠，昂起頭

苦水也就變成美酒！

哦，不要愁……

這是阿O當年在碼頭上做裝卸工時，聽一位青海勞改農場刑滿還鄉的年長工友唱的，至今未忘。沙啞的低吟淺唱聲裏，夏敏漸漸平靜下來，竟然睡著了。阿O知道她心裏苦，抱著她坐了一夜。

天亮時，她醒了，衝阿O歉然一笑。笑容像朝陽般燦爛，真是酷美，阿O看傻了。洗梳罷，煮了咖啡，烤好麵包片，她和阿O一起吃了早點，就去星視排練。臨出門，笑嘻嘻在阿O臉頰上親了一下。昨夜，是被阿O抱著入眠的，夢真甜。

阿O還是披上粗布工裝，手拎大哥大，去工地上班。他與小熊那些地盤工為伍，心裏是充實的。同做苦工，時常有一些"皮肉熬出來的真理"（高爾基）交流，不免離經叛道。有時候甚至想：不管今後香港是不是"馬照跑，舞照跳"，作為無產階級先鋒隊——共產黨，根子總應該紮在社會底層的普羅大眾裡吧！

從維持香港繁榮的經濟角度看，"一國兩制"策略不錯。其他複雜的政治問題，沒去多想，也沒按蕭師兄的忠告去讀《資治通鑒》。術業有專攻，自己還是在經濟方面多下功夫。

這平靜的日子沒多久又被打破。

那天晚上，澳門來了一位姓余的先生，說是受張先生委託來探望。阿O和夏敏也剛到家炒菜做飯，就熱情邀請他入座共進晚餐。

他吃過了，但盛情難卻，一起喝兩杯。

阿O喝的是廉價的紅星二鍋頭，正對他的口味，哈哈！

邊喝邊聊。余先生說，他在香港金銀業貿易場有個金號，要交給阿O打理。阿O情知是張先生給他機會，東山再起。

余身材高大，身板挺拔，軍人出身。現在是澳門一家娛樂公司的老闆，金號是他白手起家時搞的一項生意，而今他有重大項目要做，沒時間顧及。

"余先生在做什麼大項目，以至於把金號生意都能撇下？"

阿O的好奇心，使余的笑容漸漸淡去，目光變得銳利起來，審視著阿O和夏，沈吟不語。阿O很淡然，點起一根香菸，並將菸盒遞過去。余擺擺手，自己掏出雪茄來點上，這倒是大老闆氣派。夏見氣氛有點尷尬，藉口再去做個菜，避到廚房去。與阿O對視良久，余終於開口道：

"既然張先生信得過你……你知道W號航空母艦麼？"

阿O心頭一震，埋在內心深處的那位女郎的訣別，被勾起。誠知她可能又去了烏克蘭也不敢打聽，但他時時關注著這方面的消息。但誰知道余是什麼路數，於是笑了笑道：

"據說，烏克蘭開價30億美元，談崩了。您還有興趣？"

"全部建好要90億呢，誰要？"他開顏一笑："現在，由黑海船廠當廢船處理。我想撿個便宜，買來開個海上賭場應該不錯。"

"那該全套設計圖紙也買來。"

"就是！"余使勁點一下頭。旋即又掩飾道："不然怎麼改成賭船，對吧？"

從生意的角度來看，還似乎真是回事。不過阿O心裏有數，也不追問，思緒卻飄遠了。她音訊全無，不知現在哪裡，是否無恙。

"張先生說你是善財童子，希望你能幫上我。"

阿O鄭重點了點頭，"不敢當，盡力吧！"

兩人碰杯，幹了。夏又端上來西紅柿炒雞蛋，正好下酒。

喝著聊著，漸漸談得融洽起來。余的酒量很好，阿O有心事，陪著不知不覺多喝了，不勝酒力先倒下。夢裡，還是在華僑飯店的歌廳舞池，他伴著那位英姿颯爽的女郎，翩翩起舞。也許是命運的交錯，生平第一次與人如癡如醉共舞，激蕩而和諧，全身心沉浸在探戈的旋律……

自從你離開我，那寂寞就伴著我

酒醉的探戈，酒醉的探—戈，

告訴她，不要忘記我！

曲終，空曠歌廳，追光投映在邊壁上的身影，似兩個靈魂相擁，融合。

十四、負心

香港金銀業貿易場也是要執業資格的，嚴格的資質要求不亞於證券業和銀行業。

雖然阿O沒有涉及過黃金白銀的投資，既是張先生介紹的，他就要去做。白天打工，晚上刻苦鑽研。不過，他沒有再去研讀《國家與革命》，而是去鑽研地緣政治與黃金行情的關係，以及黃金交易規則。幸而以前吃透經濟學原理，又考過證券業的牌照，觸類旁通，他很快考取了金銀業貿易場的司理人執業資格。

接下來，阿O又順利通過了場內交易和電子交易的測試。

兩位香港金銀業內很有聲望的大佬作為保薦人，向金銀業貿易場理事會申述："阿O已完成 240 小時的義工，社會福利署的監管人給了很好的評價"。況且，阿O自首而受罰的事金融界普遍給予同情，破格讓阿O通過了審核，成了"雙律金號"的司理。

阿O搖身一變，苦力又成了金領高管，年薪百萬。夏敏既為他高興，又暗自難過，他終究不是池中物，會展翅遠颺。

那晚，她買來拉斐紅酒和東星斑魚、盎格斯牛排等美食，煞費心機做了一頓奢侈的晚餐，為阿O慶賀，也把自己灌了個爛醉。

阿O把她輕輕抱起，放到床上。躺下後，她手臂還環著阿O的脖子不放，看著她白皙透紅的俏臉，艷麗不可方物，阿O不由心境一蕩，忍不住低頭在她額頭吻了一下。她雙目緊閉，竟觸電似的渾身微微顫抖。阿O慌忙從自己頸上摘下她的手臂，輕輕給嬌軀蓋上薄被。系住心猿意馬，阿O回自己床上盤腿打坐，閉目默誦：

若夫神無所掩，心無所載，通洞條達，澹然無事。勢利不能誘，聲色不能婬，辯者不能說，智者不能動，勇者不能恐，此真人之游也。夫生生者不生，化化者不化……（九守·守真）

誦經時漸漸入定，恍惚又處在雲封高岵。隱含在《通玄真經》字裏行間的吐納心訣自然運行，洗煉胸臆，乃至渾身經絡。非刻意，也無可名狀。

著名的香港金銀業貿易場，這裡集結了香港 171 個金商會員，對世界的金銀行情有舉足輕重的影響，設在孖沙街的一幢樓裡。在香港上環林立的高樓大廈間，並不起眼。

踏上花崗石臺階，推開兩扇不鏽鋼框架的玻璃大門，進入交易大廳，阿O恍惚進入了上個世紀30年代的紐約交易所。

大廳內，有幾十個身穿淡綠色制服的交易員，時或三五成群交談，時或有人舉臂叫價，眾人爭相競賣競買。報價或討價還價皆有特定的手勢，像打啞謎，成交後雙方拿出小本本寫單，然後交到大廳一側的櫃檯。後檯會幫你結算，交易日終會將當日交易結果劃入各家帳戶，並以結算單通知雙方以便核對。你可以選擇交割或遞延，遞延則會產生倉費，倉費則看多空態勢。99 金的計量單位基本是 16 兩制，也有倫敦金交易按金盎司計量。

阿O從邊側走上二樓的觀摩平臺，看著眾人交易，等候貿易場總裁的召見。10 點一刻，場內交易暫停，大廳一側的牆上巨幅表版，有工作人員刷新各檔金銀行情及交收量，看來是又漲了。97 回歸在即，香港經濟波動，買黃金避險需求推動下，多方壓到空方。但這行情隨時都可能反轉，因為香港沒有資金流動和黃金進出口的限制，與國際金市相連，是公海。一刻鐘後，接下來的交易果然空方反撲，多空雙方廝殺激烈。

阿O現在手頭沒有多少資本，雙律金號帳上的錢，除了基本保證金，已被余先生抽去搞澳門的賭業牌照，這是購置W號航空母艦作為賭船的前置條件。他現在只能觀戰。

有位女秘書過來找阿O，從另一個通道，把他引領到第五層，去見貿易場的總裁。總裁姓章，是老資格的金商，人很和善，說話謹慎。

"你要借黃金？"

"是的，需要 32,151 金盎司。"

"1 噸！"章總裁吃一驚。"是為套利還是套期保值？"

"都不是。"阿O恭敬地遞交準備好的方案。"我打算借黃金在貿易場拋售，籌資去開發金礦。"

方案簡要：雙律金號余老闆與合作夥伴開採一個金礦，已探明可採儲量有 30 多噸，預計年產黃金可達 1,800 公斤，現在需要大量資金投入開採提煉。現在銀行貸款利率高且惜貸，條件苛刻。雙律金號擬向同行借入黃金 32,151 金盎司，並通過貿易場拋售變現投入金礦，一年後以金礦出產歸還。

章總裁仔細審閱阿O提交的方案，認為基本可行。他馬上打電話問了幾個金融會員，報價均為GLR0.6%～0.8%，相當於LIBOR-GOFO，他建議阿O選擇與華銀集團、HS銀行兩家會員接洽。

這兩家金融會員背景是香港的發鈔銀行，都有大量黃金儲備。由於黃金不生息，所以願意低息出借。章聯繫好以後，讓阿O自己去洽談。阿O為表感謝，請章喝酒，被婉拒："為會員服務是應該的。我也想和你好好談談，今天沒時間，改天再約。"

阿O去HS銀行，與金銀交易的負責人達成初步協議：倫敦金，一年期（可續）。32,151oz.tr，GLR0.6%。但問題是，金礦抵押不接受，因為這需要專業人士評估，費時費力，要求改由他們認可的香港上市公司擔保。阿O想想也對，0.6%本來就沒什麼利潤，要讓HS高層信得過的評估機構出份報告，沒二、三百萬港幣下不來。

於是，轉又想起星洲基建。

余總是張先生介紹的，張應該會支持，問題在於永興創業那邊。老冤家鄔少華是董事長，怎麼繞過他呢？但不管結果如何，這是條捷徑，總得試試。阿O打電話約星洲基建的戴總經理。

戴總名明憲，軍人家庭出身，是王喆栽培的少壯派，與阿O自然親近。電話裡聊了幾句，覺得這事應該和鄔董事長商量一下，否則市裡不好交代。阿O想想也對，就說請鄔一起來先聊聊。

晚上約在蘭桂坊喝酒，鄔親自訂了一個酒吧的包廂。

戴提醒阿O，晚上鄔還邀請了華銀集團的陶經理等人，還有幾個夜總會結識的美女，要準備好挨上"溫柔的一刀"。阿O情知鄔的色性難改，也不能免俗，除了信用卡還帶了兩萬元現金預備付小費。阿O若有應酬經常帶上夏敏同去，以免小姐糾纏，由於鄔和夏的尷尬，只好獨自去了。

直至夜深，夏敏還在家中等待，連打幾個電話阿O都沒接。

自從阿O當上金號司理，余先生給他配了摩託羅拉袖珍手機，阿O從不離身，24小時開機的。今天怎麼啦？天又下起了暴雨，電閃雷鳴，她心亂如麻。想去蘭桂坊找他，但這街區有近百個大小酒吧，怎麼找？正糾結之間，有人敲門，她急急打開房門，嚇了一跳。

門口站著濕漉漉的兩個男人，一個高個子架著耷拉著腦袋的阿O。這高個子正是曾持刀追殺他倆的馬仔。

高個子架著阿O進門，讓阿O躺在沙發上，抹一把盔鬏似的頭髮上雨水，咧嘴一笑："姐，他喝多了，差點把酒吧砸爛。今晚我正好在那裡看場子，見是他，就跟老闆說，這個人有江湖前輩罩著，可惹不得。他不肯去醫院，是怕失體面吧，執意要回家。"

"謝謝您啦！"夏敏慌忙掏錢，想酬謝他，被擋住。

"都是華夏子孫，出門在外，同胞該相互幫襯的！"

他連一口茶都不喝，接過毛巾抹把臉就走了，說還要回去當差。阿O喝口熱茶，掙紮著站起來，在夏的幫助下脫去濕衣裳，去衛生間沖洗。夏扶著他，觸手便覺他渾身發燙，心疼不已：

"幹嘛喝那麼多酒？多傷身！"

"……沒多喝……被人下了媚藥。難受極了！"

阿O喃喃的說，腦海亂哄哄的，堅忍著保持靈臺一點清明。酒吧包廂裡，幾巡酒後就渾身燥熱，身邊美女豐胸和大腿的誘惑簡直無法抵禦，在座幾位男的已經失態了，浪聲浪氣，甚至撕了小姐衣裙，滿目旖旎。他咬破舌尖喚起一點意識相抗，故意耍起酒瘋，打出門來。很快，幾個漢子狼一樣撲上來，將他制住。邪火從丹田升起，莫名衝動如潮漲，一浪高過一浪。

此時，扶著他淋浴的夏，薄衫水濕顯出曼妙身材，看著又是一陣熱血上湧，雙眼猩紅，一把攬住夏，緊緊擁抱，像要把她融入懷裏。夏幾乎被勒得透不過氣來，眼前閃現一幅幅蹂躪者的獰笑嘴臉，拼命掙脫，下意識揚手打了他一巴掌。

阿O一怔，似有醒悟，周身經絡瘙癢，焚心慾火難忍，狠狠心頭去撞牆。她慌忙去攔阻，來不及了，"咚"的一響，阿O癱倒在地，額頭流出血來……

夏慌了，手忙腳亂將他安頓，敷藥包紮，不住自責咽泣。

阿O暈了一會，發出沙啞的聲音："水……"

聞聲，夏急忙去拿來紫砂茶壺，抱著阿O的腦袋喂他喝。喝完一壺，阿O感覺好受一些，發現自己裹著浴巾躺在床上，頭枕在夏敏懷裏，掙紮著要起身，被夏按住。夏繼續為他包紮額頭，阿O又迷糊過去了，似醒非醒，渾身發燙，冒虛汗，還不住顫抖。無奈，夏拿來毛巾給他拭擦全身。

在她溫柔的拭擦下，阿O周身蟻螫般的騷癢，繃緊了全身塊壘肌肉，渾身泛起紅潮，腦海裏激浪轟鳴。在阿O傷口未癒時，她也曾這樣為他擦身，他的下體也有正常反應，但未見過現在這般，粗壯的雄根高昂，還長了些許，周匝青筋暴起，肉冠腫得發紫，摸上去燙手。情知異常，她從冰箱取來冰塊，拿毛巾裹上捂住，試圖讓它冷卻。過一會，冰塊有點化了，她怯生生地揭開毛巾一看，它依然鬥志昂揚，還挑戰似的晃動。被灌了什麼霸道的藥呵？！

在海南，她聽說過媚藥，“印度蒼蠅”之類邪門的東西，過量是要命的，情知如果再扛下去，阿O的命根說不定就廢了。聽說，醫院治了也只剩半條命，經絡流竄的邪火只有交合時女癸可解。她想著，已是止水般心境泛起波瀾，臊紅了臉。

淪落風塵中曾有人說過，她身懷名器“三株春水”，可自己久絕房事，還行麼？自從被救出苦海，她向天發下毒誓，此生守身如玉，不辜負阿O拼死拯救，多少次對阿O動心也是懸崖勒馬呵！

顧不了那麼多，哪怕五雷轟頂也捨了。

果真，隆隆雷聲滾滾而來，電光閃閃，又一陣暴雨襲來。她沒有害怕，關上窗戶，褪下輕衫羅裙，裸現一身白玉般的酮體，燈光下泛起聖潔的熒光。她甘心飼身野獸，情願被狂暴吞噬。

此夜，維多利亞港灣再不安謐，似有大禍降臨。

天怒，狂風暴雨呼嘯而至。波瀾起伏，妖魅倒行逆施，旋渦肆虐，洶湧浪濤與怒雲相博，赤紅的閃電從九霄直入海底，陰陽交匯的剎那，霹靂一聲，天旋地轉。苦修多年的“九守”，將成未成之際破功。

似火山噴發，一股股滾燙直衝她的識海，真要命呵！她嗷叫一聲，洩身返哺，真的春水潮湧。仿佛一下子被抽空身軀，她軟癱在阿O胸膛還癲了幾下，下腹內抽搐不已，難忍蝕骨痲癢，夾著鑽心的疼，下意識張嘴使勁咬他肩胛。

阿O疼醒了，睜開眼睛，像暴風雨過後的晴朗，再不見一絲猩紅。夏嬌羞地看他一眼，便俯首埋入他的肩頸窩，聞著男人的氣息，卻湧出淚水。阿O擁抱她，疼愛地撫摸她錦緞般柔滑的軀體，心一酸，也淚流滿臉。

早晨的太陽探入窗戶，照射在赤條條的男女身上。夏敏羞得臉色酡紅，悄悄挪開壓在阿O身上的大腿，躡手躡腳地下床。涮洗罷，煮了咖啡，又煎了雞蛋，再去看阿O。他沈沈地睡著，還在夢鄉，臉色蒼白殘留淚痕，但呼吸勻穩。她忍不住，輕輕地在他嘴唇吻了一下。

《雪山天女》續集今天開機，她這個主角不能缺席。自己匆匆吃點，提起坤包出門去上班。雖然腹下還隱隱作疼，但她在陽光下綻開笑靨。化解了阿O的災劫，愛了自己所愛，是老天恩賜呵！

房內，阿O也醒了。頭還有點昏沉，喝了咖啡後振奮起精神，洗了個澡。收拾床鋪，看到床單上一灘汙漬，其間透著殷紅的血跡，不由想起昨夜的荒唐。若不是她捨身解煞，自身恐難以善了。昨夜時而清醒，時而癲狂，究竟如何折騰想不起來。想必把夏敏蹂躪得夠嗆。他該如何報答，娶她麼？

想到婚姻，不由得想起遠在天邊的小婭。

對於小婭，雖然從來都以"大哥哥"自居，但小婭的心意是明白的，怎麼能忍心傷害她？她真摯的愛，熾烈的情懷，阿O豈能無感應，就是個鵝卵石也該捂暖孵化了，要不怎對得起老天眷顧。

現在怎麼辦？糟踏美女不當回事，與那些曾欺辱她的畜生何異？！從今以後我是有婦之夫，而小婭白璧無瑕。再也沒臉見小婭了。忘了我這個負心人吧!

攤開信籤,提筆寫下記憶中浮起的幾行普希金詩句:

我曾經愛過妳,愛情也許還沒有

完全從我的心底裏消失,但願它不再煩擾妳

阿O哀哀地哭了,哭得像個孩子。狠狠心寫下去——

願上帝,會給妳另一個愛人

像我一樣愛妳!

十五、恩怨

星洲基建召開董事會,專題商議為雙律金號提供擔保的事,結果以多數贊成通過決議:

同意擔保,前提條件是金礦產權抵押作為反擔保。

金礦若無意外,如期以所產黃金歸還HS銀行,那最好。如果雙律金號不能到期歸還租賃黃金,星洲基建代償,由此取得一個可採儲量 30 多噸的金礦豈不是撿了便宜? 想必礦主會想盡辦法賠償星洲基建的損失,贖回金礦,那也好。

金礦的評估,公司財務總監大衛·王認為: 沒有必要花錢找專業機構。星洲基建也曾投資過南非一個金礦,後來轉讓出去,就是他配合評估機構做的估值報告。他講了估值的要點後,董事會決定由他和戴總經理去實地考察,核實當地政府備案的金礦儲量及開採証照,搞清開採的工藝和成本。

鄔少華最後還是投了棄權票。他是想投贊成票的,通過決議不差他一票,反對也沒用,何不做個順水人情。昨晚小嫣和他例行通電話時,提到這件事,當時小嫣沒說什麼,過後電話又打回來,是他外公直接說話：絕不能投贊成票，抹不開臉就投棄權票。

戴明憲取代大衛·王當了執行董事，這次戴在董事會上提出動議並投了贊成票。阿O告誡戴要小心，鄔口是心非投了棄權票，可以料定，他會背地裡打小報告給市政府。戴性子果敢，回答無所謂，遲早得有一戰。他還想借助阿O的影響力，把鄔踹下董事長位子。

阿O開始關注黃金期貨市場。現在，他擔心的是黃金漲價。若黃金在年內大幅上漲，低息融資反而得不償失，應設法套期保值。不過，有一點可以肯定，如果金主確信雙律金號拿得出 1 噸黃金歸還，那麼並不需要你到期歸還，而是希望你繼續租賃，直至金主必須動用這筆黃金儲備的時候。這幾乎不可能。而且，阿O並不想拿這 1 噸黃金都去鑄成"大黃魚"、"小黃魚"出售，實際還是讓黃金躺在HS銀行的金庫裡，籍以發行黃金ETF，分成上萬個份額售予公眾。然後，借助在籌劃中的金銀業貿易場電子交易平臺做莊。這樣，可以像滾雪球似的發展起來。這項策劃尚未完成。

晚上睡覺，他還盤算著如何著手進行下一步計劃。

最近股市有點反常波動，他預感一場金融風暴將要降臨，內心一陣不安，起身點了一支香菸，思緒紛亂。

阿O自背傷痊癒後就搬到客廳睡，床是可折疊沙發，夏敏被趕到臥室去睡，畢竟女子該多點隱私保護。他不喜歡空調，客廳面海的寬大窗戶沒關，習習海風送涼，高層住宅罕見蚊子侵擾。月光皎潔，探入窗口，房內明晃晃的。真所謂：床前明月光，疑是地上霜。

"阿O，還不睡麼？"臥室裏的夏敏低聲問候。

"呃，吵醒妳啦？"

"不，我睡不著。"夏嘀咕著，起身抱著被單走過來，把被單披到阿O肩膀上，順勢依偎在他身旁。

"是不是明天要回鄉，勾起了鄉情？"

"不，"夏摟緊阿O腰身，嬌羞地說："想你了！你幹嘛不理我，我難過。"聲音有點幽怨。

"我們不是天天在一起麼……"阿O明白過來，在她耳邊低聲打趣："妳不是很怕男人麼？還說過，再也不是女人了。"

"都怨你！"她嬌嗔，忸怩著，咬阿O的耳垂："人家本來早就不想了，是被你又喚醒的，你賠我！"

阿O撫著她的肩背相慰，被她的鵠頸誘惑，忍不住吻了一下。夏動情地嚶嚀，抓著他的手，按在自己的豐滿胸口揉，又引往溫潤小腹，觸及一片"離離原上草"時，阿O驚悚不已。那天夜裡神智混沌，還沒欣賞過著這神秘之處。以前與女友處到了談婚論嫁地步，也是"發乎情，止乎禮"。看他戰戰兢兢的舉止，她嗤嗤的發笑：

"難道我真的是你第一個？"

"嗯。"阿O不好意思，像一個偷吃糖果的兒童。

"姐就讓你再好好做回男人吧！"說罷，她再不羞澀，款款脫去睡衣，褪下褻褲，全身赤裸裸呈現，還隨手打開床頭燈，讓他看個夠。俏臉上明眸忽閃，含情脈脈期待著阿O。

阿O看呆了，平常她時有春光外洩，還真沒見過這整幅活色生香。天見可憐，她的自我修復能力極強，此時真不知該怎麼形容她胴體的美，比作牡丹太俗了，比作天仙又是虛的，又沒見真見過天仙。枉自是個華文系畢業的大學生，阿O竟然一時詞窮，只想起巴爾紮克的混帳話：她乾脆是個女人！

"來吧，"她柔聲低喚，嫵媚笑吟："今夜讓你玩個夠！"

阿O面對那維納斯似的胴體，不敢褻瀆。只見他神情木然，怎知他內心正靈與肉交戰，夏嘆息著垂下了頭，羞怯的聲音低得幾乎聽不見，"是不是嫌我身子髒？"

"怎麼會？"阿O回過神來，定睛注視她的雙眸，正色說："身體被玷污，洗乾淨就是了。而妳的心靈是純淨的，妳的美是所有畜生都不能摧殘的。"

夏感動的快要窒息，熱淚突眶而出。女人真是水做的！

阿O平生第一次正視女人的陰戶，性衝動自然強烈，但多年修為使他仍有清醒意識：這是子宮的生命之門，讓男女血脈相連，陰陽交合繁衍後代，是神聖的！夫妻性交的天倫之樂是大自然對繁衍的鼓勵，而任何褻玩縱慾便是淫，是人性的墮落！他拿被單裹住她的軀體，愛憐地摟抱她，認真說：

"我們結婚，嫁給我好麼？"

聞言，夏渾身顫抖，憋了好一會，崩潰："阿O，你傻啊!"

剡溪邊的小洋房裡，蔣經國的"以血洗血"碑前，何先生請阿O為他們臺灣來的一行人拍照留念。1939 年 12 月 12 日，日寇瘋狂轟炸溪口，蔣經國的母親毛福梅躲避不及，被壓在倒塌的土牆下罹難。蔣經國從江西趕來奔喪，立下此碑。臺灣社會至今竟還有人美化日治時期，懷念亡國奴的"皇民"生活，何先生要讓袍澤毋忘國恥。

"阿O，你是共產黨，我何某是國民黨，但無論如何，我們都是華夏子孫啊！"

何先生很感慨，當年就是在日寇飛機轟炸溪口後，離開家鄉投軍去抗戰的，累積戰功成為蔣經國嫡系將領。內戰時，他帶的

"長江部隊"敗退，撤到臺灣。幾十年過去，山河依舊，人已垂垂老矣。有心葉落歸根，臺灣那邊還有諸多牽掛，還得回去。

照片洗出來後，阿O在背面寫下廖承志的話相贈：

歷盡劫波兄弟在，相逢一笑泯恩仇

夏敏與何先生是鄰村同鄉，算起來還是姑表親戚。夏父與何先生還曾在同一個私塾念過書，闊別多年，今又相逢，備感親切。當年何從軍去後，他走上了另一條隱秘的路，成了在四明山打游擊的"三五"支隊交通員，出沒於剡溪和奉化江上。解放後搞合作化，他出任甬江航運公司的第一任黨支部書記，因為他文化程度低，還同情右派，不受上級領導待見，"四清"運動中自己識相讓位。組織上照顧他當個工會主席，後來為讓女兒夏敏頂替進公司，他提前告老還鄉。說來令人唏噓，真是"故人生死各千秋"呵！

備好香燭三牲，夏父領著何先生去祭奠祖墳。夏敏陪同，也是祭奠自己的上代先人。反而阿O成了外人，身分有點尷尬。

首次陪夏敏回家，她的兒子懵懂叫爸爸，阿O不忍孩子傷心，不但應了，還抱著他叫乖乖，很是憐愛。他帶給孩子一個掛鈴鐺的亮銀手鐲，樂得孩子逢人就搖著鈴鐺去炫耀，說：

"爸爸給的，我也有爸爸的喔！"

夏聽了偷偷抹淚。阿O讓她有了自尊，洗淨屈辱，前程樂觀，也有了做母親的權利。

出行時，夏總是習慣性的挽著阿O手臂，她的老母總以不善的目光打量。村裡傳開了八卦，說阿O看來像個陽光男孩，但不如原來的那個軍官帥氣，夏敏想必是看上錢了。

何的祖宅已按政策發還，還修葺一新，是阿O上次打電話來，鎮上撥款搞的。夏父召來幾個故舊，幫何先生張羅著在庭院辦了三桌酒席。親戚朋友相見，敘舊論新，也是唏噓不已。縣、鎮政府領導也來拜望，還有記者隨同採訪。

黃昏開筵，推杯換盞，淘古說今，直到月上中天還未罷宴。

席間，何先生喝得高興，說起阿O是S大師的忘年交，眾人還不知高低就裡，說到夏敏就是香港當紅歌星柳鶯，四座皆驚，非要她唱一曲不可。她應命，但要拉阿O一起唱。阿O有統戰覺悟，和夏敏商量，合唱一首電影插曲《彩雲歸》(王扶林詞)。

風裊裊，雨霏霏，故國今又動芳菲，況復彩雲歸。鑄劍為鋤應有日，前途莫遣寸心灰。峨眉山月朗，照徹彩雲歸。

雲漠漠，霧迷迷，破霧穿雲月色微，好伴彩雲歸。茅舍竹籬春色秀，男耕女織永相隨。中秋弄管弦，同奏彩雲歸。

曲終，滿座感動，許多人含淚鼓掌。何先生已涕淚交下，搥胸頓足，反覆念叨：鑄劍為鋤，男耕女織，我輩多少年的期盼……還隔海對峙到何時，當歸啊！演唱的他倆沒人獻花捧場，反而忙不迭的勸慰聽眾，從未有過這樣的事。老鎮長抱怨好友："都是你阿O壞，惹老人家傷心！不好唱點恭喜發財什麼高興的麼？"

此行，何先生一行捐資家鄉建設，電視臺記者要採訪。考慮到何的身分及其親屬在臺灣處境，這不宜聲張。阿O把他們的顧慮與記者溝通，得到諒解。中秋聚會倒是港、澳、臺同胞集於一堂，很有宣傳價值，豈能放過。何先生代表在臺灣的奉化老鄉；夏敏是蜚聲海外的香港當紅歌星，是剡溪哺育的女兒；阿O身份是澳門的娛樂集團子公司的高管，可視為奉化的女婿。想低調都不行。

這感人的一幕，播出後反響熱烈，於是宣傳部門大做文章。

電視臺又應觀眾的要求，翻出資料，播了柳鶯在星洲衛視出鏡的一些節目，更火了。引起社會關注，不免被評頭論足。有人說柳鶯和那個不專業的小伙子合唱確有魔力，真是般配的一對。也有人質疑：身邊那小孩子不像他，是領養的還是"拖油瓶"注1？

阿O按與夏家的親戚關係叫何先生為舅公，並應承將會陪夏敏和孩子，以後去拜望在海峽對面的親戚。

送別何先生一行，阿O又去華甬集團看望老同事。

尤經理邀請大家到遊艇上觀賞江景，擺酒夜宴。洪總裁攜郝書記、汪主席、肖經理、郭經理等幾位高管，代表公司來為"創業元勛"接風。文相國、徐渭等人聞訊趕來，與老朋友相聚。

阿O還有幾位很想見的，尤卻沒請到。魯老大已退休還鄉，請不到還情有可原，但請了高行長卻被拒："沒這個朋友！"再請佘老大，他不但不來，還聲稱要揍阿O這"見色忘義的混蛋"。當然，尤不會對阿O說，阿O也猜到幾分。

這桌酒席，眾人把酒言歡，阿O獨神情黯然。

強顏笑語應酬一會，他藉口中午為客人餞行喝多了，讓夏敏出面陪酒，自己當起賢內助照顧孩子。小男孩也特粘他，也許出生以來而今才有了爸爸，更為稀罕父愛。肖還是小搗亂，不知腦子裏那根筋搭錯，拿塊蛋糕來逗：

"寶寶叫什麼名字？"

"夏—滌—非。"小男孩嘴裏塞滿蛋糕，回答含糊。肖不滿意，學著他含糊的口吻：

"不對，夏—是你媽的姓，"肖指著阿O說，"你叫他爸爸，你該跟他姓。"

"嗯。"小男孩歪腦袋想想，好像小朋友都這樣叫的。

"哈哈，"肖逗樂，比劃著圈圈，"你爸爸叫阿O，那你跟著阿O，像他尾巴，就叫阿Q！"引得眾人大笑，很形象！

小男孩也樂壞了，頑皮地拿手裏蛋糕去喂肖，奶油糊了他一臉。肖狼狽不堪，嚷嚷："這個小混蛋，比O還刁，就是Q！"

皓月當空，江面波光粼粼，兩岸霓虹競奇鬥艷，甬城繁華更勝以前。對此良辰美景，滿座高朋皆開懷暢飲，洪戲謔阿O不遠千里追得美人歸，還當了"便宜爸爸"，阿O也只得強作歡顏。夏也是滿臉臊紅，這場合有口難辯，但能伴在阿O身邊還鄉，也是喜氣洋溢。在小搗亂帶頭起鬨，眾人敦促下，她亮開歌喉唱了一曲：

涉江採芙蓉……

還顧望舊鄉

長路漫浩浩

同心而離居

憂傷以終老

遠在天邊，高原上一位姑娘也在吟唱這支古曲的下闋。沒有人捧場，周遭只有空谷回音，天神似的雪峰肅穆傾聽。是小婭，她看上去老成許多，肌膚曬得黧黑，長髮也編成夾綢辮子盤在頭上，穿著藏民的袍子，若不細看，就是個藏族姑娘。她的歌聲因哽咽而時斷時續，但沒有流淚，前些天接到阿O的來信時哭了個通宵，淚水已流乾，現在眼圈紅腫未消退。在自治區政府機關工作，日常上班她還得裝作若無其事，內心痛苦只有在無人處向天訴說。

本想不顧一切，跑到香港去拽回阿O，但她不只屬於自己，阿

O已屬別人。

　　組織上找她談過，她的任期已滿，鑑於她在各個崗位的工作表現出色，金融方面獨具不凡才能，準備調她去國家投資銀行工作，徵求她本人意見。她猜測背後有身居國務院高層的老爹在起作用，本想堅持要求返回甬城工作，援藏幹部任滿回鄉是合情合理的，現在阿O已被拐走了，回去還有意思麼？徒增傷感！

　　她與恩師高行長通了電話。高看了電視節目正生氣，說："我也看走了眼。阿O是有才，是個妖才！終究搭上一個妖姬，香港艷星，走到一起啦！還為她花了我給他的 10 萬美元。我真後悔，這年頭男人有錢就變壞！"

　　"怎麼還花 10 萬美元，阿O很節儉呵！"

　　"天知道。也許就如妓院贖小姐吧，我託朋友私下查過，10 萬美元是轉入海南某歌舞團老闆娘的帳戶。據說那歌姬迷倒眾生，媚透骨子，阿O終究是個風流才子。他被開除公職了！"

　　"哪……他怎麼生活？"

　　"聽說他脫離組織後，加盟澳門一家娛樂集團。妳管他死活！他就是個混蛋、傻蛋！"高忿忿不平，還說：

　　"他留下的 100 萬股票，我將它賣了，共得 1,000 多萬元，替他還清 100 萬元人民幣和 10 萬美元貸款本息，還有 800 餘萬元，留給妳結婚成家用。讓妳爹再幫妳找個青年才俊吧！"

　　"您給他吧，我不要……這輩子不會嫁人啦！"

　　"為那個混蛋，值嗎？"

　　"……"她心裏已充滿"大哥哥"的關愛，再容不下其他人的愛，老天是公平的，不會只偏愛你一個。

電話裏再沒聲音了。素來涵養好的高行長，氣得跳腳，摔了電話筒，"這世上又見癡情女子負心漢。阿O，老天會有報應的！"

注1：歧視再嫁婦所帶前夫孩子的俗稱。

十六、陷害

阿O抱著小Q，攜著夏敏，走進江邊原港務局客運大樓改的酒店。搞這酒店，當年還是阿O的主意，現在尤經理轄下經營得不錯。尤把他們當作一家子，安排住一個臨江的行政大套房，裝修豪華，還配了市面上罕見的進口直角螢幕大彩電。阿O推窗看看，覺得景色不錯，問尤："要多少錢一晚？"

"嘿嘿，向你要錢，全公司人的吐沫會淹死我！這是你自己創辦的公司，現在大家都還盼你回來當家哩！"

"千萬別這麼說！自己人也不能白吃白住。"

"嘿，今晚柳鶯演唱的《涉江采芙蓉》，我全部錄了下來，正好做我們遊艇俱樂部宣傳片的主題歌，既高雅又貼切生意。你們肯定同意吧？若算當紅歌星的演出費、版權費，夠你們包吃包住整年。"

阿O想想也是，尤真太有經營頭腦了，當初小婭沒用錯人。

他本想回自己原來的窩，夏撒嬌說也要跟去，怕四鄰那些熟人又會背地裡嚼舌頭，只好作罷。他讓夏和孩子睡大床，自己抱條毯子在書房睡沙發。

睡前，夏擁抱他，深深地吻了他，才依依不捨回到孩子身邊。

阿O堅持要結婚才行"周公之禮"，是對她尊重：她不是人皆可夫的玩物。這是她備受蹂躪的心，感受到最溫柔的撫慰。

身邊的孩子睡熟了，她還睜著眼睛思考，該不該接受阿O的求婚。盡管內心深處呼喊一萬個願意，理智還是堅拒。傳統的貞操觀念，歷經江湖摧殘，與自尊一起泯滅。在香港"笑貧不笑娼"的娛樂圈，她這樣當紅歌星再嫁個紳士也司空見慣，眾多捧場者中也不乏動了心思的。除了阿O，她心無旁騖，但還是覺得若委身於己，辱沒了前程無量而童真未泯的阿O，竟像天下所有的母親，希望自己的寵兒娶個黃花閨女，理想的是遠在雪山的小婭。

自己也曾是個黃花姑娘，嫁為良家婦，若不是失足，和孩子爹相敬如賓過一生，不失為和睦家庭。這是靈魂深處的創傷。

不幸淪為娼婦，是阿O把她從沈淪中拯救，以真情撫慰她的創傷，恢復她的自尊。這次故鄉行更讓她有了面對社會，當好母親的勇氣。她想把小Q帶到香港，親自撫養。

等孩子長大些，懂事了再讓他見親爹吧!

她的思維是感性的，是一串串畫面映現、重疊、交融或幻化，伴隨著情緒的衝動和糾結。難忍的是那次破天荒似的陰陽交合後性慾的復甦，最動心的是：中天皓月下，婦唱夫隨，孩子黏著阿O叫爸爸。

面對自己的內心，真的不想麼？為何刻苦學樂理，嘗試作曲，不就是因為阿O曾經的未婚妻能為他的詩詞譜曲麼？臉紅了。

早晨，尤經理讓服務員送來精美早點，自己也來作陪。她要借機求阿O，完成一項商業策劃案。

那天在香港，夏敏請她和幾個董事夫人共進午餐，聊得投緣，她們果真一起來甬城玩，約翰·李和幾位朋友也跟著來，共駕遊艇在已化為澄澈湖水的三江遨遊，觀六岸風光，還真去梁山伯廟燒香，祈願夫妻白頭偕老。尤使出渾身解數巴結，讓他們流連忘返，下決心共同投資，扶助她經營的旅遊公司再上一個臺階。

這些大佬牛逼哄哄，李何淑儀女士更是財大氣粗，要把這個酒店提升到五星級，再在東湖建起休閒山莊和高爾夫球場，擬投資總額遠超現有公司淨資產。放棄控股權是洪總起初不願意的，又無力追加投資，因而阻擾。尤威脅要告他利用職權，脅迫自己及多個公司女職員上床，逼他同意。市政府為完成引進外資的指標任務也施加壓力，做公司董事會的工作，現在已掃清合資經營的障礙。

她說，請阿O做策劃是李何淑儀的提議，報酬 10 萬美元。

於公於私，阿O都得幫這個忙。只好同意再多待幾天，做個合資企業的總體策劃，包括項目投資機會論證和經營策略。她立即下令酒店給阿O提供所需電腦設備，按阿O要求搬來全部相關資料，還給阿O配了一輛牧馬人吉普，方便他實地考察。配助手他不要，說夏就是最好的助手。辦公室也不要，套間有書房。

半夜裡，一群警察上門突襲，控制服務總檯，迫令服務員打開房門，闖入就對還在書房伏案工作的阿O拍照，又對睡在正房大床上的母子倆拍照，然後一擁而上，制住阿O並銬上。為首的警官還有點遺憾，沒有看到阿O和夏敏兩個赤條條滾床單的畫面。於是，再將他推到大床邊，與花容失色的夏敏、哇哇大哭的孩子合影。由於阿O洗過澡，不出門在書房裡工作，也就只穿酒店配的浴袍，與床上驚魂未定的母子照在一起，還真像回事。

阿O帶著手銬，夏敏抱著孩子，被分別押上兩輛警車。房間裡還留下幾個警員，進行一番翻箱倒櫃的搜查。

聞訊，尤經理半夜趕來，問了正在搜查的警員，聽說是江北分局在辦案，又急急趕去，但她不被允許見面。她央求一位平時常有打點的分管治安的副局長，才知夏敏被指控重婚罪，阿O被指控破壞軍婚罪。聽到裡面孩子的哭鬧聲，尤說孩子無罪，還妨礙辦案，要求代為照顧。警局正為此頭痛，夏緊摟著孩子死活不肯放開，稍有奪下孩子的意圖顯露，就發瘋似的亂咬亂踢，一時無奈。

經商議，副局長帶尤去審訊室見夏敏，夏其實也擔心孩子心靈受創，見尤來接也願意託付，交出孩子時沒說別的，卻突然報了一串數字，反覆再三，在尤抱著孩子出門前，還追加一句"加852"。看守不明其意，也不敢得罪副局長的朋友，趕緊關門。

尤起始對八位數字也是一頭霧水，最後聽到"+852"就明白了。回到酒店，安頓好孩子，馬上撥號打國際長途。

馮枰在睡夢中被吵醒，很惱火，接通電話想罵人，對方搶先說是夏敏有難……驚愕中聽完尤的通報，馮立即召來星視集團的律師，趕往機場。下午，尤在機場接上他們，直接趕到公安分局。

局長親自接待，很客氣地拒絕了保釋，也不同意會見。阿O和夏敏已經刑事拘留，正在審訊中，依法可以不批准會見，何況你的律師沒有大陸的執業許可。律師也真窩囊，怯生生質疑：重婚罪是很輕微的刑事案，一般都是當事人自訴，直接上法庭的。若他人舉報，公安機關可以立案偵查，但沒什麼機密可言，為什麼不能保釋？連會見都不許？可人家理都不理。

市外事辦接到馮總的電話，主任親自趕來了，也被拒絕。

馮發火了，拍桌子咆哮："我是夏敏工作單位的領導，她在星洲衛視是有影響的人物，連見見都不許麼？屁大的案子，你要我找誰來才行？"

局長頭上冒汗了，只得辯解："案子升級了，夏敏審訊時襲警，傷了一名警員，上級插手了。你們可以去找市局領導。"

快快回到酒店，尤招待大家吃晚飯。面對一桌豐盛的酒菜，可誰也沒好心情。馮悶聲灌了幾口酒，突然發狠，把手上酒杯捏碎，兩個手指鮮血淋漓。尤慌忙要為他包紮，他推開尤，自己拿烈酒沖洗一下，黑著臉獨自走了。律師無語。

馮又來到公安江北分局，這次他穿著警服，晚上還帶著墨鏡。陪同他一起來的，是兩名國安局的警官。他們出示了證件後，其中一位介紹馮，"他是部裡來的特派員。"

值班副局長大吃一驚，接過馮手裏的公函細細看了，滿腹狐疑，但知道不是自己可以過問的，當即陪同他們直接去審訊室提人。

審訊還在進行，聚光燈照射下，夏敏衣衫被撕破，頭髮蓬亂，半邊臉紅腫，嘴角流血，被固定在座椅上，面對兩位審訊員傻笑。這刑訊逼供場面當即被國安警官拍照，別人想阻止都來不及。他們又徑自過去，熟練地解開座椅夾扣，扶起夏來。馮也不說什麼，脫下上裝披在她肩頭。

夏訝異，馮總怎麼來了，還穿著警服，這是拍戲嗎？馮一臉嚴肅，抿一下嘴示意她噤聲。

"你們這是要幹甚麼？我們在辦案！"

主審的一個輕年警官站出來阻攔，副局長解釋：上頭有令。

"襲警不得保釋！她不認罪，還咬了我，"說著，他隨手抬起包紮著的食指示意。不料，馮猝然抓過那只手，殘忍撕開藥棉紗布察看，見他疼得呲牙咧嘴，嘲弄："哦，咬到食指根上，怎麼不咬斷你的那根淫棍？"

"她……"那警官一時語塞。

夏開口了，哭訴：「他支開別人，趁機侮辱我，摸我胸，又摸我臉，還把手指伸進我口腔裏攪⋯⋯」

「臭婊子妳⋯⋯」他氣急敗壞地伸手去抓她頭髮，卻被身旁國安警官敏捷地制住手臂，反扣到背後，差點扭脫胳膊肘，痛得他哇哇大叫：「是我錯，認錯，饒⋯⋯唔——」瞪大眼睛驚恐萬分，有一支手槍槍管塞進了他口腔。

面前，馮的臉上掛著邪邪的笑。他渾身顫抖，篩糠一樣，尿液順著褲腳流下來，淌了一地。

「別⋯⋯別呵⋯⋯」副局長慌忙過來勸阻，再三說：「我們警局會紀律制裁，一定！」

馮將手槍槍管往他嘴裏一捅，再一攪，才拔出來。那個輕年警官痛得軟癱在地上，馮蹲下身抓著他頭髮扭過那張醜臉，惡狠狠盯著，似還不解氣。他口齒含糊地告饒：「唔，色迷心竅⋯⋯就佔點便宜，嗚嗚，饒了我吧！唔，再不敢了⋯⋯」涕淚交下。

馮忍住了「X他媽」衝動，鄙夷地在他警服上擦擦沾了口水和血漬的槍管，站起來，摟著夏敏的肩膀走出審訊室。

在院子裡，等待兩位國安警官辦手續時，聽到裡面那位被攪掉數顆牙的警官還在捂嘴悶聲哭嚎，還聽到副局長的呵斥：敗類！丟臉，這下你爹也護不住啦！

「阿O怎麼辦？」夏敏問。

「回去再說。」馮也不能無視法紀，為所欲為。夏敏是他授意伴隨臺灣何先生回鄉的，並且通過組織查過兩家的關係，也是事先報備過的。上級希望通過夏與何先生搞好關係，有利於兩岸和平統一。今天做的已經有點過火，但對於警界敗類上級也不會手軟。曾經有過一位警官強姦當事人，當場給斃了。

送夏到酒店門口，馮又隨警車去國安局，商量阿O問題。

回到酒店，夏首先是找孩子，尤說已被孩子他爹和姑姑接走了，人家有公安局警官陪來，沒法拒絕。夏無言淚流，像傻了一樣，飯也不吃，澡也不洗，連衣服都不換。

尤心有愧疚，親自幫她洗涮更衣，親自為她梳頭，雖然嫉妒她天生麗質，但心態非復當年，很同情她。還專門安排兩個女服務員，照顧她生活起居。

第二天晌午，馮總和律師找了市政法委書記。

律師先介紹了自己掌握的情況，申述：“夏女士當年被丈夫唾棄，寫了離婚書留給丈夫出走。事實上四年多過去，沒有夫妻交流。註冊登記的婚姻關係沒有解除，想必是她丈夫沒當回事。阿O先生也不知情，以為她已是棄婦。夏女士也自認是，在入職登記表上婚姻狀況欄填的是離異。所以阿O先生沒有犯罪故意，不管有沒有與她同居，不應被定為破壞軍婚罪或重婚罪。夏女士何辜？丈夫遺棄在先，四年多顛沛流離，夫妻關係事實上已不存在。若要說婚姻關係存續，她丈夫要維護家庭，須證明已盡到義務，譬如說曾尋找妻子，尋求和解。現在不是奴隸社會，一紙婚書不是賣身契。”

“夏敏的所謂丈夫，在前 4 年內曾經他人介紹，前後與多名女子相親，並與現在的 1 名女教師保持戀愛關係超過 9 個月，還曾在外地賓館開房一起過夜，遇到治安掃黃查房被審查過。她叫莫馨，現年 29 歲，澳洲留學回國，現在十三中學教數學。”馮補充道。

“哦，有證據麼？”

“有！”馮肯定。但他沒拿出公事包裹的材料，解釋：“現在還不方便提供，如果上法庭的話，律師會準備好證據。"

"哪我怎麼相信你的話？"

"你是政法委書記，你可以調查。"

"那你的消息來源……"

馮壓住心裏窩火。是的，他大可拍案而起，訓斥：不該問的別問！但他今天是斯文人，臉上保持著禮貌的微笑，說："我是個新聞工作者，依法有權對消息來源保密。你要審查，可以在媒體公佈以後，依法追究我發布的消息是否屬實。"

"那麼，你沒發布前，我也可以當作沒聽見。"

"你已經聽見了，"馮笑道。"律師可以為我作證，我向您書記大人反映了這個情況。"

陰險！書記大人不得不打起十二分精神，以笑容掩飾敵意。正值香港回歸前夕，敏感時期要謹慎行事，這點政治覺悟沒有還當什麼書記。眼前這個來請願的人不是可愛理不理的，恭敬是表面裝出來的。是的，若扒下偽裝，馮是比書記大人資格老得多的共產黨員，肩上壓著更沈重的職責，因而要承受更多委屈，由不得性子。

"這案子我們要研究一下。申請取保候審可以，應由他的工作單位或居所社區出面。唔，先做個書面申訴材料吧！"

那個律師又被嚴肅告誡："在內地你還沒有執業資格，取證、閱卷、出庭都不許可。這裡不是香港，你無權保釋。"

十七、回頭

夏敏的丈夫找上門來。他姓董，單名飛。身材高大，穿一身白色的海軍軍官服，國字臉，濃眉大眼，很是威武。當尤經理陪著他進入套房時，病懨懨的夏敏一愕，旋即發瘋似的撲過去，嚎哭：

"還我孩子！還我孩子……"

董飛雙手扶住她，任她捶打著前胸，心一酸，無言仰臉向天，不讓眼淚落下。見她哀哭不休，董心有不忍，愛憐地去撫摸她的秀髮。她卻遭烙灸似的往後一縮，退開了，跌坐在地板上哭。

"孩子，我的孩子……"夏已泣不成聲。

"看在孩子的份上，跟我回家吧！"董單膝跪下，懇求。"孩子不能沒有媽呵！"

尤也流淚了，暗自悔恨造孽，希望夏敏就此回家。阿O有小婭守著，想必不會娶妳的。妳一個人漂泊到何時，苦海無邊，回頭是岸！忍不住也開口相勸：

"夏敏，別哭，回家吧，做個賢妻良母！"

"敏，怪我以前心胸狹隘，一時想不開，不知妳懷孕……"

在柔聲勸說下，夏漸漸冷靜下來，止住了哽咽。理了理散亂的頭髮，站起來，抹去傷心淚，說："孩子是您下的種，遲早會讓他認親爹，只是他還幼小呵！"

"敏，忘記過去，我們重建一個溫暖的家庭。"

"一失足成千古恨，再回頭是百年身。"說罷，轉身再不理他，眼睛呆呆地望著窗外江面風波，似是自言自語：

"現在的我，命是阿O給的，不管以後如何，我都跟著他，決不會回頭。"

這時，馮枰和律師推門進來，見狀一愕。尤馬上介紹，"這位是夏敏以前的丈夫——"

"我現在還是！"董跳起來，打量著馮，"你又是誰？"

"他是夏敏工作單位的領導，香港星洲衛視集團的馮總裁。"尤插進來介紹，並勸說："大家坐下來好好談。"

馮展顏一笑，伸手做了個請的動作。

於是，董、馮分別在兩邊沙發落座。尤親自上茶。馮坐下後，先跟尤和律師說："你們先去準備一下資料，明天去保釋阿O。"

"真的啊？"尤眼睛一亮，夏也破涕開顏。

律師肯定地點點頭，一招手便往外走，尤趕緊拉上夏，一起跟他出去。尤把空間留給這兩個男人，這樣才能心平氣和談出個理性的結果。她還和夏敏悄悄說，馮總是個了不起的人，對妳夏敏是真的很在乎，放心吧。

確實，馮很擅於打交道，三言兩語就消除了彼此隔閡。他 16 歲從軍，資歷比董深，很理解軍人的心理。

馮告訴他，夏敏覺得對不起你，當年，是為了孩子才沒投江自盡。她流落江湖，受盡淩辱。阿O從黑社會手裏救出她來，身挨數刀，血染衣衫，還付出 10 萬美元，欠下重債。後來，又把她介紹到星洲衛視，由我們罩著她，她才有安生的日子。否則，早被黑社會弄死了。

董聽了，肅然起敬，說是錯怪那個阿O了。首先表白，不是他舉報的。電視上播出溪口中秋夜的那場秀，看那個孩子的模樣酷似他小時候，老姐起疑。正想怎麼找夏敏問個明白，公安局派人找上門來，通知家屬"夏敏被刑事拘留"（她的戶籍沒註銷）。老姐有個熟悉的警官說起孩子，還陪他們找到孩子，一看相貌就認定。怎奈孩子哭著要媽媽爸爸，不認自己親爹。為了孩子，只得再來求夏敏回家。

"夏敏曾託我轉交給你一封信，說兒子寄養在外婆家，是你的種，交給你續董家香火，恩怨盡了。當時，我怕她想不開，不接受委託……"馮想起來心酸，眼睛紅了：

"可憐你的棄婦，賣唱供養孩子，受人欺辱，還被畜生蹂躪！苦難中掙紮時，孩子的爹在哪裡……在找對象相親，對不？你敢說還是她丈夫？"

"我好後悔！"董的臉漲紅了。

當年一怒之下砸爛了家，當天回部隊，再沒顧及她的生死沉浮。後來，在老姐催促和安排下擇偶，談了幾個都覺得沒原配好，現在這對象大家說了百般好，陪她旅遊外出，上了床才知道，並不是處女，天知道她以前怎麼鬼混的。介意麼，現在什麼年代了，觀念落伍了不是？自己也是結過婚的，也將就了，若夏敏不出現。

馮似乎能讀心，轉念嘆了口氣。也不能都怨他，畢竟她失足在先，離家後音訊杳然。已瞭解過，他參與新型"氣泡"魚雷研發測試，很少有時間精力處理個人問題，是老姐在張羅。想提醒他，現在這對象不簡單，但這只是自己猜想，怎麼猜的，那涉及機密。算了，反正有人關注著，自己何必觸犯紀律。可是，歷經生死，夏敏還能扔下阿O，回到當初拋棄她的家麼？

"若夏敏能看在孩子份上回家，一定好好待她！阿O背的債我來還，砸鍋賣鐵也要還。"

"據說你這次休假，就是為籌辦婚禮。若夏敏回去，現在的對象怎麼辦？"

"為了孩子，哪怕是背負罵名，受軍紀處罰！"

"她剛走出心理陰影，找到自己人生價值。我希望你現在不要苦苦相逼，好麼？"馮又安慰他，"是你的孩子，誰也改變不了。這血緣關係是割不斷的！"

沈默一會，董神情黯然，起身告辭。馮拉著他的手說："別急，我再跟夏敏談談。孩子誰養可以商量麼，應該都有探訪權，有時間多陪陪孩子。等孩子長大懂事了，讓他自己選跟誰。"

董點點頭，雙手緊握馮的手，說："那就拜託啦！"

由於阿O早已被市政府開除公職，境內沒有工作單位，讓街道出面申請更麻煩，還是尤香蓮可作主的旅遊公司出面較妥，就說是請來做投資策劃的聘用人員也沒錯。備齊資料，第二天上午再去找政法委書記，秘書擋駕說是領導開會時間恕不接待。等到下午，秘書又說：領導吩咐，直接去公安局吧！

趕到公安局，呈上保釋申請。迎頭一個晴空霹靂：阿O和幾個流氓一起，已被押送去勞教所，要關三年。

馮總按下萬丈怒火，安撫夏敏等人。私下裡，立即打電話要求追究。很快，當晚就有反饋。

政法委書記是重視的，昨天馮總一走就召來有關部門負責人商議。案情很清楚：接到舉報，呂局長親自佈置任務，轄區警員突襲酒店，有阿O與夏敏被捕那晚住在同一個房間內的照片，還有那中秋夜直播的那場電視節目可以佐證，節目中夏敏和阿O儼然夫妻，大庭廣眾之下，孩子叫他倆爸爸媽媽。現查證，夏敏與丈夫婚姻關係登記在冊，確未解除，涉嫌重婚罪，阿O又競合破壞軍婚罪。

不能不顧慮的是，香港星洲衛視集團的總裁親自來申請保釋，為他倆辯解。夏敏是香港當紅歌星，此次回鄉是陪同在臺灣很有影響力的前國軍將領祭祖，人家還捐助家鄉建設，統戰部門提示要注意政治影響。

夏敏強辯與阿O關係清白，指控警員強行擺拍"床頭照"，還指控警員刑訊逼供，下流猥褻。高層有人發話，要嚴懲那個非禮女歌星的警界敗類，絕不姑息。

呂局長親自來了，要求上級和有關部門支持警隊工作。還要保屬下那位警員，說是老公安的獨子，急於破案行為出格了，給個改過機會，內部紀律處分，不要因此毀了小夥子前途，寒了警隊人心。黨的政策不是"懲前毖後，治病救人"麼？但政法委書記就是不給這點面子，硬要開除，還要整飭警隊風紀。

法院領導老成持重，察言觀色，斟酌再三：要定重婚罪麼，就不能放過夏敏。要不就只訴破壞軍婚罪，只追究阿O與現役軍人妻子通姦，不，是誘姦（保護受害人）！鑑於"認罪態度好"，且論犯罪情節也情有可原，判個緩刑吧！

檢察長患感冒，派來的一處（負責刑訴）張處長認為：要提起公訴，證據不足。阿O沈默，夏敏否認，哪來認罪了？中秋節目情景不能認定夫妻關係，在奉化老家兩人並未以夫妻名義同居，向村鄰介紹是同事。酒店沒登記資料為憑。就憑那張明顯擺拍的照片，定破壞軍婚罪？因為他倆曾在同個單位工作，就認定明知故犯？事隔多年變故不少，夏敏自以為已是棄婦，阿O又何從知道她與現役軍人婚姻關係存續？就算性關係確認，現在也不好追究刑責吧？

呂怒懟：放任亂搞男女關係，公序良俗何存？若不是特殊部門將她提走，還怕她不供認？難不成還要我公安局賠禮道歉？

對此，這位少壯派檢察官無語，他是向來主張"疑罪從無"的，看不下去提前告退。

會議開不下去，書記也頭痛發作，沒作結論就散會。想不到，公安局自行其是，直接在權限內作出了行政處罰。

原來，散會後呂局長越想越氣，掏出大哥大約舉報人，到"紅脣酒吧"私下會晤。

呂升局長後，酒吧擴大了門面，併吞隔壁小店，還在二樓搞了個豪華包廂，是他的溫柔鄉，也是許多見不得人的勾兌之所。老闆娘雖風韻猶存，還是知趣為他安排陪酒小姐，這年頭年輕貌美的下崗女工很便宜，社會風氣也較以前開放。呂倒不是要處子，除了茅臺酒，他還有特殊的嗜好，就是吮人奶下酒。

還沒幾杯下嚨，舉報人到了，是自己當交警時認識的老朋友。無需避諱，他大方地將半露酥胸的陪酒女推過去，讓老朋友也嚐嚐。老朋友卻把她推出了門外，回頭訕訕一笑，呈上一個資料袋。

呂打開一看，其中：有香港灣仔海逸公寓的租客登記表（影印頁），顯示阿O與夏敏同住一個單元；有阿O在蘭桂坊大鬧夜店耍流氓的情景（照片、目擊者舉報信），足以指控阿O流氓成性；還有一疊美元，這顯然不是證據，但與案子有關。

"鄔少華託人帶來的？"看舉報信的筆跡就知。

老朋友笑笑，點頭。

好啊！他們在香港勾搭成奸，儼然夫妻同居，回鄉探親又公然給現役軍人戴綠帽。呂想起：阿O在本局還有與人鬥毆的案底呢！事到如今，已不是朋友請託的面子問題，而是我公安局自己的面子問題。案子辦不成還折了個警員，這不是打我臉麼？哼，檢察院不配合我還治不了這小子？！

呂也不客套，當即起身，匆匆走到門外街邊上了警車，警燈閃爍，呼嘯而去。還在路上開車，他就拿手機下命令，搞定。

社會治安管理的行政處罰由我公安局作主，無需什麼檢控、審判。正好幹趟，有幾個流氓要送去勞教，索性將阿O添上一起送。近來對勞教的社會非議紛起，恐怕這項行政處罰權是最後一次行使啦，不可錯過末班車。勞動教養管理委員會審批只是形式，實際上基層派出所報上來，局裡分管治安的領導簽批，蓋上勞教審批委員會的公章就行。謹慎點的話，事前事後局裡幾個領導通個氣，誰會相互拆臺？

警方認真起來效率很高。呂局長斷然行使權力，私下裡也是有人背後撐腰的。市長聽了電話匯報，還說是"便宜這小子啦！"

罩在阿O頭上的，是一張大到令人恐怖的黑網。

馮總追究下來，勞教所收容阿O的手續是完備的，案卷材料是充分的。不是無可爭辯，警方辦案有一定的自由裁量權，都在權限內。吃下這個悶虧，可不是馮的性格，也小看了他。他留下話，讓窩囊律師先陪夏敏回香港，自己幾天不見蹤影。

夏敏不肯隨律師回香港，終日以淚洗面。

尤香蓮苦勸：當紅歌星，眾人羨慕還來不及。豈不聞，而今演藝圈女伶為走紅，自薦床簀的大有人在！妳卻要為阿O就這樣斷送美好前程？

"你的年紀也不小了，花無百日紅，妳陪不起。"

"馮總曾問過我同樣的話，我心依然……"

尤經理大半時間都在行政套房裡陪著夏。晚上，兩個女人睡在一起，說著體己話：

"現行體制下，事到如今你就是手眼通天也沒辦法。可憐阿O

的一生前途算毀了，三年後出來，也不能抬起頭做人，以前還要壓上一頂'壞分子'帽子哩!"

"就算去沿街乞討，我也陪著他。"

尤左思右想，設身處地，考慮再三，又說: "要不，還是跟董飛回家吧! 做女人，以後年老珠黃沒人要，有這麼個好夫婿，人家羨慕還來不及呢! "

"做女人，我是幸運的，得到真愛，已不虛此生。雖不能嫁給他，但我已是他的女人，不再奢求老天更多。"

這一夜她是睜眼到天亮，心頭始終迴旋著那支歌:

若沒你，不須有我；若沒你，不須要什麼……

起床後，平心靜氣地梳理一番，還細心抹粉遮蓋黑眼圈。尤詫異，回心轉意啦? 她說，要去勞教所探望阿O。

十八、情敵

"便宜這小子啦"? 呂局長琢磨著市長說的話，覺得還要再想辦法整阿O，讓領導滿意更重要。

犯事的勞教分子不是一關了之。有必要的話，公安機關可以繼續偵查，發現新的或以前沒有查實的，應受更重懲罰的，該逮捕逮捕，該判刑判刑。打定主意，他找來局裡的秀才，政策法規處的章處長。

章畢業于華東政法學院，與檢察院的張處長是同學。但他是務實派，與張的觀點正相反，若"疑罪從無"，公安沒法辦案啦! 君不見，香港電影裡黑幫有多囂張，警察有多窩囊。不過，他還是認為現在警員辦案太粗魯，要加強法治觀念，提高工作水準，文明執法。呂局長意思他一聽就領悟，這是非要阿O蹲大牢不可。聯想到近日同學小聚，張處長吐露了對此案不同看法，不滿政法委書記態度曖昧，他心念一轉，獻上一策：

繞個彎子，提供證據給夏敏的丈夫，激他以"重婚罪"自訴，法院不得不受理。控辯雙方庭辯，我警方出庭作證，阿O洗不清的！夏敏若要自保，他就是破壞軍婚。訴訟期間，他得繼續在勞教所老實呆著，不管結果如何。起碼，社會輿論討厭給人戴綠帽子的，我警方懲治流氓沒錯，是秉公執法。

呂局長聽了，豁然開朗：好，那就讓檢察院幹瞪眼。這個任務就交給你來辦，我看好你！

於是，章處長親自登門拜訪董飛，首先說明來意：

"最近，我們警方抓了個流氓，長期與您的妻子非法同居，這是我們掌握的部分證據……"

董飛細細看了，問："還有麼？"

沒見有預期的激動，章納悶，留了個心眼："能給你看的，暫時就這些。據此，你可向法院提起訴訟，要求判處重婚罪。"

"那麼，我也給你看一份證據。"董找出夏敏出走時留下的那份"離婚協議書"，沉痛地說起那段往事，說是自己疏忽之過，期望能讓這位頭上頂著國徽的警官明白真相，爭取還阿O一個公道。

可這與章來此目的背道而馳，怎麼聽得進去。

章越聽越鬱悶，大惑不解：你老婆被別人睡了，現在警方幫你出頭，你竟然替姦夫出頭，難為警方？

"應該'以事實為依據，以法律為準繩'是麼？"

"對。"章點頭，這話已是口頭禪。

"事實上她早已是棄婦，重婚罪準繩怎麼套？"

"強詞奪理！依國家法律，婚姻關係登記在冊，未經註銷，哪怕與你分居一萬年，如果還活著，她還是你妻子。這是法律事實。"

"共產黨處事原則是'實事求是'。怎麼，你們還有什麼不顧事實的'法律事實'？不是說，'司法不能脫離黨的領導'麼？"

"胡攪蠻纏！"今兒個真是"秀才遇到兵"。

"當初那個誘奸夏敏的混蛋，你們怎麼不去追究？"

"這……這不是我的任務。"章心虛，倉皇告辭。聽到背後有罵聲："枉你頭頂著國徽！是非不分，叫你咬誰就咬誰，走狗！"氣得章渾身發抖，差點憋不住回懟：活該戴綠帽，王八蛋！

阿O究竟有什麼魔力，竟讓本該是情敵的軍人也替他說話？章處長叫司機把車直接開到勞教所去，他要提審阿O。

城外 20 多里地遠的勞教所，除了一片農地外，新近還辦了個印刷廠。裝備是國營大廠淘汰下來的平板印刷機，常出故障，管教幹部量才錄用，讓懂點機械的阿O勉強充當維修工。他當船老大時學過輪機保養，觸類旁通，算是矮子群裡高人。那天，他排除了一臺機器的故障，順利啟動後，轉速不穩，還需要調試。印刷機平板一開一合反復循環，開合之間，他右手將紙張放進去，左手將印好的紙張取出來。由於不熟練，抽手不及，左手被軋得血肉模糊，疼得死去活來。章處長來提審時，正躺在醫務室掛著吊針。

阿O還是沈默以對。章見此慘狀，翻著手中案卷，不忍逼供。

"卿本佳人，奈何為賊！"章感嘆，套用一句戲文。

"賊？"阿O終於開口了，"我偷了什麼？"

"偷了現役軍人的老婆，不是麼？"

阿O又沈默了，怎麼解釋都對她有傷害，希望永遠不要再提起歌星柳鶯屈辱的過去。剛進來時，室友嘲笑他"撿了人家丟棄的破鞋"，忍不住約室友"決鬥"，還"一對三"，被室友告到管教那裡，罰關黑屋子禁閉。聽說她被人撈走了，也許是馮總出手了，她回香港了嗎？恰恰這時候夏敏出現了。

她來探望阿O，在接待室哭鬧起來，值班管教只好請示章處長能否讓她進來。章同意了，說正想見見。

夏一見阿O慘狀，撲到病床前，披頭散髮嚎哭。

"阿O，你何苦啊！"她自責是自己給阿O帶來了厄運。"若不救我，就不會被連累，你傻啊！為我這麼個人家棄婦，挨黑道亂刀砍，欠下百萬債，今天落到這地步，天哪！怎麼好人沒好報？我不值得你付出……小婭還苦苦等著你，我知道，我都知道！"

"妳真不該來！"阿O從驚愕中回過神來，右手連捶床板，痛心疾首地說："快回去，回星洲衛視！我熬得過去。妳快回去！"

夏還是哭個不休。無奈，又溫言勸慰，"別哭，哭沒用，要爭氣！救妳是天經地義，何必耿耿於懷？"

夏的哭聲低下來。他又說："去跟馮總好好做事，他說妳有罕見的歌舞天賦，妳會有出息的。妳爭氣，也不枉我一片苦心！"

夏只是伏在病床邊抽泣，不肯走。章也有點動容，這哪是姦夫淫婦？如此看來，她的口供不是瞎編，她的前夫說的也不是沒道理，倒是我們成了小人。他想安慰幾句，一時無從開口。

醫務室又進來一位頭破血流的大男孩，被反捆著雙手，一條繩子牽在隨後進入的管教手裏。管教敞著警服，滿臉怒容，兇巴巴牽著他，像牽著一條狗，嚷嚷叫醫生。見章處長在旁，看警銜高於自己，互不隸屬，點點頭算見過了。

醫生進來見此情勢，忙搬過來一把椅子，讓男孩坐下來檢查傷口。誰知管教一腳踢向男孩小腹，喝令：“跪下！”

然後，管教拖過椅子自己坐下，翹起二郎腿，嘴裏嘟嘟囔囔：“真能跑呵，累得老子夠嗆。再敢跑出去打斷你的狗腿！”

醫生拿器械要檢查清理傷口，跪地男孩的頭垂著不方便，見狀管教配合：“抬起頭來——”

邊說邊伸腳，以警用皮鞋大包頭抵著男孩額頭，強制他抬起頭。還嫌他不老實，鞋底抵住他嘴臉，“給我嗅著！”

醫生見怪不怪，默默剪掉男孩頭頂幾綹血粘的頭髮，一手拿鑷子夾著酒精藥棉，一手持雙氧水瓶，開始清理傷口。這過程，只見大男孩疼的渾身顫抖，不敢吭聲。

這情景令人髮指，在旁的夏敏首先跳起來，一把掀開管教的腿，心疼地雙手捧起大男孩的腦袋穩住，好讓醫生處理傷口。

“臭娘們，反了你！”那管教被她一掀，差點跌倒，怒氣沖沖上前一手扯住她的頭髮，一手掄起拳頭要打。

“住手！！”阿O和章處長同時大喝。

管教一愣，只見那一直冷眼旁觀也穿警服的人站起來，先把蠢蠢欲動的病人按躺下，轉身瞪著冒火的眼睛，逼視過來：

“放開她！這個女人你可動不得，前一個動她的已扒下警服滾蛋啦！”章還算克制，畢竟眼下警隊成份駁雜，驕橫之輩並不少見，不是自己部下也不好管。念他追回逃逸的勞教份子餘忿未消，走到他跟前，抬手正一下他的警帽，命令：“去，把你們所長找來！”

阿O被送進了市第二醫院。幸好印刷機中間鉛字印版有點厚度，他的手指被夾在平板邊緣，經X光拍片檢視，手指骨沒粉碎，但指關節骨裂，又高燒不退，需住院治療。夏敏天天侍候在床邊，誰來替換都不肯。

不知何時，病房外勞教所派來的監護人員撤走了。

馮總又出現了，帶來一份市勞動教養管理委員會文件：因特殊需要，批准對阿O的勞動教養在所外執行，由原工作單位華甬集團的保衛部門和社區公安派出所共同負責監管。現行體制內，這是很複雜的協調工作，尤經理也出了大力，說是阿O不幫忙，旅遊公司合資項目就要黃。馮讓夏守在門口，有些話要對阿O說。

"也許，我不該安排夏敏陪何先生回來，連累你了。"

"無怨無悔。"阿O關心的不是自己，問：

"沒驚動何先生吧？"

"已和媒體打了招呼，但⋯⋯"馮苦著臉，搖搖頭。"那邊也在大陸佈下不少眼線，已傳過去大做文章，說什麼'黨國老將回鄉省親反害了大陸親友'。"

"如何消除負面影響？"

"盡快讓夏敏在香港露面吧，還有許多事要她跟進。"

鐵漢子吞下辛酸淚，緊握阿O完好的右手。"兄弟呵，對不起。法制如此，我只能為你做這些，委屈你啦！"

"謝謝。我不要緊，能承受。多虧你們搭救夏敏，她現在不肯回家，為你們做事也很好。幫我護著她，拜託！"

"沒問題。"馮點頭，沒刻意瞞著阿O，只是不該說的不說，心照不宣。"但是她不願離開你，不肯跟我回香港。"

"您叫她進來，我跟她說說。"

馮出去後，守在門外的夏敏進來，未開口先流淚："阿O，別趕我走，讓我陪在你身邊，好嗎？"

阿O笑笑，說："過幾天就是妳的生日，我拿不出什麼禮物，心裏記著一首最難忘的詩，寫下來給妳，好嗎？"

這處境，難為他還記得自己的生日，夏好感動。她找來紙筆，阿O坐在床頭默寫：

生為了愛情和美酒，死為了祖國而犧牲

我有這樣的命運，是幸福的人！

"裴多菲・山陀爾的《自由與愛情》？"夏也曾讀過，"原文不是這樣的吧？"

"嗯，"阿O點頭，淚水奪眶而出："這是姐姐留給我的訣別！"

"你有姐姐？"夏驚異。

阿O哽咽著，說了兒時的小姐姐，後來的客商，軍方送來撫卹金……尸骨無存！我只好把她埋葬在心裡！語無倫次，泣不成聲。

"她為祖國而犧牲，是幸福的！"夏陪著抹淚安慰道，也明白了阿O的意思：裴多菲沒有守著摯愛的尤利婭，不去為匈牙利的自由解放而戰。裴多菲犧牲在戰場，死得其所。

夏珍重收下這份禮物。穿的連衣裙沒口袋，她就將那張詩錄紙小心折起來，塞入胸罩貼在心口。這是一份精神寄託！

"想起姐姐，還有件事我必須要辦，妳能替我去辦麼？"

夏鄭重點頭。阿O擦乾淚，說起余先生的託付，要她去找星洲基建的戴總經理，拿到"不可撤銷的無條件擔保函"，送交HS銀行。

夏想起那晚他們對話，隱約聽到"航空母艦"，不由聯想到前夫說過"要守衛萬里海疆，國家窮沒大艦，軍人只好拿命填"的話，應承了。於是，阿O詳細交代了辦法和注意事項。

董飛帶著小Q來探望，孩子直撲過來，摟著阿O脖子不停叫爸爸，差點壓到他的傷痛處，夏敏趕緊把他"摘"下來。阿O伸右手撫弄小Q腦袋，很開心，指著董告訴小孩："他才是你的親爹，是保家衛國的軍人，你應該驕傲！"

瞬時，董的熱淚突眶而出，感動得說不出話來。

這天，他們商定：小Q還是送外婆家養育，到8歲再商量。期間，誰有空就多去陪孩子。孩子改姓董，董滌非，平時還習慣叫他暱稱小Q。阿O要他改口叫"叔"，董卻說："還讓他叫爸爸，阿O你當得起！有這麼個義父，是小Q的福氣。"

是的，他執意要勸夏敏回家，但由衷地敬重自己的情敵。

夏卻早已心有所屬。臨別，她伸出手指戳著阿O心窩說：那裡也將是我的最後歸宿，能與你的小姐姐為伴，很幸福。

安排好小孩後，夏敏跟馮總飛回香港。

十九、性愛

美貌是女人的天賜之幸，也是惹禍之胎。

到香港，她第一時間聯繫上戴總經理，拿著阿O的委託書，去星洲基建的總部取擔保函。

戴總和大衛·王已從山東盡職調查回來，在金礦辦妥了反擔保手續。他見過夏，也聽說過她陪著阿O街頭做義工的事，信任她。馬上辦好擔保函文本，附上董事會決議，領著她去董事長室，找鄔少華簽字。這重要事項，應按公司規定程式一絲不苟地辦理。

寬敞的辦公室裡，百無聊賴的鄔董事長，對著電腦，正上網看著A片。看到妙處情不自禁擼起來，自慰的意淫對象正是夏敏。當他們進入辦公室，看到夏站在眼前，是真是幻？直勾勾看著憔悴又不失酷美的夢中人，魂不附體。戴總忍下噁心，扼要說明事情，讓鄔簽字。鄔被催眠似的信手簽字，夏說謝謝，要拿走文件，他回過神來捏住文件不放，對戴說：

"你先下去，我還有事跟老朋友私下說。"

戴憋著，一跺腳出去了，把門甩的山響。室內只剩下他倆，鄔大笑起來："哈哈，阿O被關起來了吧？怎麼還不死心，叫妳來求我？"

夏瞬間明白了，果然是他作祟。此行就擔心鄔作梗，馮總在她坤包裡裝了袖珍錄音器，她暗暗打開，強作笑顏說：

"什麼求不求的，董事會決議您看看，不是說好的嗎？"

"不錯，可以給妳。但老子要是不高興，現在就不給妳。妳得讓我高興！"見夏猶豫，他更得意，"保證讓你也Hi，我的本事妳知道！阿O不行了吧？中了我的獨門聖藥，還逞強，我給他下了雙份，哈哈！發瘋打出酒吧，切！醫生救得了他的命，救不了他'老二'，不行了吧？女人怎能沒性愛，妳要是渴，還是跟我吧！"

夏的臉紅了，紅到脖頸，卻不是害羞，是熱血上湧，眼睛都泛起隱隱血光。哼，跟阿O相比，你鄔少華是條蟲！而鄔看著，還以為挑逗有效，她害羞。

"聽說要結婚啦，已經有了潘嫣，還不滿足？"

"切！"鄔撇撇嘴，似不屑一顧。又對夏諂笑著說："她就是個傻逼，怎跟妳比。老實說，每次操她，心裏想的就是妳，想像射的就是妳的小屄。來，再讓我嗅嗅妳大腿根的腥味……"

邊說著，邊繞過大班桌，他去攬夏的纖腰。夏一扭腰閃過，順手搶過他手裏的那份擔保函。偷雞不成折把米，他哪肯罷休，慌忙撲上去，抱住了夏的腰身。夏拼命掙脫，只聽"嘶啦"一聲，長裙被扯下褪到腳踝，將她絆倒在地板上。她驚慌嘶喊："救命，救命啊！"

門被打開，戴總衝了進來，跟著又進來幾個公司職員。

剛才甩門出去，碰到正要給董事長送批閱文件的秘書，他攔住叫她稍候，順便交代一下為雙律金號擔保的公告事宜。聞聲闖入，見了這不堪入目的場景。

他脫下西裝，遮蓋夏的裸露大腿，厲聲下令："快報警！"

鄔哪能阻攔得住，眾目睽睽之下怎麼抵賴？這時候也沒人正眼瞧他這個下流胚。色迷心竅的他，被擋在幾個職員後面，還嚷嚷："夏敏，我真的愛妳！別想逃出我的手心……"

中環街頭的巡警迅速趕到，在眾人指證下，把鄔銬了雙手，戴上黑頭套，解押到灣仔警署去。夏也被請去做筆錄。讓人懊惱的是，很快在上級嚴令之下，戴總又不得不到警署去保釋。

聞訊，鄔的母親和潘媽都趕來香港。為鄔請最好的律師，巨額律師費則要戴用公款去支付。星洲基建的財務部婉言拒付，好在還可動用永興創業的錢。大衛·王看在眼裏，大惑不解，你捨得拿這麼大筆錢為他打官司？戴苦笑：反正這是國家的錢。

"國家的錢就能這麼花嗎？國家是他家的？"

"國家是不是他家的，你說有用麼？當家的說了才算數。"

天價律師費果然不是白給的，經一番調查研究，大律師提議庭外和解，不然就反訴夏敏為商業目的色誘星洲基建的董事長鄔少華，理由有三：

一是她曾經同樣為商業目的色誘鄔上床，使鄔違規批了200萬元人民幣的融資租賃項目，後來鄔省悟自首，有案可稽。

二是她性生活糜爛，曾與XXX、XXX、XXX、……還有日本色情業大亨XX二郎濫交，此案中扮演貞節烈女不覺可笑？

三是她的同居男友XX，現因流氓罪被強制勞教，與鄔有仇隙，她受男友委託找鄔，存心不良！

夏的應對自然是由星洲衛視的律師出面，這窩囊律師竟也同意雙方坐下來談談，看能不能調解。這正中鄔母下懷，於是她攜小媽一起，跟著大律師到星視集團總部找夏敏，試圖說服她撤銷指控。想不到，夏不願見，由馮總全權代表。接待很客氣，窩囊律師說，為讓大家瞭解當時發生了什麼，先放一段現場錄音聽聽：

什麼求不求的，董事會決議您看看，不是說好的嗎？

不錯，可以給妳。但老子要是不高興，現在就不給妳。妳得讓我高興！……

聽說要結婚啦，已經有了潘媽，還不滿足？

切！她就是個傻逼，怎跟妳比。老實說，每次操她，心裏想的就是妳……

"夠了！"小媽歇斯底裡跳起來，繼而淚如雨下，掩面逃了出去。鄔母臉色鐵青，咬牙切齒。大律師也變了臉色："什麼意思？"

"哦，大家聽聽麼，客觀分析誰在色誘。"

"瞞著我的當事人偷偷錄的，這證據法官能採信嗎？"

馮總發笑："是不是作呈堂證供由律師決定，對我們電視臺來說是不可多得的猛料。誰在色誘，公眾自有判斷。"

"電視這也敢播？這是污衊國家幹部！"鄔母跳了起來，"無法無天！你們領導呢？叫你們領導來見我！"

馮冷眼瞅著這貴婦人作威作福，像看小丑表演。還是律師厚道："妳眼前這位就是星洲衛視的總裁，播不播他說了算。香港新聞自由，播出後妳可去控告，讓法官來判定是事實還是污衊。"

鄔母不忿，詢問的目光投向大律師，回應是默認。

"夏敏的緋聞與本案無關。我們的觀眾是喜歡她的，曾經污辱、性侵過她的人，你們若能提供確鑿證據，那倒是有便於我們藉以為她追討公道。作為星視集團的律師，我很期待喔！"他自己笑，場面上沒人覺得好笑。

"本案，我的當事人去取那份擔保函，事先是有董事會決議的。鄔少華先生理應履行職責簽發，我們聽到他竟說'可以給妳，……要讓我高興'，這是赤裸裸的索賄，索求性賄賂！對上市公司（也就是公眾公司）高管的這種行為，我想廉政公署也是感興趣的。這錄音一旦公開播出，恐怕是廉署先請鄔先生去喝咖啡。"

鄔母慌了，香港電影《廉政風暴》看過，廉署可不是可託關係擺平的衙門。大律師的額頭也冒汗。法庭上勝負，以他的經驗是可想而知的，只是嘴上還不能輸陣："貴方請我們過來是談庭外和解的，應該有誠意吧？什麼條件，爽快開吧！"

"對我們星視集團的當紅女歌星索賄、污辱，還進行強暴（哦，強姦未遂），該怎麼補償名譽和心理損害，看你們的誠意。"

最後，鄔母以"書面道歉，賠償 100 萬元"，求得馮"不公開錄音，撤回指控"。她還悄悄問：這 100 萬元能不能開個會議費什麼的發票？馮總搖頭，連嘆可悲！

隨後，私下裡馮做夏的思想工作，語重心長地說：

"我也心有不甘。正值香港即將回歸祖國的敏感時期，英國殖民主義者及走狗們不甘心，興風作浪，擾亂人心，我們可不能這時候給人家提供炒作題材，來抹黑國家形象。"

"他身為國家幹部，給國家臉上抹黑，反而要我們擔心？"

"因為國家是我們的，他是家賊。"

穩定壓倒一切，市政府駐港機構動員各方面關係做工作，總算把鄔董事長強暴女歌星的醜聞壓了下來，暫時還讓他名義上繼續留在這個位子上，以後找適當時機讓他體面辭職。不過，市政府駐港機構內部決定，今後私下由戴總代行職權。

其他董事之所以妥協，也怕醜聞導致股價暴跌。對外解釋是鄔董事長"求愛心切，行為有點出格，已達成和解"。

HS銀行洞悉事件內幕，宣稱對這份擔保函出臺的變故感到不安，要重新考慮。雙律金號轉而向華銀集團尋求黃金租賃，銀行領導聞報雙律金號司理人阿O被處勞教，以及星洲基建的決策層有不穩跡象，出於謹慎，擱置了談判。

戴總和大衛‧王絞盡腦汁，也幫不了夏敏。

鄔母如約送來了 100 萬元，是人民幣。而在香港，不特指幣種說的就是港幣，就像在內地誰也不會說付多少元人民幣。她裝糊塗，省下 10 來萬，馮總也不計較了，這年頭難為她國家幹部家庭拿得出這筆鉅款。

那份錄音，作為星洲衛視總裁自當信守承諾，沒有將它在電視臺播出；作為共產黨員的馮枰卻將它發給了上級，還附上一份報告，希望以適當方式轉達政府有關部門，不信鄔家能一手遮天。這筆錢他交給夏敏，去還阿O為她付出的 10 萬美元借款本息。並寬慰她，諾大國家難免有陰影，但畢竟是正義的陽光普照大地。

1997 年 7 月 1 日，雄壯的人民解放軍隊伍開進香港，英國米字旗墜落，五星紅旗在莊嚴國歌聲中冉冉升起。禮花綻放，萬眾歡呼。星洲衛視的慶賀節目裏，紫荊花廣場，柳鶯盛裝登臺演唱，唱的是《我的祖國》，感情激昂，歌聲格外富有感染力。

特寫鏡頭：她酷美的臉上，明亮的雙眸噙著熱淚。

電視機前觀禮，阿O和董飛也格外感動，熱淚盈眶。尤經理把阿O接來酒店，又特意請正好休假的董飛來作陪，還開了珍藏多年的茅臺酒，迎賀這洗刷華夏百年屈辱的時刻來臨，也祝夏敏演出成功。董飛現已調離一線戰備值班部隊，在軍事院校進修，有更多的機會回家探望孩子。他對孩子的娘不能忘懷，因而與阿O有更多共同話題。已是淩晨了，都沒睡意。兩個男人談論夏敏，也不避尤在場，都是過來人麼。

還是尤挑起的話頭："她真嫵媚！我妒忌，有你們兩個優秀的男人愛。"

"我是個勞教份子，恐怕不能給她幸福！"阿O嘆息。

"我沒守護住她，"董難抑內心酸楚。

"別自責了，"阿O看得很透，"當初恨她出軌，人之常情。"

董給尤、阿O斟滿酒，自己先一口悶。阿O也幹了，說："人非聖賢，孰能無過。我當年想跟你說，沒機會。不能因'一夜情'就認為她是蕩婦，她還是正經女人，這我在公司裡說過，你問她。"

尤點頭認了。董信，嘆道："是啊，我長年不著家，她有多寂奠，受人誘惑……悔之晚矣！"

"女人得不到愛的滋潤，出軌在所難免。"尤為夏敏開脫。

"別褻瀆愛！"阿O卻不同意，說："性慾是繁衍生殖的動物本能，縱慾是人性的墮落，偶爾也是失足。"

"看過電影《本能》麼？愛不就是那回事！"

"愛，是社會文明產生的人性，超於動物本能。人會為愛去赴死，而求生是動物首要本能。"

"聽夏敏說，你們同住卻無夫妻之實？"尤直問。

這讓阿O難堪，點點頭，又搖搖頭，讓人莫名其妙。

"哼，我不信。"尤鄙夷，"天天在一起生活，還能少了那個……難道你不愛她？"

"其實，性愛是生活的一部分，但不是全部。如果你把性愛看得太重，你的世界就小了。進而說，你把女人小看啦，女人的可愛不僅在床上。"

"看得出，你是真愛她，也真識她！"董感嘆。

"她的魅力你扛得住？"尤不信邪，給三個酒杯斟滿，"來！我們乾一杯，今晚誰也不許說假話！"

都把酒幹了。阿O好為難，總不能說：《通玄真經》已修到"九守"之境，也算是個道士，面對"八國聯軍"都不變色，怎麼扛不住？那夜是……銘心刻骨，不能不認賬。但不是惑於魅力吧？

尤視為默認，仗著酒興放浪，腆臉追問阿O："真不在乎女人身體……玷污過，還是你也就玩玩？——看著我的眼睛！"

"我向她求婚了。"阿O摘下眼鏡與她對視，以示坦誠。

"哦，食髓知味了，還算老實！"尤又想偏了，剜了他一眼。轉而自艾自憐："其實，女人都想守持貞潔的，身不由己罷了。"

"滾滾紅塵裡，人生經歷如泥濘跋涉，也有人身被污穢卻心靈潔淨。曾有個俄羅斯女郎，為革命黨籌措經費不惜到妓院賣身，她說自己還是處女。男女相愛，靈與肉，那個更應在乎？"

"性交是膚肌之親，不就是肉慾？"尤不屑地嗆白，恨不得把阿O的褲子扒下來，看看是什麼鳥。

"瞧妳說的，好像畜生交配！"董看不慣尤的粗俗。

尤閉嘴了，想想自己也算閱人多矣，還真沒嘗過真愛的滋味。若有人像阿O愛夏敏那樣和自己作一次愛就好了，"靈"的交合高潮會是何等美妙？

"肉身是櫝，心靈是珠，豈能因櫝蒙塵而棄之？"

董的心，如被刀絞。想想她已被嫌棄，還堅持生下孩子，為孩子受盡磨難，感嘆："她的心靈真比珍珠美好……"

尤忽然靈機一動，挑逗："還想和夏敏重溫舊夢？"

"阿O，"董直接挑戰，"你得小心，若不好好珍惜夏敏對你的一片真情，我會橫刀奪愛。"

"你有機會的，她還沒接受我的求婚。真的！"阿O很坦誠。

二十、窮途

空曠的甲板上，馬卡洛夫帶著余先生轉悠，腳下地坪防滑槽幾乎已填滿鐵銹末，幾簇衰草在隨風搖曳，滿目蕭瑟，老廠長心頭充塞悲愴。不遠處，另一艘行將建成下水的巨艦，已拆解得只剩殘餘骨架，這W號航空母艦的命運也將如此麼？

艙內已空空如也，連主機都已拆去賣了。盛極一時的黑海造船廠，而今窮得靠砸鍋賣鐵度日。說來心酸，當年傾注多少心血來建造……

"這麼說，已建了 70%多，要怎麼才能建成完工？"

這個問題，副總理K·N·馬克西也問過，他也曾這樣回答：

"需要國家計劃委員會、軍事工業委員會和九個國防工業部，以及 600 個相關專業，8000 餘家配套工廠……我需要蘇聯！"

此話透著國破家亡的淒涼，催人淚下。滿頭白髮的老人，憐愛自己姑娘似的，希望余能善待她，在華夏成就他的心願。余的"搞個海上大賭場"之說，瞞得過外人，瞞不過老廠長。

基輔的頓河賓館，余先生與烏克蘭商務代表阿斯納耶夫正式談判。這是別開生面的生意洽談，雙方推杯換盞中侃價，在稱作"Chinese VODKA"（二鍋頭）的一攤子空酒瓶中，余挺起了山東大漢的身板，終以 1,800 萬美元搞定，交了 200 萬定金。

但黑海造船廠不肯交全套圖紙，阿斯納也夫也說這是軍事機密。余光火，沒圖紙我怎麼改裝……賭船？再度交涉，還是不免酒精"勾兌"。

正面談判的桌上，觥籌交錯，拼酒鬥嘴，各持理據。在幕後，刀光劍影，詭計百出，是各國的諜戰。美、澳、日、韓、越等國，都在暗中使壞，不惜對烏方高層官員威脅利誘，千方百計阻擾。經一次次挫敗，圖窮匕見，行將公開跳出來競價爭搶。

接到情報，余咬咬牙，最後同意再加 200 萬美元，雙方妥協。拍賣流於形式，槌落成交。落敗者並不甘心，伎倆仍層出不窮。

嚴密戒備的資料庫里運出約 50 噸設計文件，裝了 8 輛大卡車運往機場，連夜飛向華夏。誰知，其中關鍵部分的圖紙已缺失，不知哪路間諜幹的，懷疑是俄羅斯情報人員。面對余的怒責，烏方阿斯納耶夫也懵。

有意成全的馬卡洛夫，悄悄拿備份圖紙給余，補全了缺失。

W號的交易，成了吞金獸。接下來還被再三阻擾，先是在博世布魯斯海峽被迫折返，又在地中海遭風暴打散拖帶船隊，最後為避開馬六甲海峽的不測，不得不繞道好望角萬里遠航，經歷一波三折，說起來讓人心酸。

阿O的融資計劃流產。他已失去自由，雖然出了勞教所，回到原來住處。公安收去了他的護照和港澳通行證，並警告離開甬城必須申報批准，否則就押送回勞教所。每週，還要在公司保衛幹部陪同下，到派出所匯報思想。無奈之下，他通過夏敏向雙律集團遞交辭呈。可這一時哪裡去找高手接替？

余先生背水一戰，將自己在香港的房地產全押上。

張先生忍痛變賣證券資產，成全余的壯舉。也許在某些黨國精英看來，他們比阿O還傻。

阿O又失業了。託庇在華甬集團之下，接受監管，工作自然由公司安排。尤經理要阿O做好投資策劃並主持項目建設，不僅是為馮總找上級施以援手提供個合法理由，是真的需要。但洪總裁不同意，理由：勞教份子怎能坐在辦公室服刑（錯，是行政處罰），必須下基層從事重體力勞動，不然起不到懲戒作用。出於教育幫助的良好目的，安排他去當搬運工，恰在他少年時曾扛活過的碼頭。

有其才不遇其世，天也。求之有道，得之在命。君子能為善不能必得其福，不忍為非而未必免於禍。故君子逢時即進，得之以義，何幸之有！不時即退，讓之以禮，何不幸之有！（通玄真經·

符言）

阿O自覺自願去上班，左手還沒好利索。

碼頭上，往日的裝卸工夥伴都離開了，各有人生際遇。現在的一群陌生的壯漢裏，那首《光棍》的歌卻流傳下來：

山上兄弟千千個

到了山下只一個

甜酸苦辣都嘗過

只有老婆沒討過

從考上大學起，多年奮鬥夢一場，又回到起點。隨之而來的是，開除出黨。他接到通知時才真叫難受，比接到死刑判決還難受。別提什麼政治生命，作為執政黨的基層黨員從沒有什麼政治待遇，組織生活也只是接受批評和自我批評，有的只是無條件服從和吃苦在先的義務！哪難受什麼？難受的是被同志們拋棄！

世事如棋局。棋盤上，一個被遺棄的孤卒，黯然獨自踏上窮途末路──阿O仿佛倚天俯看自己的命運，超脫了渺小的人格，很快擺脫苦惱。星期天，他去三江口的教堂，遇到剛做完禮拜的尤香蓮。尤驚異：「太陽從西邊出來了！阿O，你也皈依上帝？」

「我找岑牧師，妳知道他在哪兒麼？」

「他在後堂休息，我帶你去。」尤會心一笑，暗道：你這共產黨的孝子賢孫，而今成了喪家犬，拎著蛇皮袋[注1]，苦著臉來教堂幹嘛？莫非和我殊途同歸呀？！然而，見到岑牧師時，想不到已淪為苦力的阿O，卻從蛇皮袋倒出一疊疊「大團結」，堆在桌上。

「20萬元。這筆錢是苦阿婆留下的，現在她不在了，我想捐給教會應是她的願望。」

岑愕然。尤卻明白："阿O，那 2 萬股你賣啦!全捐了，不給自己留點錢麼？"

"誰投下的種子，收穫該歸誰。不是麼？"

阿O又說："公司危難之際，她付出 1 萬元血汗錢，她該得到收穫。她的愛，留在我心裏，已受用不盡。願她在天堂安息！"

"天堂，"岑敏銳地抓住這詞，"你也信有天堂？"

"我尊重她的信仰，希望她得償所願。"

"你自己呢？"尤不放過，"你已被開除出黨，還執迷不悟？"

阿O笑了，笑容天真無邪，反問："羅馬教廷不承認華夏'基督教三自愛國會'，你們就不是上帝的信徒？"

"你……"尤語塞，看著阿O離去的背影，頓足。岑撫著她的肩膀說："他是個好人，一個真有信仰的人，值得尊重！"

見尤疑惑，岑吟誦起聶克拉索夫的詩：

我們不懂，我們又怎麼能懂

人世間絕不限於我們這些人

也有人熱淚淙淙，卻不是由於個人的不幸

……

為阿O的工作安排，尤經理與洪總裁大吵一架，發狠要將阿O調回旅遊公司企劃室，公安方面她去搞定。見她發飆，洪無可奈何。阿O卻不領情，仍留在碼頭，自暴自棄，氣得她直罵他骨頭賤，卻不得不尊重。肖經理倒很看得開，一有空就攜好酒來，召來幾個昔日好友，拉阿O到靠碼頭的駁船船梢上共醉，卻不利用職權給予照顧。汪主席和郭經理、郝副書記等人只是君子之交，來看看說些不淡不鹹的話。唯有徐渭等幾個刺頭忿忿不平，私下串聯活動，策劃讓阿O"復辟"。洪總裁很是忌憚，讓公司保衛幹部盯緊了，還時不時的給予羞辱。

每天早晨，阿O必須清掃一段社區道路，清理垃圾。

阿O白天一身臭汗，晚上抽菸熬夜，操著筆記本電腦，苦心孤詣謀劃，兩個月熬下來，終於完成了旅遊公司的策劃任務。他把旅遊公司的經營思路作了修改，遊覽休閒以"新體驗"為主，格調以古樸野趣為主，增加一些當地特有的項目：

"漁舟唱晚"—黃昏擊鼓，傳檄漁船三江口匯聚，賭酒對歌；

"樓臺盟誓"—梁山伯廟唱"樓臺會"，邀遊客上臺婚誓；

"余相耕讀"—恢建東湖邊宋代文淵閣大學士的書院，猜燈謎；

"蘆蕩獵雁"—利用蘆蕩養野鴨（折翅），組織狩獵；

"江南採蓮"—泂水灣種蓮，採蓮女歌詠，邀遊客參與；

"茶館嘆簧"—本地說唱藝人傳統節目，鄉土味；

"趕潮拾貝"—父母帶小孩玩的灘塗遊戲；

"八仙過海"—水下機關配合的雜技表演；

……

利用自然條件，挖掘歷史資源，省下大筆投資卻大大豐富了旅遊活動。最終定稿，阿O累得脖子都伸不直，夏敏不在身邊誰幫他揉一揉，只能懷念著她溫柔的雙手，做夢去吧。

夢裡，擁入懷中溫潤胴體，撫摸起來肌膚膩滑異常，就像留在前輩阿Q手上的小尼姑觸感，不由心旌飄搖。他遺精了，驚醒過來，懊惱不已。多年苦苦修煉"九守"的嘗試，自從那次銷魂蝕骨的陰陽交合後，徹底失敗。《通玄真經》誦起來，再也感覺不到其中蘊含的道韻。但阿O不悔，自我安慰："一夜之價值一生！"

旋即又精神大為愉悅，比阿Q還得意。哈，小搗亂他們還是小鬼頭，阿O算是男人啦！

企劃書交卷後，投資人很滿意，李何淑儀更是驚為天才創舉。尤經理爽快給了一張銀行卡，裏面有 82.3 萬元，還自己替他繳了所得稅。阿O這大富翁，依然每天去碼頭賣苦力，裝卸工計件取酬，他還累死累活想多掙幾個錢。在尤看來，那不是骨頭賤嗎？

這筆錢招人眼紅，洪總裁先發難：讓一個勞教份子輕鬆就賺了 10 萬美元，這讓廣大幹部群眾情何以堪？尤理直氣壯懟回去：您也可以賺啊，只要您有這能耐，投資人信您，買這個帳！況且，這在合資企業開辦費預算內，總不能剛開始就不守信。有人私下打過主意，要不以勞教監管的名義收繳？但一時找不到政策依據，那個給錢的尤經理是個"媚娘+夜叉"，不好惹。攪黃了合資項目，誰負責？還沒等鬼鬼祟祟有個頭緒，那張銀行卡裏存款歸零了。

阿O拿到銀行卡馬上到大通銀行去還債。高行長連見都不願見，讓秘書回絕說"不用還，你的股票賣掉後早已抵銷"啦！阿O說是"那股票當初說好是原價轉讓，賺了是高行長的"。

"這賤骨頭倒還硬氣！"高仍不給好臉色。收下錢，卻和以前100 萬股賣了後償債餘額那樣，將錢存入小婭的帳戶。

巨款入帳，銀行的短信通知發到小婭手機上，小婭莫名其妙，打電話問高行長。高把阿O來還債的事說了，還說了阿O最近倒楣的事。小婭聽了很不安，堅持要高把錢還給阿O。高耐心解釋：

"這合情合理，……替他還清了債，是我的情分。現在是他非要還不可，有錢來還債也是應該。總之，我有權做主給妳。"

"好吧，"小婭妥協，"您既然把錢給我了，那我替他保管著，這些錢都是他的。"

高給氣糊塗了，發火道："傻丫頭，對這混蛋還不死心？！"

說罷，高又差點把電話筒摔壞。人老了，脾氣也見長。最近血壓升高，今年無論如何也要告老還鄉。小婭這雛鷹而今翅膀硬了，看情勢已不能指望她來接班，讓董事會大佬們頭疼去吧。

現在阿O又是個窮光蛋，當苦力薪酬內地可不如香港高。

那天下班，阿O拖著疲憊的腳步回家，路過一家熟食店，想割幾兩豬頭肉回家下酒。他摸出口袋裏剩餘的錢，數著夠不夠，可憐兮兮的。菸屁股快燒手指了還不捨得扔掉，被掌櫃的鄙視。

背後有人拍了下他的肩膀，回頭一看：郝書記！郝眨了眨眼，示意跟他走，引阿O進入街邊小飯館。點了一個川味火鍋，兩瓶加飯酒，與阿O對酌。

當初阿O調離，郝書記指望繼位任集團公司總經理，但洪推託再三，不肯在董事會上提名。結果是他自己兼了這個職位，集黨政大權於一身，改稱為集團總裁。郝失望之餘，說是想跟阿O走，但赴港名額是香餑餑，阿O想帶也做不到，給洪總裁留下了隱患。

三杯酒下肚，郝開口問："知道誰陷害你不？"

阿O茫然搖搖頭。郝詭祕一笑：

"是洪總裁和尤經理！"他娓娓道來，分析一個個環節，聽起來絲絲入扣，合乎邏輯。洪怕阿O"復辟"，還可以理解，尤又是什麼動機？他爆出一個祕密：當年舉報夏敏的正是尤，怨毒徹骨！

郝反咬尤，因她自從搭上洪就開始與他疏遠，後又得到代理總經理小婭的器重，漸漸不把自己放在眼裏，甚至連床都不讓他上。

儘管阿O之前也有猜測，出自郝之口的消息還是令他驚悚，眼

~ 158 ~

睛不由自主地冒出火來。郝見火候差不多了，說：

"我臥薪嘗膽多年，已積蓄了足夠的力量，並有足以把他送進監獄的證據，證明他貪污、揮霍公款、與女職員 3P淫亂。你我聯手，再把公司領導權奪過來，怎麼樣？"

阿O不吭聲，已冷靜下來，漠然視之。

"我能顛覆局面，但需要像你這樣的大才來挽救公司，而且也只有你能凝聚人心，否則是個魚死網破的結果。"

阿O以前幾乎沒考慮自己的利害得失，這段時機閒下來琢磨了周圍人事關係，有了一些猜測。他冷不丁發問："有他們賄賂公安人員的證據麼？"

"那倒還沒有。"

"……"

最後，阿O不為所動，郝扼腕嘆息。不過，他也成功地在阿O心裏種下了蠱。只不過，阿O並非不信，但不會全信。

人徒知偽得之中有真失，殊不知真得之中有真失。徒知偽是之中有真非，殊不知真是之中有真非。(尹子)

阿O念念不忘當年小婭爺爺的臨別贈言。

佘老大來了，不是來揍這個混蛋的，是受小婭爺爺之託來探望。賺了大錢，他回家找老頭子顯擺顯擺，聊著聊著，自然談起小婭和阿O的事。他向老頭告狀，說阿O迷上了一個香港歌女，當了人家便宜爸爸，還說了這小子最近倒楣，被處勞教。老頭卻沒有拍手稱快，心說這小子潛修《通玄真經》，哪會色迷心竅，必有難言苦衷。人老成精，一語就讓佘茅塞頓開：

"阿O若貪色，還不早把小婭吃啦！想想，和一個丁香似的姑

娘，情投意合，同住一室，怕有個把月吧?凡常人哪熬得住，現在
該是孩子都會扶床走了。"

原先老頭捨不得如花孫女，怎能嫁給大她八歲的？還是個心
比天大的"道門弟子"！曾經私下勸告小婭："阿O是個才子，也是好
人。但是，他心屬勞工階層，屬於社會，註定一生坎坷。爺爺我私
心希望妳嫁個只對妳好的男人，全心顧家的男人！"

後見小婭黏阿O，為照顧他養傷，竟放下矜持同住一室，也不
想棒打鴛鴦，默許了。老友高行長還曾說他撿到了寶，是的，阿O
是老頭的寶，怎忍坐視他屈辱，立逼佘老大去搞搞凌清。

佘想，以阿O的心智，要他說出隱衷豈是易事？於是，從家裡
地窖抱出一罈陳年老酒，斬了一隻大公雞，驅車趕到阿O家天剛抹
黑。阿O也剛下班回家。

哥倆相見，自然酒逢知己千杯少。

佘的江湖義氣與阿O骨子裏的士子秉性相通，敞開心扉聊得投
機。佘先談起闊別多年的經歷，他跟陳老總轉戰大江南北，這些年
是賺了不少辛苦錢。現在陳老總離休了，新上任的與他尿不到一壺，
帶隊伍回來了。阿O說，你老兄在家閒得住？佘感嘆：

"你哥我沒什麼文化，沒人提攜，還能做些什麼？"

阿O自己安心當苦力，卻為有錢的大佬操心。考慮再三後，一
拍腦門，取來甬城地圖，指著海邊熱電廠旁的一大片灘塗，詭祕兮
兮地說："老哥，你想辦法把那片海灘去買下來，要快！"

佘一看，乖乖，怕有上千公頃，疑問：

"買下這鳥不拉屎的灘塗做啥，養螃蟹、泥螺？貴倒不會太貴，
問題是什麼出產，什麼時候才能回本啊？"

"辦工廠。"阿O笑嘻嘻的，把佘搞糊塗了。佘擺擺手，"不行不行。我辦個小廠也許還行，偌大的廠我做夢都不敢想。"

阿O還笑。佘給自己猛灌一口酒，瞪起眼睛，佯怒道："你小子玩我！"

這下阿O收斂起嘻笑，正色道："就是因為人家不敢想，或者還沒想到，才是你有點小本錢老闆的機會。"

接著，阿O娓娓道來。搶先買下這塊荒地，以"建標準廠房，築巢引鳳"的名義立項，必然能得到縣、鄉兩級政府的支援，相當於你出錢給他們辦工業園區，給他們招商引資，創造政績。至於你有沒有招商能力，我可以給你收集一大疊港、澳、臺廠商名片。官員寧肯信你有門路，反正是你花錢，放著不搞也是荒蕪一片。他們最多也就給些政策支持。

那裡屬慈城區，區委書記就是前市體改委常務副主任，老朋友王喆。前幾天來看望過阿O，勉勵之外，有心設法安排阿O去做招商引資工作，阿O不想讓他擔政治風險。但阿O沒和佘說這層關係。就像以前與蕭副市長的關係，從不求他以權謀私。

志同道合，惺惺相惜，不是相互利用的狐朋狗友。

阿O提議：拿下地，先花錢建海塘，然後找熱電廠談，讓電廠把粉煤灰傾倒在灘塗，談得好不用花錢，最多也就付點運費。因為電廠當初為節約投資，沒建足夠大的棄渣場，現在要上二期技改擴大裝機容量，粉煤灰的傾倒就有問題。再就近開山，搞些石料塘渣，可以低成本平整廠區土地。

"嗯，這我懂，是個好辦法！"佘點點頭，這方面佘更內行。但他還有疑問："接下去我再借點錢，'三通一平'，廠房也蓋得起來，但租給誰呢？你真能幫我招來廠商？"

"幫你找一兩家還行，多不行？"阿O又笑嘻嘻的，一副討揍的涎皮賴臉。佘苦笑：

"那還是不行。老頭說過，'人無遠慮，必有近憂'。還說過'不能……'"佘撓撓頭皮，說不下去。阿O接上說："不能謀全局，便不足以謀一城。"

"對對，反正不做好長遠打算，不能只顧眼前亂來。"

注1:雜色塑料帶編織的包裝袋，窮人多利用它裝東西。

二十一、運財

阿O這才神情凝重起來，指向甬江南岸一帶，說道："看，這邊沿江有幾十家化工企業，有做硫酸的、做燒鹼的、做肥皂的、做鈦白粉的、做油漆的，往前一段還有搞電鍍的、搞化纖的等等，以前污水都是稍加處理便往江裡排放，順著落潮流向東海大洋。現在攔江大壩建成，甬江淡化澄清，這些企業雖然提高了污水處理技術檔次，但民眾對甬江水質要求更高了。

"還有，隨著城市擴大，南岸原先的莊稼地都建起了住宅區，噪音和廢氣排放也遲早是個大問題。

"甬城要搞成花園城市，人大代表呼聲驟起，相信環保部門很快會有大措施出臺。這些化工企業會因為廢水廢氣治理成本壓力，不得不遷出去。拆遷安置，你那裡將是合理的首選去處。"

"明白了，我賭它一把！"佘老大豪氣奮發，要浮一大白。阿O又攔住："要看的更深遠一點！"

"是否以為這些化工廠搬遷過來，你收租金就賺翻了？"

"唔！"佘點頭，想想又說，"最好是賣，來錢快。"

"錯，這還不是目的。"阿O斷然否定。

"咋辦？"佘被勾起胃口。

阿O詭笑，吐一個字："換。"

見佘不解，阿O解釋："你拿新的廠房土地，換他們舊的廠房土地。做工業的就怕耽誤生產，不能按期交貨，你能讓生產儘快恢復那是求之不得。他們算的帳跟你不一樣。而你，因為甬江淡化澄清，這一帶臨江土地必將規劃為商住區，土地將大大升值。但升值有個過程，地價隨開發成熟逐步推高，現在補地價變更用地性質，開發樓盤，能大賺。就算政府統一收回去再拍賣，同等價格你業主優先，還有政府收地補償、舊廠房拆遷補償，城區的遠高於你郊區的。能選最好的地，還比人家成本低，你再競爭不過人家就買塊豆腐撞死算了。"

佘眼睛一亮，又暗下去。遲疑地說："那不是資金週轉太慢。還是賣吧！你不是說過，財幣週轉要如流水麼？"

"對啊。不過，你以為財只是錢麼？土地、房產等等都是財，拿手裏一份資產去換來對你更有價值的資產，這也是週轉，也是賺錢。你以為只有變成銀行存款才是週轉，鈔票才是財？"

阿O還舉例說："范蠡做生意，還曾讓農家拿穀物、家禽、編織品等土產來換農具。予人方便，自己方便。商聖不認得錢麼？不知道週轉麼？"

佘想想也對，如果把土地廠房賣了變成錢，再想做開發賺錢，豈不是還得去拍地。想通了，就倒滿酒，和阿O痛快幹了一大碗。

"前不久，我低價收購一個上市公司，它帳上還有幾億存款，卻股東不能分紅，因為公司沒有能賺錢的營運項目而虧損。人家說什麼，你猜！"

"窮得只剩下錢了，"佘一拍大腿，"還真是！"

"這不是笑話。"阿O嚴肅地說："經營好的企業，手裡都沒留多少現錢或存款，偌大資本都變成土地廠房機器設備等等，一刻不閒在賺錢呢。"

"那銀行呢？"

"你是不是想說，銀行裡都是錢？"阿O看佘點頭，氣得拿筷子去敲打這老兄腦袋。"錯！銀行除了少量備付金，大量的錢都放貸出去，變成別的企業土地廠房機器設備等等，幫銀行在賺錢。"

佘老大臉上有點掛不住，暗道：原來"財幣週轉如流水"是這樣理解的！回去要找老頭好好問，問個明白。想到老頭，便想起來的目的，本想拋磚引玉，引阿O也說說在香港幹了些什麼，被帶偏了。當下就再不繞彎子，直說：

"兄弟，那歌姬究竟是怎麼回事？你會玩女人啦？"

阿O一怔，不知從何說起，舉碗猛灌酒。喝了一碗，見佘老大還眼睛瞪著等他回答，無奈說："我是認真的，向她求婚了。"

"你昏頭啦！"佘劈手奪下他手中酒碗，怒喝："清醒一下，你怎麼對得起小婭？

"小婭我一直當作親妹妹。"說了，阿O自己也慚愧。

"開始，我以大哥自居。後來也明白她對我的情意，覺得自己不配，又不忍傷她的心。她為我付出一片真情，艱難困苦中無怨無悔，我阿O就是塊鵝卵石，也該被捂暖孵化了。我只想著如何對得起她，願意一輩子守護她。她是那麼的可愛！可是……我已沒臉見她了呀！"說著，止不住傷心大哭起來。

佘從未見阿O這樣的漢子會這樣地嚎哭，動了惻隱之心，不想再逼問。阿O反而揪住他，紅著眼睛，哭道：

"知道你為小婭不忿，你揍我吧！來呀，痛痛快快揍一頓！"

佘穩坐不動，鼻子也有點發酸，沒好氣地說："那歌姬是怎麼媚惑你的，我去找她算帳！"

"為什麼你們都這麼看，她有什麼錯？"阿O止住了哭。他主動傾倒一腔苦水，說起如何相逢，如何逃過追殺，又如何陪同吃官司做義工，把肩背上的猙獰傷疤都給佘老大看了。也不隱瞞，他中了霸道的媚藥，是她捨身化劫，他該如何報答？提起褲子不認帳？那阿O還是人嗎？

佘老大不是土鱉，行走江湖多年，當然知道媚藥的霸道。傳言明朝第十二代皇帝朱載壑，36 歲就死於媚藥。別的不管，就衝她解救了阿O，什麼都可以諒解。他倒滿兩大碗酒，跟阿O說："來，我們敬夏敏！"

"幹！！"兩人仰脖子汩汩喝完。

"我還敬你是條好漢！"

這一夜，兩條漢子沆瀣一氣，喝得爛醉，醉倒在地板上昏睡過去。早晨阿O醒來，已不見佘老大蹤影，酒罈子倒在地上，扶起來還能倒出半碗，正好醒酒。酒解宿酒是最好的。傾訴了心裏委屈，又得到兄弟理解，阿O心情大好。看到桌子上放著一疊錢，知道是佘留給他的，也就不客氣收了起來。心想，如果佘老大按自己昨晚說的去做，抓住機遇，幾年後就是億萬富翁。

洗涮畢，又去掃街，出清垃圾，然後到碼頭上班。

香港回歸日與阿O酒後話別，董飛回部隊前辦妥了與夏解除婚姻關係的手續，卻沒與那個女教師莫馨結婚，擺明要和阿O在一個起跑線上追求夏敏。

夏敏隨劇組跑到西藏去了。星洲衛視順從民意，那部俠女傳記電視劇開拍續集，她仍演雪山天女。借這次拍攝外景的機會，她想找小婭交心談談，但到拉薩才知道，小婭已經調到國家投資銀行北京總部去了。在藏區留下一個傳奇：為救助被買賣或轉贈的婦女，她屢次犯險，有次在途中接到求救信息，情急之下孤身騎馬進入僻遠村落，勸阻一場轉贈婦女的婚姻悲劇，差點被圍毆喪命。當時她的勇悍形象，被在場目睹的藏民傳為守護天神卓瑪化身，說她能呼來烏雲壓頂，揮鞭牽動雷電。

劇組編導大為感動，正愁缺少素材，就地改編為劇中情節。

聽說有個香港歌星找小婭，一位自治區政府領導主動約見了她，自我介紹是小婭的直接領導，來自甬城，原政法委書記武建明。在雪域高原遇到老鄉，雖不曾相識，也分外親切。夏奉上自己新出的專輯，並說明：其中那首《古調歌·無寐》，就是阿O拿小婭寫給他的信中一段改的。武書記恍然大悟，怪不得小婭聽到這首歌就魂不守舍！

武書記問起阿O的近況，夏忍不住流淚，說自己害了阿O和小婭。武循循善誘，問了詳細，才知道阿O"變心"事出有因，並非見異思遷，是被人陷害了。武書記是過來人，想想也茫然無措，只問夏今後打算。夏說，雖然愛阿O，自認配不上阿O，更不忍見阿O負了小婭。此行，她還帶來一枚鑽戒，要代阿O向小婭求婚。武動容了，愛一個人，竟愛到這個份上！但小婭……他左右不忍。

夏苦求武書記將她的心意轉達小婭，武無奈應承了她。真所謂：精誠所至，金石為開。

小婭是優秀的援藏幹部，由於她出色的金融方面才幹，是自治區的稀缺人才，武書記破格將她提上來，最後也是他向黨中央組織部推薦，送走她的。作為直接領導，他內疚對她的個人問題關心不夠，考慮再三，武還是破例給小婭發了封私人電子郵件，轉達了夏的曲衷。讓小婭自己去解決感情問題吧，如果她不知情，可能會後悔一輩子。至於阿O這混蛋怎麼選擇，隨他去吧！

武書記確實也沒閒工夫。在藏區工作多年，行將調動，有更重的擔子要去挑。自己夫妻兩地分居，家庭都沒時間好好照顧。

佘老大又來找阿O，這次和肖道元一起來，說是要拉阿O入夥，一起創辦房地產開發公司。阿O知道肖和佘是老搭檔，但肖怎麼能把航道工程公司放下不管？

肖說：你走後，洪總黨政一把抓，把集團公司搞成了家天下。原先還有一些外來股東制約，後來見公司經營每況愈下，他們用腳投票轉讓股票走了。航道工程公司雖然有肖敢頂撞，但財權大半在集團公司，折舊、大修基金被挪作它用，設備無力更新改造，雖還有老關係勉強維持業務，但有漸漸被擠出市場的趨勢。船廠還好，合作企業財務獨立，集團公司只拿分紅。船隊搞了承包經營，洪怕船老大會拼命，讓他們自生自滅，但發展就別想了。尤香蓮的本事肖學不來，洪不但不敢惹她，還在資金安排上傾斜於旅遊公司。在集團總部，當年競聘上崗的已被排擠得差不多走光了，誰敢忤逆就炒魷魚，徐才子這刺頭遲早也會被拔掉。

徐渭是阿O在謀求公司上市時，作出人事調整，把他提拔到集團總辦主任的位置上，取代尤香蓮的。他性子本就孤傲，在阿O手下被縱容，更是敢說敢為，見到不合理的事就"出巉牙"提意見，洪很是頭疼，只是還沒找到筆桿子替換他，暫時容忍。

說曹操，曹操到。徐渭也來找阿O，還提著兩瓶杏花村。同來的還有郭經理，提著豬頭肉。肖開門一見就樂：

"呵呵，太陽從西邊出了！徐才子也學會孝敬領導啦？"

徐憋紅了臉，回懟："阿O還是領導麼？他現在是我哥，找哥喝兩杯不行麼？"

"行行行，"肖忙不迭的道歉，把徐、郭引入家門。

五人圍著桌子坐下喝酒。老頭託佘老大帶來的一點心意，醬豆、薯片、小魚乾之類土產，成了他們的下酒菜，再加郭經理帶來的肉食，還算豐盛。徐滿腹牢騷，與肖一唱一和，郭從旁說些酸溜溜怪話，阿O聽了很不是味，但已無心出手。也許歷史就是螺旋式發展，社會上出現一批新貴，工人地位反而下降了。阿O盼來的勞動用工體制改革，從整個社會來看是解放了生產力，但在洪總裁的一手遮天之下，企業主人翁淪為雇工。郝書記當年的擔憂，也不是沒有一點道理哦！阿O反思著。

肖說："今年五一節，公司搞慶祝活動，有個傳統節目是青年工人小合唱《咱們工人有力量》。他們登臺時改了詞，唱道"咱們—打工的—有力量……""

這小小改動意味著什麼？阿O想了很多，很難過。聯想到列寧的《國家與革命》中說的，要"使所有人都暫時變成官僚，從而使所有人都不能變成官僚"，實踐結果是有了更多官僚，卻固化了。

郭勸說："阿O，工人還是感念你的，畢竟公司發展了。股票上市讓大家發了一筆小財，職工股解凍時大家歡呼'阿O萬歲'呐！"

徐還是希望阿O搞"復辟"，還說工人肯定支持。肖當頭棒喝：
"你想把兄弟送到牢裡去？他現在被勞教管制著！"

"你的作為已是我們以前不敢想的。還記得當年在魯老大船梢我跟你說的話嗎？"郭的話意味深長，"雕欄玉砌應猶在，只是主人（朱顏）改。"

阿O當然記得。難道社會就該是這樣？在黨校，自己下功夫研讀《國家與革命》，至今沒讀通，列寧創建的蘇聯也垮了。

"郭經理，您是要退休了，我們就這樣熬下去？"徐不忿。

佘老大終於開口了，說："看不慣？可以走啊！現在畢竟不同以往，我們自己辦個企業，有種跟我一起走，闖出一片天地來。"

肖來勁了，講了自己和佘的設想：成立一個房地產開發公司，以佘的資本為主，大家把積蓄拿出來也入點股，推舉阿O為領導，按阿O給佘的方案去幹。雖然怎麼幹肖也說不清楚，但阿O能領頭幹想必錯不了，他將自己準備結婚買房子的錢全投進去。徐的腦子轉過彎來，職工股上市他也發了一筆，拋在最高點，除去還掉借爹娘的本錢淨賺 30 萬，原也打算結婚成家用的，還打算向朋友借，湊 50 萬元。郭雖告老還鄉，也願把職工股賣了投進去。

阿O還是窮光蛋，沒錢。佘作主給他 20%股份！

出大頭的願意，大家當然贊成。都知道項目是阿O策劃的，賺錢的主意比錢更可貴。

二十二、兩難

阿O反對。雖然尤經理疏通公安分局管治安的領導，他得到照顧，管制漸漸流於形式，但勞教期間不能出任企業法人代表，也不宜高調出面。建議：還是讓佘當董事長，他出的錢最多，搞土建有經驗，又跟著陳老總見過大世面。肖做管理抓生產行，當總經理。搞開發要與政府打交道，幾十項審批要跑下來，文案也要辦得周全，徐這些年鍛鍊下來應該可以勝任，當前期辦主任，掛個副總經理銜出門好辦事。郭還要發揮餘熱，公司籌建事務一大堆，還要招兵買馬，等公司走上正軌再還鄉享清福吧，先當個總務主任。

"不知文相國現在如何，若肯來，倒是個不錯的財務主任。"

肖說："現在這窩囊氣也就他能受。我去請，肯定來！"

肖還推薦已通過考試取得建築師資格的馬良，來擔任工程部主任。佘讚成，並要肖趕緊去"挖墻腳"。

這樣安排都認可，就是阿O置身事外皆不答應。阿O只好自封首席顧問。佘說："我領頭也行，但大家說好了啊，重大決策都聽阿O的，我也聽阿O的。"

大家商定：工業園區前期開發，自己有優勢做，就不要包出去。我們本來就是一幫苦力嘛，要艱苦創業！

天策房地產開發有限公司註冊成立，總資本 5,000 萬元。佘的原建築團隊在佘的名下出資 3,900 萬元；其餘是肖等人出資。肖拉了一些人加盟，大家也入股，其中有文相國的一份，湊了 1,100 萬元。公司成立後，註冊資本到位，股權結構再調整，佘佔 62.4%，肖等人佔 17.6%，阿O佔 20%。

這 20%不是乾股，是眾人自願以 1 元錢的價格轉讓給他的。

公司成立董事會，佘稱肖、郭、徐、文為四大金剛。阿O為軍師，不掛名董事。

還有個馬良也是另類，不出錢入股，還給自己開了 10 萬元年薪的身價。說是要做一個靠自己智力吃飯的勞動者，決不入夥當老闆。肖挖苦道：還擔心再來一次土改"劃成份"？

"嘿嘿，說不定哪天會'打土豪，分房子'！"

人各有志，佘也依了他。

公司順利拿下了阿O指定的灘塗，還比預定的面積擴大一些，連附近的一座孤山也吃了下來。佘迅速召集舊部去開山。

立項批地等手續，徐按阿O的指導去做，果然得到當地政府大力支持，不但地價優惠，還定下今後工業企業入駐給予稅收優惠的政策。與熱電廠的交涉由區政府出面，以支付增程部分的運費解決了問題。

開工當日，阿O請假去參加奠基典禮，遇到了應邀出席的王喆書記。王佯怒，說道：

"接到開發申請報告，我就想到可能是你在策劃，為什麼你不直接來找我？我是落井下石的人嗎？"

阿O嬉皮笑臉，說："如果不符合當地利益，誰找你都沒用。如果合理合法，誰找你都行。不是嗎？"

相視哈哈一笑。王把阿O拉到一邊，低聲說："我找了燕書記，說你在碼頭做搬運工。燕書記說'人才難得，不能就這麼毀了'。你與夏敏的關係他曾通過紀委瞭解，原先也認為她是個棄婦，樂見你們成婚。我就鬥膽提議，破例起用你。你猜，他怎麼回答？"

"肯定不同意，因為沒先例。再說，書記不該干預司法。"

"還記得那位武書記嗎？他狠，剛出任黔省省長，就想挖你過去，還說'勞教只是行政處罰，性質是人民內部矛盾，怕什麼？'燕書記沒同意，說留著你還有大用！"王拍拍阿O的肩膀，"他還要我轉告，說你本質是好的，有點冤，三年後你還年輕，別再惹事生非啦！他要想辦法安排一下，爭取讓你先工作起來，編制和職務以後再說。"

阿O苦笑，沒有一點受寵若驚的樣子。王搖搖頭，暗歎這混蛋怎麼沒一點政治覺悟！問道："你該不會計較職務和待遇吧？"

"不，能做事就行！"阿O這倒不含糊。"問題是……"

阿O很為難，說了大家給了 20% 股權，要他入夥當領頭羊的事。王聽了也為難，總不能以三年後的空頭支票，兌換人家 1,000 萬元的現實利益。在政府機關工作，若為官清廉，恐怕一輩子工資加起來也沒 1,000 萬元。

兩人在一旁嘀咕，佘老大可豎著耳朵在邊上聽，憋不住插了進來："王書記，阿O是我們領路人。在他帶領下，我們一定會把工業園區建設好，招來許多企業落戶，慈城區GDP會大增哦！"

嘿，這話說的！王心知他刮到點耳邊風就不安，敲打我，便哈哈一笑："好！你們就放心把工業園區搞起來，區委區政府全力支持你們，共同讓經濟發展起來。阿O跟我是老朋友，你們是阿O的兄弟，我當然信得過。"

奠基儀畢，阿O與王坐下聊聊，又探討起經濟問題來。

在市委政策研究室時，他從蕭師兄手裏接過一個課題：股份合作制。區政府能不能扶持工人、農民自己合作辦工廠，國際工合組織不是與國家投資銀行有合作麼？可以向它申請支援呀！王認為有道理，可以從搞"三來一補"注1入手嘗試。

那天他倆所討論的，居然真成了氣候，造就了大大小小"先富起來的"一群，可結果是又被大資本併購吞噬。

工人並沒有改變被僱傭役使的命運。

後來，兩人私下聊起，阿O戲說："你播下的是龍種，收獲的是跳蚤"，是你這書記沒搞好"社會主義思想"教育。已是市領導的王卻強調："畢竟經濟發展起來了，居民總體上生活水準有所提高"。但也歎息，"社會主義初級階段"理論還在摸索中，實踐上自己真不如聖西門有作為。

令人傷感的是：有些先富起來的人，有了錢就花天酒地，有的泡歌廳鬥富捧小姐，還有傻乎乎的過年買一卡車焰火放著玩，連個資本家的素質都沒有，唉！這都是後話。

回到家，阿O打開門就傻眼了，兩個美女在家裡。

一個身穿深色制服，英姿颯爽，頭髮編成長辮盤頂，黎黑未退的俏臉上，一雙大眼睛水靈靈的，恰似清晨帶露的黑玫瑰，竟是闊別多年的小婭。她撲上來，鑽入阿O懷裏就像小貓嗚嗚叫："大哥哥，你真狠心……"

側旁，一襲白色連衣長裙勾勒曼妙身段，容顏若玉雕，丹鳳眼含笑，若盛開的白牡丹，是夏敏。她笑得很開心，看小婭偎在阿O懷抱撒嬌，心一動，將他倆一起抱住，卻流下兩行熱淚。真是水做的女人！

夏敏找到阿O家時，小婭已在裡面。小婭是有鑰匙的，進門看家裡有點亂，就動手整理一下，又像以往那樣到近邊超市買來食物，準備晚餐。接到爺爺的來信和武書記的Email，她什麼都想通了，馬上打電話給尤香蓮問了阿O境況，急急趕來，是擔心阿O被開除黨籍受不了精神打擊。

在西藏這些年，傳統的婚姻家庭觀念已不再禁錮她的思想。她與北京的後媽關係解凍了，由衷感謝後媽這些年對老爸的體貼照顧，到北京進家門也開口甜甜地叫媽媽，還獻上哈達，這讓她老爸好一番激動。小婭心中，在乎的是真愛。

新工作崗位是國家投資銀行的黨組副書記。還沒真正進入角色，有個調整和適應時間，她請假回來探親也是人之常情。

見夏敏推門進來發楞，她接過行李，再給個熱情擁抱，說："我聽過妳唱的《無寐》，以前也見過妳，現在妳真的好美！"

"妳就是小婭？"夏敏驚呆了，幾乎不敢認這黑妞。

小婭含笑點頭，給她倒茶，說："我可以叫妳姐姐麼？"

夏瞬間淚崩。設想過多種見面的情景，都是無地自容的羞辱啊！小婭摟著她的肩，一起在沙發坐下，說："我愛阿O，因而也愛妳，妳陪他受罰，還捨身化劫，讓我好感動哦！"

夏羞慚地低下頭，說："我沒臉見妳，卻又想見妳。因為我知道阿O真的愛妳，心裏很痛苦，但這不是他的錯。"

"他求婚了，妳為何不答應？"

"不不，"夏慌了，"我不配，真的不配！"

小婭把她扳過身來，正面對著她，說："為什麼不配？妳的靈魂是高尚的，不然妳不會去西藏找我。我問妳，這世界上有許多優秀的男人，你只愛他麼？"

那雙水靈靈大眼睛注視下，夏羞怯地點點頭，不敢昧心。

"愛就夠了！"小婭很灑脫站起來，思索著在客廳裡踱步。夏看過去，怎麼她倒像自己演的角色。小婭在想：法定一夫一妻，身為共產黨員決不可違。但一紙婚書非要不可麼？誰都不願分享愛情，但命運就是這麼安排，負心才是違背天道人倫。荒唐的念頭升起，自己也嚇一跳。她駐步轉身，苦笑著問夏：

"我也愛他，怎麼辦？"

夏點點頭，又搖搖頭，心慌意亂地說："妳才是應該和他結婚的呀！求求妳嫁給我的阿O，好麼？"

說著，從隨身坤包拿出一個紅絨小盒，打開是一枚晶瑩的鑽戒。她單膝下跪，雙手鄭重奉上，但小婭不接受。

"若妳擔心阿O放不下我，我就離開這個世界！"她急了。這不是信口說的，早就有這個念頭，若沒阿O自己早該死了。

小婭流淚了。愛是奉獻，她犧牲自己成全我，是為阿O好，可見她愛阿O至深，死心塌地。我若接受了，她將沉入黑暗深淵，除非她移情別戀，但她會嗎？那麼我自己，會移情別戀麼？成全她，我將沉入黑暗深淵。沒真愛過，再選個門當戶對的過一輩子，也可能恩恩愛愛。但銘心刻骨地真愛過，妳不會再有真愛，老天爺不會總是垂憐妳。她接過戒子收好，扶起夏坐到一起，很認真地問：

"我倆都愛他，誰也別離開，好麼？"又誠懇地說："要不他會負疚一輩子！"

夏激動地扭過身，擁抱小婭，幸福感充斥渾身每一個細胞，吶吶道："真的麼，妳真的允許我愛他，我在做夢吧？"

小婭回擁，還取下掛在自己脖子上的一枚天珠，莊重地給夏掛上。天珠色彩斑駁，蘊含滄桑感的古樸，紅絲掛線垂下來，它落在夏的雪白豐胸，別具魅惑。這是她在藏區被傳為卓瑪化身後，一位著名的喇嘛給的，還說"眾人說妳是妳就是"。有信徒告訴她，關鍵時候它會讓妳逢凶化吉。夏去過西藏，知道它的珍貴，但領悟小婭的意思，沒有推辭。

　　姐妹定下匪夷所思的情緣，相幫著抹去淚痕，起身準備晚餐。阿O到家了。

　　在美人擁抱中，阿O頭腦發熱，有片刻宕機。清醒過來，他捧起小婭的臉，細細審視："吃了好多苦吧？都把妳曬透了……"小婭噗哧一笑，又羞怯地把臉埋到他胸懷，嬌嗔："難看死了，所以你嫌棄我。"

　　"不，"阿O態度很認真，"在我看來，妳更漂亮了！我的小婭成熟啦！"然後，又扭頭吻了夏敏的前額，說："妳也來啦，去看孩子了麼？"

　　"孩子在外婆家，明天去看看。馮總擔心你受不了打擊，特別作了調整，讓我來照看你，還有一筆錢帶來給你。"她拿出一張銀行卡，見阿O疑惑，馬上解釋，"錢是鄔少華的賠款，加上我自己的一點積蓄。你拿著，把債去還了！再買點營養……"

　　"鄔少華的賠款？"阿O的大跌眼鏡，小婭也懵。

　　夏把事情因由及結果詳細說了一遍，樂得小婭笑彎了腰，連呼"解氣！"夏也笑得花枝亂顫，阿O卻為她捏了把汗。

　　"好，是該教訓他！"阿O把銀行卡推回去，"錢妳自己留著，我男子漢怎麼能'吃軟飯'，呵呵！債我已經還清，我不是賺了10萬美元策劃費麼？"

　　又問："哎，董飛知道妳來了麼？"

　　"我不想見他。孩子認爹了，再不虧欠他！"夏沉下臉。又推搡著阿O，"你別管！快去洗澡，把一身汗臭洗了。"

　　"對，洗白白了吃飯再說好嗎？"小婭和夏一鼻孔出氣。

這晚餐不算豐盛，但秀色可餐，兩位美女眉目傳情，勝似山珍海味。夏從機場免稅店帶來兩瓶波爾多紅酒，阿O讓給兩位美女，自己獨享小婭千里迢迢輾轉帶來的青稞酒。邊喝邊聊，主要還是聽小婭講西藏的工作經歷和當地風土人情。

小婭有意說起自己深入偏遠地區的見聞，講解那裡的婚俗。有的家庭兄弟共娶一妻，有的家庭姐妹共招一夫，也過得和和睦睦，顛覆了阿O和夏敏的三觀。理論上都知道，任何婚姻家庭的習俗形成，都受社會生產方式和經濟條件的制約，但不管何種家庭組合，幸福和睦都取決於男女之間的情義，而不是家庭組合形式。在小婭看來，沒有一種家庭組合形式是不道德的，沒有愛情的結合才是不道德的。

在藏區工作時，政府推行一夫一妻制，但也尊重當地習俗。堅決制止的是把女人當牲口買賣或轉贈。為此，小婭還曾被圍毆，幸而突然天降異象，嚇到眾人。

阿O的家庭觀和人生觀一樣，是根深蒂固的。面對兩位美人，必定要辜負一個，左右看看都難捨難割。他一杯接一杯地喝酒，澆灌愁腸，頭一歪，醉倒了。唉，酒不醉人人自醉啊！

週末下午，王喆陪著魯書記登門拜訪。

王的左手臂上了夾板，用紗布掛在胸前。阿O開門看到，吃了一驚，問："這是怎麼啦？"

王笑笑不語，和魯一起進屋，在沙發就坐。等阿O泡好茶，魯嘆了口氣，說："為金慈跨海灣大橋選址，王書記陪專家考察地形，下氣墊船時腳下灘塗滑溜，跌一跤摔斷了小臂骨。"

王擺擺左手，"還好還好，別提這小事，說正事。"

這還小事？阿O疑惑，說："兩位書記大人光臨寒舍，來看我負罪之身，不敢當呵，受寵若驚。"

"別大人啦，"王皺眉作生氣狀，苦笑道："你家的小婭比我們級別不低吧，你也叫大人？"

"那是我妹，我大她八歲，我是大人！"阿O偷換概念。

"你看你看，"魯指著阿O，對王說："他骨子裏傲的很！你不陪來，他可能連家門都不我讓進。"

"好好，我先說。"王這才正色說道："魯書記現在退居二線，市裡又委以重任，負責金慈跨海灣大橋籌建。這可是跨世紀的重點工程，對甬城經濟發展的意義，你就不用我說了吧？"

"那是，你書記都親自去選址，還掛了彩。"阿O點頭肯定，又話鋒一轉："要我出力搬搬水泥鋼材什麼的，也不勞你們親自登門通知吧？給碼頭裝卸班打個電話就行了。"

"我希望你能出來幫魯書記做些工作，主要是建設資金的籌措方面。但不能作為公務員，工資待遇通過企業解決。"

阿O感到了壓力，沈默不語。

"除了我，還有個人推薦你，"王知道阿O的顧慮，打出一張感情牌，"就是現在鹿城的蕭市長。"

"他？"阿O忽的站了起來。為了掩飾自己失態，去拿水壺為兩位客人續水，手有些不穩當。

王和魯看在眼裏，以目相示，接著由魯說："一次在省裡開會，我遇到蕭市長，他問起金慈跨海灣大橋的事。說來說去，我感嘆還是沒人才。蕭很不高興，說我燈下黑，當初手下阿O不是人才麼？

好好用了麼？還說，如果不是怕人家說他拉幫結派，他早就把你阿O撈走啦！"

"讓我好好想想，明天我跟佘老大商量一下。"

見阿O這麼說，他們覺得是該讓阿O好好想想，人家現在都被開除出黨了，還能再以組織名義要求他無條件服從？

他們剛走，小婭和夏敏連袂而來，還帶來許多好吃的。

她倆借了尤香蓮的"牧馬人"吉普，先去溪口看老人孩子，又去東湖給小婭爺爺拜壽，黃昏才興高采烈地返回。回家見阿O心事重重，還連著抽菸，便問出了什麼事。

阿O把王書記和魯書記的來意說了，甕聲甕氣的，猶豫不決。

"阿O，你應該去。有用武之地，能有所作為，不是你以前嚮往的麼？他們是對你不公，但你也不是為他們幹，是為國為民，為家鄉建設。"小婭是阿O的知己，還是個共產黨人。

"阿O，不是曾嘆息報國無門麼，那就去做呀！"夏也說。

"但我已答應佘老大他們，他們給我 1,000 萬元股權，要我領著他們幹。方案是我出的，他們全部積蓄都投下去了，小搗亂一夥也辭職撲上去了，我自己卻溜了，他們會怎麼想？"

還有這檔事？她倆坐下來，要阿O說個明白。

阿O把來龍去脈交代了，她倆聽了吃一驚，阿O不聲不響佈下了這麼個大棋局。小婭沈思一會，嚴肅地說道："阿O，我相信你能經商會賺錢。但是，你苦苦鑽研的'計然策'是什麼？經國濟世之道，對不？"

阿O凝重點頭。她毅然決然地說："那麼，你明天就去金慈跨海灣大橋籌建處上班，踏踏實實，一步一個腳印做出業績來。佘老大那邊的事，我和姐姐去處理，你不用管了！"

注1: 即來料加工，來件裝配，來樣加工和補償貿易。

二十三、抉擇

工業園區的工地上，佘老大的原班人馬都來了，還招來附近許多農民工，在築海塘，填窪坑。載運粉煤灰的，以及載運城市建築垃圾的車輛來來往往，裝載機、推土機轟鳴。施工緊張而有序。

不遠處，一陣開山放炮的悶雷，隨著大地震動傳來。

在工地一角落，幾個集裝箱似的簡易辦公房裡，佘老大和馬良等幾個工程師圍著圖紙在商議。

肖總帶著小婭和夏敏進來，讓眾人眼前一亮，目光都被吸引過去。佘老大惱火地嚷嚷："嗨嗨，沒見過美女麼？真沒出息！都滾吧，你們先去吃飯，下午再接著商量。"

幾個工程師悻悻離去，馬良崇拜小婭這老領導，留下來給她們搬凳子，倒茶。佘換一副笑容："小婭，怎麼是妳來啦？爺爺讓妳來的？"又看向夏敏，"這位是……夏主任？"

肖趕緊介紹："現在可是香港著名歌星柳鶯！"

佘想起那晚阿O酒後吐真言，愣在當場。夏比起以前當辦公室主任時更有魅力不假，佘發愣是想不到小婭竟會帶她來。

"想不到吧？"小婭翻了個白眼，拉夏一起坐下。

在小婭面前佘只能尷尬笑笑。可是，等小婭把來意說到一半，佘的臉就黑了下來，只是在她面前不好發作。肖總可不管，直接跳起來叫嚷：

"阿O是不是腦子進水了？把他開除公職，又開除出黨，現在連個身份都沒有，還為他們這些官僚去賣命，圖什麼呀？啊？！"

"不是為他們，也不圖什麼，他有自己的志向！"小婭聲音不高，但從艱苦卓絕的地方跋涉過來，氣場凌厲，不怒自威。

肖啞了，仍憤憤不平。夏從旁勸導："你還不瞭解阿O嗎？他有點理想主義，以前我也不理解他到底要幹什麼，但我相信他是對的，他有自己的人生道路。但他不會不顧兄弟們，有什麼難處他還是會幫大家想辦法，幫大家解決問題。"

佘老大開口了，悶聲道："走仕途有什麼好？做貪官對不起爹娘，不做貪官對不起兒孫。我們給他 1,000 萬股權，就是怕他還不死心！"

小婭從坤包拿出一張銀行本票，遞給佘："這是 1,000 萬元，是阿O繳的入股款。"

"這是幹什麼？我佘老大豈是說話不算數的人！"

"拿著！阿O對這項目有信心，我們對這項目有信心，相信你們能把項目做好。"

這一說，佘聽進去了，腦子拐過彎來。他讓小馬去叫來徐副總、文主任和郭主任，當場商議。佘擬將這 1,000 萬元作為公司增資，註冊資本改為 6,000 萬元，阿O占 33.3%股份。

小婭反對，肖說：反對無效。妳官再大也管不了我們！

不過，佘老大還是有點怵小婭，姑且先按小婭說的辦：公司註冊資本不變，原阿O的 20%股權實繳 1,000 萬元，以夏敏的名義登記出資，撤回先前的 1 元錢轉讓股權協議。

"這是為什麼呢？"肖還有意見。

佘說："不要問，小婭曾是你領導，什麼時候有過錯？以後慢慢會明白。我們發達的時候心裏有阿O就是了！"

吃過午飯，送她們出門時，肖說："這裡不好打的，開我的越野車回去吧，不送妳們啦！車就留給阿O，方便他隨時過來看看。"

佘老大怕軍心不穩，對公司骨幹們說："阿O去為政府辦事我不能攔著他，因為他不只是我們兄弟，他還是個'共產黨'（老百姓心目中以前那種不要錢不要命的好漢）。"

不是被開除出黨了嗎？沒人問，知道阿O的誰也不懷疑。

"但是，他的心還和大家在一起，剛剛又投入了 1,000 萬元。"佘補充道。想不到，這又給阿O招來無妄之災。

此時，阿O在跨海灣大橋籌建處參加會議。魯書記介紹他的身分是建設項目的特聘經濟顧問，也就是個編外人員。

會議討論大橋建設的立項問題。首先面臨的難題，是靠近省城的越城也申報了建橋方案，與甬城建橋方案是並行的，相距約 65 公里，因而無論誰先上，國家近幾年都不會批准另一個再上馬，以免重複建設造成資源浪費。起碼要等下一個"五年計劃"再考慮。

比較兩地建橋方案，越城方案有三個優勢：

一是由於海灣呈喇叭口形，越往上游則兩岸相距越近，越城在甬城上游，因而大橋長度較甬城方案短，可節約投資；二是甬城方案建橋在海灣出口，逼近東海大洋，風急浪高，而越城方案離海洋相對較遠，因而技術難度相對較低；三是越城方案與已建成的一條高等級省道連接方便，那條由省交通開發公司投資建設的高等級省道，也會提高通行費收益。

會議討論時，有人悲觀失望，認為：雖然省政府尚未決策，省交通廳有關領導已表態支持越城方案。甬城計劃單列後發展迅猛，省裡搞平衡照顧其他城市，也是可以理解的。況且，以投資匡算分析，越城方案的財務指標優勢是明顯的，畢竟現在決策以經濟效益為重。

附和意見：越城建橋，甬城也能得益，只不過車輛通行繞一個大彎，可上百億投資地方財政配套也不是個小數目，省下來自己發展工業和搞城市建設吧，以後財力雄厚了再說。

反對者認為：長江三角洲經濟發展，以申城為中心，海灣這一邊諸城的經濟發展競賽，誰建起這一便捷通道，誰取得先機。一步落後，步步落後。

有人附議：甬城沒這條通道，不能改變交通末端地位，將淪為長三角經濟圈的邊緣角落，對地方工業發展極為不利。

更有激進的主張：兩條通道並行，投資效益後發者肯定不如先建者。應該利用計劃單列的優勢，直接向中央政府爭取，撕破臉也在所不惜！

各有各的道理。阿O認真傾聽，作筆記，心裏卻自有盤算。魯書記多次把目光撇過來，見他老神在在的，就點名要他發言。

"各位老領導，各位專家，我的意見還沒考慮成熟，說出來怕貽笑大方。既然魯書記點名，姑妄言之。"

眾人目光審視，掂量這小年輕，憑什麼坐在這裡充當顧問。

"這個跨世紀的重大建設項目，投資決策應有三層：一是我們地方，甬城、越城；二是省裡，搞平衡、協調；三是中央，最後拍板。前兩層，各位的分析很透徹，很精闢。我想還應該考慮中央政府會怎麼想，我們又怎麼去左右高層的想法。"

此言一出，在座的面面相覷。魯書記暗道不好，妄測上意犯忌，這小子吃足苦頭還不改頑劣！但既然讓他說，姑妄聽之。

"前面那位老領導說得對，投資決策的核心是經濟效益的考量。然而，現在只是項目立項前投入產出的匡算，立項後進入項目工程可行性研究，項目評估會有兩套經濟效益指標：一是直接的財務指標，這顯然是越城方案較好；二是社會經濟效益指標，我還沒算，但從以下三點估計，甬城方案優於越城方案。"

有意思！眾人屏息聽他娓娓道來。

"其一，現在的高速交通體系，海灣以吳城的之江二橋為頂點，北岸伸展至申城，南岸伸展至甬城，構成三角形。建橋越近三角形底部，能節約的社會時間成本和運輸綜合消耗成本越大。

"其二，三角形底部兩端有兩個國家重點港口，申港和北侖港，申港目前已處超飽和狀態，我手頭沒有其吞吐量及設計能力的比較數據，但我知道申港現在每天都在發生待卸船舶滯港費，而北侖港現在吃不飽。兩港直線連接只要兩小時車程。

"其三，甬城方案，可構成申城、吳城、甬城三個支點兩小時交通聯結的超級城市圈，也就是法國J‧葛特曼說的'城市帶'，可以產生優勢互補的集群效應。世界的工業經濟競爭，其實是超級城市圈之間的競爭，如以紐約、倫敦、東京等等為中心的城市圈。越城方案顯見圈子有欠缺，把兩個港口和工業重鎮撇在圈外。"

諸位專家、領導的交頭接耳議論。一位計委領導發問：

"如此說來，社會經濟效益評估我們的方案未必輸於越城，但要數據說話。正式立項前，越城方案和甬城方案都沒具體數據可供比較，怎麼辦？"

"按正規基建項目'三階段五過程'審批程式沒法操作，"阿O坦率承認。"但是，要說清這個道理也不難，我們可以組織專家，做些模擬測算，做幾個專題研究報告，透過計劃單列的管道，直接與國家計委、交通部溝通。"又頑皮一笑，"當然，同時抄報省裡。"

魯書記笑了，這阿O又不按常理出牌！旁邊有人為他參謀，"這不失為一個辦法，要倒過來先報省裡才符合政治規矩。"

"這樣就能左右高層決策？"有人質疑。

"不夠。"阿O這下嚴肅起來，說道："據說，總理下決心要改變現行基建項目投資體系，計劃內的項目'撥改貸'，同時鼓勵基建項目市場化籌資，前段時間公路收費項目試點已證明是可行的。如果我們將這跨世紀工程項目，申報為市場化籌資建設試點……"

"好大的口氣！"當即有人坐不住了，站起來反對："小同志，上百億投資呐！不爭取國家撥款，自籌？傻！"

"什麼傻不傻的，是有沒有魄力！"也有人不客氣回敬。

"這對地方利益來說，是不明智的。"另有反對者說的婉轉點，意思也一樣。阿O就等著這反對意見，站起來拋出一個新論點：

"說地方利益，要怎麼來看得失。經營城市不同於經營企業，不能只看帳面資產負債及盈虧，要看地方經濟發展，居民就業及國民收入，公共福利和環境設施等。當前，發展是第一位的，為了發展，基礎設施項目'求所在，不求所有'。"

阿O進而闡釋："產權是不是屬於地方政府不要緊。如果市政府資產只很少一點，而地方經濟發達，居民富足，是執政的成功還是失敗？我們不是地主家的管家，同志！"

這話有些人聽進去了，有些人坐不住了。

"所以說，項目建設資金來自國家財政還是資本市場沒多大區別，要害是項目要構設市場化經營機制，以求獨立營運。"

思路陡轉，讓人琢磨，似乎言之成理，怎麼聽起來歪歪的，覺得有點脫離常規。

"諾大規模投資，市場籌資可能麼？"

"這項目資本金也就 30 億左右，其餘可以由項目公司向銀行貸款，以項目營運收入慢慢還。"阿O胸有成竹。

"是 30 億，不是 3 億！讓誰來投？投資回報有吸引力嗎？"

"可以調節。就是要地方財政適度貼補也是劃得來的，促進了地方經濟發展會帶來更多收入。"

"國家計委立項，安排預算資金豈不更好？要還以後再說！"

"問題就在立項，如何爭取中央支持……"

會議室吵成了雞窩。

阿O幾次壓捺不住想辯駁，都被魯以嚴厲的眼神制止，他怕阿O又說出格的話。於是，挑起爭論的阿O，像個會議記錄員，埋頭作筆記，置身事外。

無論如何，哪怕唱反調的，都不再小覷這特聘經濟顧問。

會上的爭議，很快有人傳給市長和市委書記。市長提到阿O就感冒，由於離任在即，推說要尊重市委書記的意見。燕書記認為這阿O很有思想深度，順應改革大勢，可以嘗試。基建項目投資體制改革，總理決心已定，搞市場化籌資建設試點，肯定會支持。

以後這個項目建設，關鍵還是經濟問題。若引入市場機制，搞得好今後不是地方財政的負擔，還是個稅源哩！

他讓魯將項目預評估分成幾個專題，組織專業力量分頭去做。其中，關鍵的項目建設資金籌措專題研究報告，交給阿O去做。

兩個美人已南北分飛，返回各自崗位，家裡成了阿O的辦公室。阿O把項目有關資料搬來，整天埋頭鑽研，廢寢忘食。沒人打擾，但也沒人管他，飢一頓飽一頓。飽是因為尤常來探望，請教合資公司組建及項目投資管理問題，順便給他做頓好吃的，但他有點怕無福消受，怕欠情債。平時，他以快速面充飢，有時麵都懶得泡，直接就著農夫山泉啃咽。

最好的休息，就是佘和肖攜酒來議事，總是一醉方休。

這一晚，他建模測算未來數年的地方財政收入和可支配機動財力，以及未來 25 年項目營運收入和營運成本，又熬了個通宵。抬頭見窗外天空泛白，揉揉眼睛，喝乾杯中剩餘的咖啡，老老實實去掃街。

日復一日熬夜，身體嚴重虧虛。掃著掃著，他忽感一陣眩暈，撲倒在街頭。早起去買菜路過的鄰居大媽見了，驚呼：

"來人，救救他！掃地的昏倒啦！"

沒人應答，她繼續大呼小叫不休。

這住宅區大都是機關幹部，有人推開窗戶看看，見倒地的是那討厭的勞教份子，冷漠地關上了窗。近處一戶還斥責："吵什麼吵？小孩還睡著呢，鬼嚎什麼！"

"你有沒有人性啊？"大媽委屈。

"壞份子，死了乾淨！"

"你們不是人，全家都去死，更乾淨！"大媽怒對。

這下捅了馬蜂窩，厲聲叫罵紛起。一個穿睡袍的女人衝出來，披頭散髮的，張牙舞爪要撕爛大媽的嘴。大媽不示弱，操起掃帚抵抗。這時，阿O就是個死人也被驚醒了，他晃晃腦袋，咬咬嘴唇努力清醒，沒弄清狀況就急忙爬起來，張臂攔在揮舞掃帚的大媽面前。

這沒良心的！大媽更來氣，劈頭給了阿O一掃把。

背後那女人不領情，也恨恨地揮拳朝阿O的背脊亂打，都怪這傢夥惹事。不過，大蒜頭似的粉拳亂捶在寬厚的背上，阿O權當是按摩吧，也許還有點享受。

救護車及時趕到，而且先後來了兩輛，司機和醫護人員下車，制止了前後夾擊的混合雙打。阿O的觀點沒錯，社會上還是好人多，被吵醒的鄰居中有多個好心人打了 120 電話。這下，救護人員鬱悶了，問：“誰是需要救治的？呼救電話哪個打得？”

沒人出頭應承。阿O不笨，猜到怎麼回事了，問了出車費用，掏淨身上各個口袋，勉強對付過去。心頭還有點溫暖感，拱手向眾人道謝。好心大媽見他向那個潑婦也道謝，氣得朝他翻個白眼：

“傻，沒心沒肺的傻蛋！”

燕書記看了阿O編撰的報告，大為賞識，對魯書記說：你撿到寶了。阿O不是‘聰明人’，常常冒傻氣，但這“O”不能看作傻“蛋”哦！你們不能拿他當驢使，要給他適當的工作條件，安排個職位。

二十四、轉運

阿O被任命為大通開發集團公司的總經濟師。

監管幫教責任從華甬集團移交到市交通局政治處，直接與司法局勞教科對接。阿O不用每天清早起來掃街了，要專心謀劃大計宏略。派出所和街道社區的負責人也如釋重負，因為出入阿O家的人員太複雜，有的比公安局長級別都高，根本不是他們敢得罪的。

呂局長很鬱悶，拿部下撒氣，斥責：一個勞教份子，居然美酒佳餚，左擁右抱，你們乾瞪眼？

——誰也沒當場見到啊！阿O那晚酒醉，清晨從夢中醒來，見床上兩個美人左右擁著自己，春色無邊，嚇得跳起來。兩隻雌老虎立刻聯手鎮壓，還溫柔地教導他怎麼做人。那是八卦腦補。

床上艷事，大家誰見了？社區居民確實見到，是有幾天阿O清晨掃街，兩位美女幫著幹活，也不嫌髒，也沒覺得丟臉。

阿O說過：只有下賤的人格，沒有下賤的工作。

其實，呂局長也不是不清楚：那位白皙的是香港當紅歌星，上級來人為她辦"單程證"（遷居港澳的通行證），註銷了她的戶籍，還打招呼"不該問的別問"；那位黎黑的看上去像鄉村幹部，查了來歷嚇一跳，她的官階可與市長比肩。那還怎麼監管，沒聽說過"官大一級壓死人"？別看她笑靨吟吟的人畜無害，若是惹惱了她，怕會招來"天封塔"（甬城最高古建築）的鎮壓。

忽然，夏敏從香港打來電話，說小婭懷孕了，妊娠反應很大。為小婭的政治前程考慮，要保住孩子，你阿O應立即去求婚。

正好魯書記要去京城參加交通部的會議，阿O私下找他商量要求同行，想借機去看看小婭。魯還記得以前小婭幫阿O組建華甬集團，後來上了中央黨校，聽王喆說已是金融界新秀，想必不簡單。這個"好人"能做也該做，他為阿O辦好勞教份子外出請假的全部手續，理由很充分：項目建設資金籌措專題研究報告是他起草，帶他進京與有關部門溝通，向專家請教，有利於工作。

到了京城，他們一下飛機就有個武警少校過來，把阿O領到另一條通道。分手時，魯再三關照：若能見到部委領導、專家，要謙虛謹慎，別再冒傻氣！

來接機的是小婭和她後媽。小婭給阿O熱情擁抱，然後給她的後媽介紹，阿O恭恭敬敬叫："阿姨好！"

立即，挨了小婭劈手一個後腦勺。阿O一愣，轉過彎來，乖巧地叫"媽"，讓人啼笑皆非。後媽親自開車，駛過機場高速公路，進城又七拐八拐，鑽進了一個小胡同，來到一個黑漆大門緊閉的四合院。入內，才見門庭有警衛，這以後可不好來串門哦！

吃晚飯前，小婭爹才回家。阿O這回老老實實鞠躬叫"爸爸"，又錯了。人家翻了個白眼，說："小婭還沒嫁給你呢，我同意了麼？"阿O知錯就改，恭敬道："□□同志，您好！"

誰知又不被認可。但她爹還是緩頰一笑："你不是被開除出黨了麼，我們還是同志？"

阿O挺直腰桿，認真答道："開除出黨組織，不能改變我的共產黨人政治立場。全世界由衷唱'國際歌'的人，都是我的同志！"

"阿O同志！"她爹肅然，鄭重地握了握阿O的手，很客氣地請阿O入座吃飯。"能喝酒麼？"

"能喝。"阿O挺老實。

"我也喝。"小婭是怕阿O不自在。

後媽給他們都斟上王朝幹紅，自己喝酸奶。桌上葷素搭配就四個家常菜，加一個西紅柿蛋花湯，顯然沒有把阿O當貴客。不過，最後上麵條時，給阿O碗裡窩了兩個雞蛋。她是聽說江南習俗"新女婿上門丈母娘一定要煮雞蛋"，她爹見了暗自發笑：也不看看皇歷，什麼年代了！

當爹的對女兒未婚先孕怎不惱火？見阿O不像是騙女孩的小白臉，還挺純樸，有點好感。男歡女愛，錯的可不一定是男的。自己出門在外苦苦奮鬥，小婭生母又走得早，她從小就和這小子在碼頭混，也不好責怪。飯後茶間，想看看這小子是不是個人物，特意問：

"甬城為什麼不惜建設資金自籌，也要先上跨海灣大橋？"

"搶佔發展先機，改變經濟地理格局。"

"你怎麼看甬城方案和越城方案的競爭？"

"現在是'諸侯經濟'。各為其主，我的意見有失偏頗哦！"

"狡猾！"

"是老實，"小婭為阿O辯護。

"好吧，"她爹可不這麼想，"那你站在'周天子'的立場來看，又如何取捨？"

"取甬城方案，著力打造申、吳、甬超級城市圈，增強我國的國際競爭力。"涉及正題，阿O又冒傻氣了，鬥膽說："原先鼓勵各地千家萬戶發揮積極性，工業項目遍地開花，現在搞活經濟的粗放型發展階段已然過去。國家再不抓工業重點佈局，以集約經營提升投資效益，將會造成極大資源浪費。看似各個項目都賺錢，以社會經濟效益評估，綜合比較投入與產出，可能得不償失。"

這是妄議中央！人家臉色已經難看了，阿O還要說：

"同時，要在總體規劃控制下，發揮市場機制的作用來配置資源，不要把資金、物資集於計劃部門手裏分配，國家不要包攬項目建設投資。現在各地爭項目，其實就是在爭錢！"

"呵呵，你這是要剝奪計委的財權。他們要是知道你這想法，明天門都不讓你進！"

"他們首先應該做好規劃佈局，而不是一天到晚忙著應付各地來要錢的。"小婭插嘴。

"你們倆還真是一對寶！"她爹忍不住笑道。又話鋒一轉："那手抄本《管子·輕重》是你給小婭的吧？"

阿O點點頭，一本正經地說："此書，是偶而從同學家中發現的古籍孤本，覺得與學校藏書刊印版本有所不同，因而抄錄。若論經國濟世，經濟調控策略，華夏寶藏有待發掘。希望小婭在中央黨校能遇到高人，給予指點。"

小婭卻故意抱怨："黨校老師說《管子》是後人偽託之作，大體是漢唐之間成書，說是郭沫若考證過，是集道家迷信思想之大成，充斥封建糟粕。"

"以現代科技分析，道家思想有其認知的侷限，但絕不是迷信。有些道出宇宙本質及規律的感悟，現代科技尚未達到這境界。"阿O反駁，也不顧忌人家爹媽在場。真不會哄女孩子！

"近代馬非百和王國維、明代王應麟、宋代劉恕等，許多大師考證過，《輕重》篇是偽作，分析其所述內容，不應是春秋時期的故事，有的可能是王莽新政時的作為。老師说：不屑於讀這'鄙俗'之作。"

"就算是漢唐後人託名管仲寫的，就鄙俗麼？"她爹不以為然。

"我不是象牙塔裡皓首窮經考證典據的學究，"阿O更是不以鄙俗為恥，"我感興趣的只是其中商戰策略，汲取營養。隨著我國外向型經濟的發展，大國之間博弈是免不了的，甚至可能發生貿易戰、金融戰，就像前不久美國打擊經濟勃起的日本，迫使其簽訂'廣場協議'，是經濟上的國戰。我們要早作對策，這本書有些韜略會啟發我們。"

準岳母站出來為阿O撐腰，對小婭說："妳的老師只崇拜聖賢而不講道理！現在執政者都應該讀讀這本書。"

她舉例說：美國 50 年代搞了個糧食援助法案，向缺糧國家輸出穀物，以受援國貨幣結算，市場出售所得款項，25%用於運輸和銷售的開支，75%以貸款或贈與給受援國政府，但使用受美國監控。結果，南美幾個小國家中招，在低價糧食拋售下農戶紛紛破產，又進一步加深對美國糧食進口的依賴，國民生計被美國控制，政府也被挾持。這 75%的錢多被用於向美國購買軍火，又落入美國壟斷資本家口袋。這種招數，管仲在兩千多年前就玩過。

"我的碩士論文就是寫這個。"小婭嘻嘻一笑，說："導師也這麼說，如果這些國家首腦讀過《管子》，就警惕了！"

"不見得！"看她得意的樣子，她爹即時給予打擊："像智利總統皮諾切特，本就和美國糧商、軍火商有利益勾結。"

他又對阿O說："大國之間博弈，經濟上的國戰，是不是言之過早？"

"不能謀長遠，不足以謀一時。"

"不能謀全局，不足以謀一城。"小婭爹接過話頭。"看來，你為甬城謀劃，還是從全局出發的，而不僅是'各為其主'哦！"

為說明自己不是杞人憂天，阿O說起在S大師家裡的所聞。那天他去拜訪時，S大師家中氣氛凝重，幾個大佬聚首私議，談論的話題，是美國的糧油大王進軍華夏大陸，有掌控國人糧油命脈的陰險企圖。國內糧油統購統銷制度早已在市場化浪潮裏瓦解，一批糧油國企在改制過程中被外資吞併。農村經濟也隨著雨後春筍般的鄉鎮企業興起而改觀，到處可見毀田辦廠，許多糧油產區開始工業化，全國糧油供應對進口的依賴度越來越高。

孟山都的轉基因大豆輸入，正在摧毀我國的大豆產業。

高層清楚S大師的作為，老爹對這方面局勢也有所洞察，知道這不是危言聳聽，頷首默然。

一席話，基本測出了阿O這小子的秉性內涵，小婭爹媽竟有點鍾意。想了想，他給了點提示：

"我也讀了這本書。這'輕重'之論，在國民經濟的宏觀調控策略上很有意思，比凱恩斯理論說得更透闢，言簡意賅。"

他以慈愛的目光看著阿O，嘆息："可惜了，學非所用！近期我國將採取'積極的財政政策'，政治局的理論務虛會點名要我講講，我想說說 '幣輕則貨重'，凱恩斯刺激經濟的那套，在兩千年前華夏祖先就玩過。也許，你小子去說會比我說得更好……"

阿O有勞教份子的自知之明，搖頭。

考慮到阿O的身份，做父母的默許他倆關係已是難得，但堅決不同意登記結婚。未婚先孕現在比比皆是，最多也就是個"黨內警告"，影響不好大不了換個單位，黨政領導幹部與勞教份子結婚麻煩就大了。高層官員，思考問題與常人到底不一樣。不過，阿O的求婚也沒有被拒，算是同意了，但婚禮約在 2 年後。問及阿O家人的意見，阿O茫然，爹說他是"撿來的"，在東海上一場"白毛風"後，世上孑然一身。惹來準岳母的一掬同情淚。

小婭打開珍藏的紅絨盒，取出一環鑽戒，讓阿O親手將它戴在她左手無名指上，作為訂婚標誌。爹媽以為是阿O早給她的定情信物，也沒在意。

夜裡，小婭悄悄鑽進阿O的被窩，說了夏敏代他求婚的事，還埋怨阿O："本已打定主意不結婚，相愛就夠了，你壞！"

她還咬耳朵悄悄問："什麼時候也讓姐姐懷上一個呀？"

阿O苦笑："我怕河東獅吼。"

"我才不哩！只准生一個，孩子多寂寞。"剛懷上就為孩子考慮，女人啊女人！若在以前，阿O會驚掉下顎，現在知道生活的複雜，水至清則無魚，信其然也。時下，體制內某些貴婦人這方面更看得開，自家相公"家外有家"並不在乎，只要不礙自己尊榮。甚至有些家庭裡，"有人家外買水喝，家裡有人賣喝水"。相比之下，小婭無奈接受命運的安排，情操是脫俗的。阿O緊緊擁抱嬌軀，聞著她體香，腦子裏的程式徹底崩潰。

這世上，誰也不是聖人，而自己是混蛋！

"我和你訂婚，可委屈姐姐啦！"小婭偎著阿O嘀咕。她總是同情別人，委屈自己，歸根結底是不忍他阿O負疚一生。如果說夏敏容貌是令人動心的美，那麼小婭善良更是令人心動的美。

作為國家投資銀行黨組副書記，小婭除了專職黨務，還分管組織人事、紀檢和政策研究部門，工作並不輕鬆。但她還是陪著阿O，去拜訪國家計委、國家開發銀行、國際工程諮詢公司的有關領導和專家，為甬城方案進行思想溝通。因為不是正式申報審批，人家也誠懇地給了一些有益的意見和建議。

阿O融入了這個家庭。在京幾天，阿O都住在準岳父家裡。

小婭後媽在社科院工作，研究斯德哥爾摩學派理論，與阿O閒聊時對計然經濟學說有了興趣。她將阿O關於農耕社會經濟預測數學模型的猜想，結合文史資料：桓公元年，秋，大水；桓公13年，夏，大水；僖公21年，大旱……用計算機驗證：

"歲在金，穰；水，毀；木，康；火，旱……"

太陰星運行 12 年一周。運行至酉位，即歲在金，穰，是嘉年；又 3 年運行至子位，即歲在水，毀，是潦年；再 3 年運行至卯位，即歲在木，康，是豐年；再 3 年運行至午位，即歲在火，旱，是饑年。所以說：天下 6 年一豐收，12 年一饑荒。

還真是天文現象影響農業豐歉的規律，只是缺乏歷史資料進一步推演。她作出驚人論斷：

"她爹，你看這計然，還真可以說是計量經濟學的鼻祖。"

"可以這麼說，可惜現在已找不到他的經濟論著。倒是他的道家文章留存世上，被唐高宗奉為《通玄真經》。"老爹歎息。

阿O辯說："那不是登仙道典，而是有志於經國濟世之士的處世立身訓條。"

"哦，看來你還真是計然門徒。"老爹調侃。

"我想，"小婭若有所思，"我也算是吧。"

她後媽自告奮勇："也算我一個！"

探討數學模型，阿O把八卦解釋成類似二進制的有序數列的奇談怪論，現在她也認真了，當成了自己研究課題。首先在農時節氣的推演上得到計算機驗證，於是著了迷，現在她比小婭更纏阿O，老想從他冒傻氣的腦瓜裏發掘更多東西。

二十五、突圍

於公於私，阿O此行不虛。

回到甬城，魯書記帶阿O向燕書記匯報。燕很滿意，認真記下國家計委、交通部及國開行等部委機關領導、專家的意見，認為自己的決策沒錯，鼓勵魯堅定地繼續朝市場機制方向努力。他還要阿

O好好消化這些寶貴意見，著手策劃項目建設資金的籌措。

"能得到那些高層領導、專家的指點，是小婭幫了你吧？"

阿O承認，沒小婭引見，門都沒有。燕對小婭素有好感，她的出息讓他感到欣慰，雖然不能把她要回甬城來供職，但總算當初沒看錯人。還打趣，結交了令人驚艷的高幹女兒女高幹，你小子也該時來運轉啦。

"現在她和你的關係，是情侶？還是兄妹？"

阿O不肯實說又不好撒謊，期期艾艾說："陪我去部委機關，她介紹是老鄉——對，您沒聽錯，是老鄉。"

"那是避嫌！"燕嘆了口氣，覺得他有點拎不清。

出了市委機關，魯感慨道："阿O，你該追啊！若她肯嫁給你小子，誰還會當你是流氓犯、勞教份子，懂不？不過……"

不過，想想自己當爹，也不會同意。所以不知是禍是福。

唔，阿O不得不反省：自己有點懵懂，當局者迷。夏敏是存心的，以後不能小覷她的心智，畢竟她也算是個老江湖……好壞！

魯順道送阿O回到公司，在他堆滿資料的工作室坐下喝杯茶，交代下一步任務：

"讓你出任大通開發公司總經濟師，燕書記還有深一層打算，那就是按你自己的提議，儘快成立項目公司，籌措建設資金。先由國有企業控股，上市後逐步退出國有資本。"

"是想讓大通公司控股？"阿O驚訝，急忙說："您難道不知道大通公司家底？債務快沒脖子，面臨財務危機。有一筆資金，2個億，市長出面商量借給菁英信託投資公司救急，為期半年，這筆資金逾期未還。據說，這家信託公司行將倒閉，再拿不回來，大通公司也被債務吞沒啦！"

魯聞言神色凝重，無言以對。良久，才搬出一句老話：

"黨考驗你的時候到啦！呵呵。"

說罷，自己也覺得慚愧，訕訕起身拍拍阿O肩膀，黯然離去。當年設立大通公司這投融資平臺，鄭副局長曾提議阿O出任總經理，被局黨委否決。他擔心阿O不聽招呼，不能用，就連副職都不行，怕別人管不住。最後選了自己的忠實部下，局黨委辦公室的郁主任，他雖不懂經濟，但能領悟上級意圖，令行禁止。

當初以為，這公司主要業務不過是局裡安排好投資項目，他們執行就是，其實是用這個平臺向銀行借錢而已。招商引資，幾乎跑遍世界各國，一無所獲。變通著借了香港一家銀行的錢，起初也是阿O牽的線。他自省：後悔麼？不，再選一次恐怕也是這樣。其他領導也不會起用你阿O，除了現在鹿城的蕭某。

為什麼？你阿O也該好好自我反省。

心情沈重的阿O回到家裡，把自己往沙發裡一埋，苦悶極了。就是沒覺悟自我反省一番，腦子還一根筋苦苦思索，如何讓這 2 億元突破重圍，回到大通公司。天開始黑下來，他連燈都不開，飯也沒心思做。手機鈴聲響起，他一看，是肖總打來的，生怕是天策公司出事，趕緊接聽。

肖就在門口。夏敏打電話告訴他，阿O跟小婭訂婚了，他們一夥樂翻了天。今天下午打阿O手機沒接通，問小婭才知道阿O已回甬。一夥人結伴而來，見燈還黑著，就再打他手機問。

門一打開，湧進佘老大和四大金剛：肖、徐、郭、文。

他們自帶酒食，興高采烈，拉開桌椅，要來個一醉方休。阿O

好感動，這些不離不棄的兄弟，與他休戚與共。談及在建項目，徐說：沒想到，先整出一片場地做樣板，搭建一個鋼構，彩鋼瓦還沒覆全，就有三、四家企業來考察接洽。其中，有一家外資企業已簽約，付了訂金，提出一些特殊要求，工程部按要求修改了設計。

"買還是換？"阿O問。

"換！"肖搶答："人家就希望早點入駐，不誤生產。老廠佔了江邊一塊風水寶地，我們已補地價變更用途，在做方案設計。"

"污水統一處理系統完成設計了麼？"阿O又問。

"已完成，通過了環保部門組織的會審，設備都已訂了。"郭搶答。他滿面春風，看上去年輕不少。

佘老大沈穩，先讓大家為阿O和小婭訂婚舉杯祝福，幹了三杯，再緩緩道來。區政府全力支援，為工業園區作宣傳，派人去一些市區老廠遊說招商。還出面與熱電廠協商，給園區拉一條專供發電餘熱管線，地由區政府出，我們出錢安裝管線，園區集中供熱，收入三家分成。但區政府只收些許土地租金，讓利給用戶。這對老化工廠的吸引力更大了。區政府還根據招商局的建議，劃了一片靠近城鎮的土地，以備為入駐園區的工廠蓋職工宿舍。當然，不得用於商品房開發。"

"太好了！比我考慮周全得多！"阿O內心感慨，王喆真是有才，治下都肯努力做事，不像某些庸官手下只會管卡壓，辦事踢皮球。看他自己跌斷手骨就知道，他在玩命幹。這才是共產黨！阿O撥通王的手機，也不寒暄，直說：我們都在誇您的部下。

王先是謙虛一番，然後責怪阿O沒良心，與小婭訂婚都不請他喝喜酒。阿O連忙解釋，自己是負罪之身，必須保密。又疑問：

"哎，您怎麼知道的？"

"你會八卦，我會掐算，哈哈！哦，絕對保密！"掛了。

王喆和小婭一直有聯繫，還專程到國家投資銀行總部找過她，詳談他和阿O的謀劃。小婭很熱心幫他牽線搭橋，聯繫"國際工合組織"。有些看似想入非非的事，找對路辦起來就很有譜。

阿O和王喆有過激烈的思想交鋒。對於歐文、傅立葉、聖西門等早期社會主義者的理論和實踐，阿O認為不能以"空想"一言蔽之，何不在共產黨執政的條件下有更多的嘗試和探索？王喆則要求"統一思想"，不許離經叛道。

小婭從中打圓場：大家"摸著石頭過河"，不爭論。

阿O和小婭在天安門、天壇、地壇等景點照的合影不少，他拿出來顯擺，兄弟們傳著看，好羨慕。文有疑問：

"下高原這麼長時間了，她膚色怎麼還沒退？以前她是多白淨的姑娘啊，掐一把能擠出奶油。"

"哦，你試過？"幾個兄弟投來不善的眼光。

"她向來都是素面朝天，什麼防曬霜、護膚液都不用。高原紫外線強，幾年下來，變得藏族姑娘一樣黎黑，恐怕是曬透了。"阿O有些心疼，又說："黑就黑吧，我就喜歡這模樣！"

"呵呵，情人眼裏出西施哇！"

尤經理闖了進來。因為大家都抽菸，所以門半掩著，以便換氣扇對流空氣。她進門就責斥：

"阿O你壞！你們都壞！這麼大喜事，為什麼喝喜酒都不通知我？要不是夏敏和我通了電話，這好酒你們都別想喝！"

她手裏拎著兩瓶茅臺酒，徐才子好酒，搶過來一看："乖乖，

有三十年了！"於是，大家搶著喝。吃人家嘴軟，紛紛解釋：適逢
其會，都怪阿O不通知。

阿O誠懇道歉，說是負罪之身影響不好。尤跳起來大聲嚷嚷：
"就是要讓大家知道，一個高幹女兒女高幹肯嫁我們阿O經理，阿O
會是什麼流氓麼？"

阿O只好說實話，就是怕小婭在單位被人說三道四。自罰三杯，
以謝不告之罪。幾個酒鬼乘機也拿 30 年陳釀自罰三杯，還呱呱嘴，
意猶未盡。尤這才氣消，說："阿O說的有道理，大家都要小心維
護我們的小婭妹妹！說實話，我最佩服小婭，她上中央黨校可是實
打實靠自己打拼出業績來的，大家都看到的不是？"

在座的都念當年代理總經理小婭的好，心悅誠服。

"現在有這地位，人家是在苦寒高原多年熬出來的。別提她爹，
誰見她曬得這麼黑，誰不心疼？高幹子女如果都這樣，都當中央領
導我都沒話說。她可是我們女性奮鬥的榜樣！"

"對！"佘老大素來不搭理她，聽了這話，也提議大家敬她一杯。
還說，"小婭是我又敬又愛的小妹，妳認她姐妹，以後妳遇到困難
也可以來找哥們。"

"君子一諾？"尤笑得雙眼眯起來像狐狸。

"駟馬難追！"佘和四大金剛齊吼。

這下掉入陷阱。尤說："小妹我真有一事相求哦。"

"妳說！"佘說話算話。

尤說："今天朋友帶我去看一座 28 層甲級寫字樓，在市中心。
開發商欠了菁英信託投資公司好幾個億，現在菁英信託自己資金週
轉不過來，向開發商逼債，開發商只好將保留看漲的 24 層以上樓

面拋售，我看中了 27、28 兩層，實用面積約 1 萬平方米，開價是 3.5 億，說已經是跳樓價了。我說替你接盤，再分拆賣出去，總得留點利潤空間，好說歹說壓到 3.2 億。建設銀行同意按揭 6 成，我要支付 1.28 億，還有契稅，可我公司沒這筆預算，能動用的資金只有 3,000 萬，哥們能不能幫我一把？"

"我們的錢都套在開發項目裡。何況資本金總共 5,000 萬元，也拿不出 1 個億呀！"文搖頭。

"有樓書麼？"佘問道。"我去找朋友想想辦法。"

尤倒是隨身帶著售樓說明書，本想請教阿O的。誰知阿O一把將樓書搶過去，說："兄弟，這個忙不能幫。"

"為啥？"尤問。佘也不解，但相信阿O總有道理。

"合資公司章程妳忘了麼？項目投資計劃及資金安排的重大變更，須經董事會批准。妳身為總經理不知道麼？有經批准麼？"

"可是這個樓機會難得，對公司以後業務發展有利呵！"

"尤總，那也不能踐踏公司章程，要不以後誰信任妳？現代企業制度不是空話，同志呵！"每當阿O叫"同志"的時候，總是認真的。文相國同志有體會，打圓場說：

"要不打電話問問其他董事？"

尤垂下頭，低聲說："打過了，兩個香港董事聯系不上，一個星加坡的董事不同意。"

"妳買一層辦公也夠了，或者先租賃。"郭提建議。

"是啊，可人家不同意。每平方 3.5 萬，是 1 萬平方接盤價。租也不同意，人家急等資金用，本想漲到每平方 4 萬以上再出售的。我是有點衝動，看中了頂樓廣告位。原還打算先買下來，等漲了賣掉 1 層, 還能賺點錢, 讓其他股東看看我的本事。"

"當總經理, 賺錢本事固然重要, 但守信用更重要。"阿O有點誨人不倦的勁頭, 說道: "尤總呵, 旅遊公司發展到現在, 妳的經營才能大家都看到。但妳要再發展, 必須遵守現代企業制度, 否則會失去投資者信任, 現有的也會跑掉。"

阿O還搬出師門訓條:

弓先調而後求勁, 馬先順而後求良, 人先信而後求能。

"對!"肖幫腔, "像洪總那樣為所欲為, 公司維持不了多久。"

阿O打電話給約翰·李, 電話接通了, 那邊說剛下飛機, 從倫敦回來。阿O說尤總找您, 把電話交給尤。她簡要匯報了買樓的事, 希望得到他的支持, 他回答是這要慎重考慮, 資金盤子不要輕易變動。過一會, 他又打回來問阿O怎麼回事, 阿O說自己沒深入瞭解情況, 尊重尤總的意見, 得你們董事商量著辦。

尤伸出大拇指, 說: "阿O你真好, 圓了我的面子。我知錯了, 這事不提啦。"

阿O卻搖搖頭, 說: "妳的想法也不是沒道理, 只是衝動了點。明天妳帶我去看看, 說不定我能買下來, 讓妳租一層。"

"真的啊?"尤喜出望外, 想抱他親一口。阿O舉杯擋住, 邀她共幹一杯。"來, 祝旅遊公司興旺發達, 尤總成為女強人!"

這一晚, 大家喝得很開心, 卻沒醉。各人拿出紅包, 阿O都謝絕。但還是有人悄悄塞入沙發墊, 掉進縫隙, 多年後才被發現, 便宜了肖的嬌妻。那時, 阿O已把房子送給了先結婚的小老弟。

第二天上午, 尤到大通公司接阿O, 阿O拉上郁總一起去, 到市中心看那甲級寫字樓。確實, 地理位置、外觀造型、內部裝修以及設備、設施都令人滿意，有助於提升企業檔次和信用。見是國企老總，開發商老闆親自接待，咬定每平方 3.5 萬元，阿O掉頭就走。尤看了阿O的眼色，自覺留下來跟老闆繼續磨牙。

回到公司，阿O跟郁商量，2 億資金怎麼追回。

郁說："菁英信託這些年走背（運），不斷從外地信用社、鄉鎮企業高息拆借資金，借新還舊，已經轉不動了。經營行為十分荒唐，居然拿高息拆借來的資金，去拍賣會天價買下天安門換下來的舊宮燈，不虧死才怪！據瞭解，債主紛紛起訴，之所以還能維持門面，全賴市政府保護。內部有人透露，已資不抵債，勢如紙包著火。"

公司拆借的 2 億資金，到期多次上門催討無果，起訴也沒用。菁英信託實際上已被多個外地法院查封資產，已是重重疊疊的查封。郁認清形勢，無奈說：

"如果我們起訴了，無非法院再加一道查封，最後清算按先後程序償債，怕是毛都撈不到。現在只能看'內鬼'的啦！"

郁雖然經濟上是外行，但多年的局辦公室主任當下來，手段也非一般。他已在"敵營"作了佈置，擬通過內部人幫助把錢弄回來，怎奈菁英信託的帳上沒幾個錢，要等待機會。

阿O說："如果不是正常途徑弄回來也白搭，破產的前六個月內非正常的交易或單獨先償，債權人會議有權要求法院撤銷。所以，要設法開條道，讓這 2 個億自己突出重圍回來。"

現在必須抓住這一個機會。

阿O盤算：這樓盤的開發商欠菁英信託遠不止 2 個億，大通公司買下樓面，以菁英信託的欠帳，支付樓面價，讓開發商以此抵銷欠菁英信託的帳。不足部分，以樓面按揭貸款支付。這樣，2 億資金就從菁英信託帳上轉到開發商帳上，變成樓面資產，通過正常交易回到大通公司。

兩人商定後，郁打電話向上級匯報，得到肯定。

耐心等待到將近中午，開發商老闆打電話來，請郁總和阿O吃飯，尤已做通了那老闆的思想工作。

其實她明白：這是阿O讓她給老闆一個下臺的梯子。她說自己也不賣了，覺得貴，老闆倒過來做她的思想工作。不是房價貴了，是因為他沒時間再等，菁英信託的禍火，一旦燒穿外包紙，他的樓盤也將掃入破產資產，被債權人瓜分。

飯桌上很快達成交易，接下來手續也順利辦妥。

開發商賣出了一萬平方米樓面，減少了 3 億債務，扣下 2,000 萬元資金，說要付稅款，還要給職員工資和提成，等等。對菁英信託而言，減少 2 億債務，也就減少了 2 億債權，還能多收回來 1 億可週轉，很有積極性配合。

大通公司拿到 3.2 億資產，欠銀行按揭貸款 1.2 億，這 2 個億突出重圍回來了。

尤幫了大忙，郁總也爽快，把 28 層以最優惠價租給她。她立馬帶著一幫鶯鶯燕燕的娘們，把旅遊公司從華甬集團總部搬出來，入住新樓。說實話，她們是急於跳出洪總裁的掌控，像一群小母雞逃離趕騷的大公雞。

大通公司自己也搬入 27 層，把舊樓還給交通局。

市中心最高大廈頂樓豎起了巨幅霓虹燈廣告，打出"**游三江六岸，聽漁舟唱晚**"。尤很懂事，又在主立面打出"**搞交通建設，讓經濟騰飛**"。市領導很滿意，將此建築命名為"交通旅遊大廈"。

聲名顯赫，又逢市中心房地產大熱，大通買下的 27、28 兩層估值 4.5 億元，次年又以 75 折抵押給華夏銀行，得到 33,750 萬元貸款，還掉建行的 1.2 億，還有可動用資金 2 億多。

解除了公司財務危機，阿O面臨艱巨的任務：籌資百億。

二十六、鯰魚

大通開發公司內部，阿O的介入，像金魚缸裡放進了一條鯰魚。那些領導幹部安排的子女親友們，搬進甲級寫字樓辦公的興奮勁還未過，就抱怨原先安逸日子被打破。

開始時，都以為這總經濟師職務，是某領導照顧安排的虛銜，誰也沒把阿O當回事。以前需要幾天乃至幾週時間起草的文件，阿O叫來打字員，直接口授，倚馬可待，這工作效率是他們跟不上的。正常工作是八小時，阿O做事經常是夜以繼日，有時候通宵達旦，大都也是吃不消奉陪的，除了幾個追隨阿O的小青年，是另類。

接下來，一系列資產出售、併購、重組動作，投資項目的交通量預測和現金流量表的海量數據，報審、合同、章程和分析報告等等文件資料，壓得公子、小姐及夫人們簡直透不過氣來，忙得雞飛狗跳，怨聲四起。

郁總顯現了擺平他們的非凡才智，受到上級讚賞。

員工文化素質跟不上趟是沒辦法的。投資項目評估，採用世界銀行的一套評估體系。這不是以前的請示、匯報及總結的體裁，也不是基本、大體或原則上之類的權衡，必須要有專業知識及功底。單是風險測評的不確定性分析，就把不會計算機建模運算的人整趴下。郁總把公司人才調集起來，並招聘幾個大學生、研究生，後來還有博士生，組成了專業工作班子，以適應上了臺階的工作要求。

其餘的各安其份，雖然忙了點，依舊是悠遊金魚，受到照顧和保護。不過，公司里他們是意見群體，讓郁總頭痛。

國家計委批准了甬城方案。國務院領導讚賞甬城市政府的改革思維和魄力，並明確越城方案六年內不予考慮。阿O提出下步工作目標：組建金慈跨海灣大橋項目公司。

這時，公司領導班子內部意見分歧顯化，多數人認為這是異想天開。在內部會議上，阿O指出：國家的體制改革大趨勢下，國企體系將改組，理清現在紛亂局面。有的會出售，有的會撤銷，有的會改制，市政府將通過整合，設立幾個作為官方出資人的投融資平臺。大通公司的命運取決於自己的作為，如果不勇於接受挑戰，不佔領這戰略制高點，將會被邊緣化。作為，決定地位。

當政府部門財務"第二出納"的安穩小日子，恐怕長不了。郁總也有危機意識。按原定計劃任務，下步要建設繞城高速、甬婺高速公路，項目資本金尚無著落，政府交通部門每年能撥款注入的資金有限，養路費和車購附加費，地方留成就這麼點，現在再投資跨海灣大橋，是力不從心吶。

阿O卻說："這些建設項目都是經營性的，建成後在約定年限內，可以收取車輛通行費獲得投資回報。因而，在資本市場完善的國家，此類項目的特許經營權，是要公開招標競爭的。政府給了我們，我們不應看作包袱，而應看作發展機會。"

"壓力可以轉化為動能！"阿O的思路是顛覆性的："傳統的經營思路是'將本求利'，我們要倒過來，'利以張本'，就是以'利'吸聚更多的'本'。"

這話當時沒幾個人信，但在後來的一系列操作中，成了公司全員的共識。按這個經營思路，投資項目既是任務，也是資源。

"每一個經營性建設項目，我們要下功夫搞好成本及收益測算，再巧妙構設，讓投資者有利可圖，又控制在適當水準，這要根據資本市場行情來調節。"

在阿O的一夥助手中，有位學計算機的小易跟上思維邏輯，發問："我們在深入分析的基礎上，建模測算出項目經濟壽命期的現金流量，假如還是要虧損或是獲利低於資本市場一般水準怎麼辦？"

"政府建設項目評審以社會效益為主，財務測算難免會出現你說的情況。這時候，我們一方面可以建議政府給予稅收或收費價格、年限的調整，另一方面可利用我們手裏的資金，在營運收入較低的前期讓利，或者將某些成本'沈沒'。"

"那我們豈不是吃虧啦？"財務部門的人發難，"這不符合國有資產保值增值原則，是拿政府的錢補貼資本家！"

"政府部門撥給我們的資金，不是要我們去賺錢，而是要我們通過運作，帶來更多資金投入項目建設。"阿O強調："這是我們公司的性質所決定。如果我們是為資本效力的公司，遇到小易說的那種情況，那就淘汰項目，另找高效益的。"

"那麼，政府建設規劃怎麼實現？"郁總是有使命感的。

"那是市長考慮的事，我們是公司！"領導班子裏有人駁斥，"既然是公司，就應以盈利為目的。"

"如果公司虧損，獎金就泡湯。"有人附和。這意見很現實，讓阿O無言以對，國企考核體制就是這樣。

阿O有勞教份子的自覺，每天打掃樓道，讓人側目。時間長了大家知道，原來他還是個被管制的"流氓犯"，反而有點憐憫他。

突然，菁英信託投資公司宣佈倒閉。

那天下午，菁英信託的總經理被人騙下樓，不由分說塞進一輛商務車，不知去向。市公安局接到報告，呂局長親自佈置警力四出追蹤，並在主要路口設卡盤查過往車輛，無果。

據說，當晚接到鄰省某地官方打來的"勒索電話"，要求甬城方面支付巨額資金，償還那地方的鄉鎮企業、信用社被菁英信託拖欠的款項。非法"綁架勒索"者居然是執法者！沒等甬城市政府有妥善對策，被綁架的那傢伙已招供，供出許多令人震驚的內幕勾當。此事驚動中央高層，總理痛下決心，懲治地方保護主義。市長大人原指望平安過渡，離任前能捂住菁英信託的案子，現在直接被上級紀委帶走，引發甬城一場政治地震。

查下來，一群貪官被捕。金融系統是重災區。央行市分行行長被捕，華行、工行等幾個專業銀行高管也被牽累，下課或調離，後來還有被判刑的。公安局呂局長等人被殃及，進了監獄。法院也有領導受到處罰。

最冤的是尤香蓮，在菁英信託的"沈船"前夕，通過內部關係把個人投入吃高息的 300 萬元悄悄要回來，清算時查出來被追回。想拿回借款要等清算結束，按破產償債程序分配，可能連湯都輪不到喝一口。她跑到樓下找阿O哭訴一場，最後怪自己沒跟阿O事先說，開始還為自己的小聰明得意。郁總在旁聽了，暗暗慶幸。

市委、市政府大洗牌，王喆被提為常委，並出任副市長。

跨海灣大橋建設項目成了王副市長分管工作中的重點。上任伊始，他調出檔案資料中上報國務院的資金籌措專題研究報告，再細細看了一遍，請魯書記找來阿O，詢問實施意見。

阿O匯報自己的研究進展，簡要說：這是個宏大的交通工程，總投資百億多，還要加上物價上漲和利息因素。財務效益測評確實不佳。若把兩岸的道路連接線切分，納入地方路網建設規劃，爭取省交通廳和國家交通部的公路建設專項補助，則資金壓力可以減輕不少。僅是大橋建設，投資可以控制在 73.5 億內。走訪國家計委和交通部時，徵求過領導、專家意見，當然是人家個人意見，這是綜合考量的可行方案。據現有資料測算，項目公司資本金可按國家開發銀行貸款要求設定為 26 億，建設期分步到位。

投資回收期可以縮短至 15 年，IRR8.59%，營運期資本回報率可達12%以上，對投資者有一定吸引力。

王問："按此方案，要確保市政府的投資建設主導權，市屬國有企業需投入資本金 13 億以上，大通公司沒這個實力，是不？"

阿O點點頭。又說："如果股權分散，9 億也可以了。"

企業對外投資的現行規定，不能超過自身淨資產的一半，也不能將貸款用於股本權益性投資。當然，國家批准的投資性公司除外。那麼，除了城建、大通兩家政府投融資平臺，其他的市屬國企無能為力。城建集團已是負債累累，還受到菁英信託的波及，國企要控股，非大通其誰？

"你打算怎麼辦？"

阿O躊躇再三，開口問："市財政能不能每年給二、三千萬？"

"這倒可以考慮。可杯水車薪，有什麼用？"

"財政貼息，大通公司向銀行貸款。"阿O又謹慎補充道："這只是我個人意見。"

"貸款怎麼還？項目投資回收期十五年啊！"魯擔心。

"首先，可賣掉已建成的市區通向北侖港的高速公路。"

"可以。賣掉後，路又不會被搬走，仍在為甬城的經濟發展服務。求所在，不求所有。"王認可。

"但這項目營運現在嚴重虧損，曾與省屬交通集團公司談過，人家只願半價收購。"魯不安，搶著插話。

阿O欲言又止，點頭。實際上，這個官方的項目營運機構養了一大堆幹部子女，事業編制，是魯不敢去惹的馬蜂窩。王也心中有數，見狀有點著惱：這小子也會看風使舵啦？

阿O沒爭辯，轉而回到原先的思路：

"還有，就是爭取上市，上市後逐步轉讓股份還貸。"

"超大型的基建項目不需要三年盈利的業績，若深、滬股市不能安排，到香港聯交所去上。根據國家證監會與香港證監會協商的備忘錄，需國家證監會的推薦。國家計委批的項目，產業政策不成問題，經濟效益……"說起專業問題，阿O又恢復了自信，侃侃而談，幸好面對的市領導當過體改委副主任，是個內行。

"這不但要有魄力，還要求主事的人有專業知識。"王聽進去了。

聞言，阿O不是躍躍欲試，而是神情黯然，又蔫了。

"聽蕭市長說過，你早已通過了香港證券專業資格考試，很難得啊！併購案又做得很出色，在香港也算是菁英啦！"

阿O頭垂得更低，"……五年禁入。"

王深情地看著阿O，心裏五味雜陳。這樣下去，他的稜角會被磨去，逐漸變成一個真正的"O"，或者說是"成熟"。唉，會耍權的人隨意將子女親友破格提拔，想做事的人卻難以起用有才幹的人。

管鮑之輩，蘇張之流，何以能在春秋戰國恣意縱橫，大放異彩？若生在現今，哼哼，先得學會做人，把棱角磨圓了！

記得在甬江攔江大壩竣工典禮時，他曾與蕭談起阿O，說：組織部門考察過，各方面對阿O意見很多，企業改制得罪人不少，擱置了。蕭指著防波堤說，"形狀各異、棱角分明的花崗石，才能構築經得起風浪的長堤。如果用的都是棱角磨圓的材料，……呵呵！"

"那就'危若壘卵'，蘇聯後期就是。"

"不過，沒規矩的亂石很不好安排喔！"

"什麼是組織藝術……"

很快，市交通委員會下達文件：任命阿O同志為大通投資開發公司副總經理兼總經濟師。隨後的會議上，郁總按上級意圖，支持阿O的意見，決定投資組建跨海灣大橋的項目公司。

還在管制期間的勞教份子，黨的政策是給出路，讓他發揮專業知識，出出點子也無傷大雅。虛職也就罷了，現在賦予經營實權，群眾意見自然不少，支持者僅是一夥追隨阿O賣命的狂妄之徒。

郁總巧妙地調和矛盾，維持安定團結。

阿O的再三辭謝被上級嚴詞駁回。公司領導班子作出調整，原常務副總經理調走，阿O實際主持了公司的投融資業務。中層的部門經理也按業務要求調整，屬照顧性安排的老同志退休或轉崗，提拔了幾位有專業知識和開拓精神的年輕人。整個公司圍繞著跨海灣大橋、繞城高速、甬婺高速"三項中心工作"高速運轉起來。

二十七、星殞

市政府批准以發起設立方式組建跨海灣大橋股份有限公司，

大通公司負責籌建。市財政安排了每年 3,000 萬元專項貸款貼息，各家銀行競相上門探問，都願給大通公司投資貸款，只是貸款規模令人望而生畏。資金還不是主要問題，貸款額度和單一企業貸款佔比的控制，才是各家銀行為難之處。已退休的高行長來電話跟阿O打招呼，讓大通銀行來牽頭組織銀團貸款。

這老鴉怎麼轉性了，阿O不是"見色忘義"惹惱了他麼？難道是為了商業利益就不顧人品？解開他心結的是龍行長。阿O被處勞教三年的消息很快落到龍的耳目，龍與老高私下溝通過，他認為阿O很冤，甚至不相信他與歌星有姦情。高質疑龍與阿O沒什麼私交，哪來這識人之明？

"夫人曾告訴我，阿O私下在嘗試修煉《通玄真經》，要待修成'九守'才能結婚。所以，他幾乎是個道士，不近女色。"

"呵！難道你娶的是天仙，她怎麼會知道這些？"高覺得不可思議。龍無奈，期期艾艾地吐露隱私：她曾是阿O的未婚妻。她背著老爹與阿O苦戀多年，阿O從省委黨校畢業進入市委機關，才勉強得到她家人認可訂下婚約。後來阿O因言獲罪，被貶謫到上大學前工作的航運公司，這是要將他打回原形去當船老大呵！她爹氣得心臟病發作，經搶救醒過來後，要求侍候床前的她另擇佳婿，她含淚應承。阿O生怕惹得'泰山'駕崩，再未提起婚約。

後來阿O將瀕於破產的公司搞成上市公司，期間和丁香似的小婭姑娘同住一室若柳下惠，這過程高清楚，反過來講給龍聽，印證龍妻所言不虛。聯想到歷歷往事，看來阿O是有苦衷的，興許還是被陷害的。他們達成共識：若有機會，還要助這小子東山再起。

在大通銀行傾力支持下，很快落實了 6 個億的銀團貸款，加上大通公司盤整資產可動用的資金，有了 9 億多的把握。自己有了底氣，阿O一夥很快拿出項目公司組建策劃書，召開投資協商會議。王喆副市長親自召集，魯書記主持會議，市內各家大公司負責人出席，外地得到邀請的投資基金也派來代表，一時轟動甬城。

阿O在會上報告公司組建方案和預計投資效益。

會上討論熱烈，省報記者卞鼙記錄下一段對話——

一家著名服裝公司的董事長有顧慮，說："建設項目的投資回報率雖不如我們的主業，也算還可以，但要十多年才能回收投資，以後我們主業發展也要用錢，等得起麼？"

阿O戲謔道："您是'老地主'，買塊田地靠每年收租回本？你投的是股票，它會增值，它可以轉讓變現。"

那位董事長笑了，說："對啊，如果不上市，變現就困難。"

沒想到，一語成讖。多年後，阿O沒臉見這個"老地主"。

當時阿O的話，給許多在各行業打拼的"老地主"開了竅，保守測算的投資收益是穩定的基礎，股票能上市大可投機一把，穩賺不賠。於是，26 億股本都有了認股出資的發起人。那位財大氣粗的董事長聯合外地幾家的投資基金代表，提出要佔 51%股份，但沒能如願，政府的大通公司必須佔據控股地位，主導項目建設。若是讓這位精明能幹的企業家控股，也許這跨世紀工程的項目公司會有另一番業績。至少，市政府的信譽不會被雪融般消費。

"您謀求控股地位，莫非另有圖謀？"卞問。

"哪能！章程（草案）明確公司設立目的，任何決策不得與之背離，能有什麼其他圖謀？"

"那還擔心什麼？"卞窮追不捨。

"唔……不好說。妳還年輕，說了妳也不懂。"

香港的星洲基建也看好這項目，通過旗下的攔江大壩項目營運公司認股 2.8 億元。鄔少華代表公司董事會出席會議，不過除了簽署發起人協議書，什麼話都沒說，神色黯然。會後，他就卸任了，留在甬城等待另行安排工作，前程叵測。星洲基建的董事長，由市府駐港機構領導兼任，也沒讓戴明憲得逞。

次日，香港刊出星洲基建的公告，說鄔少華已"辭職，奉調回內地工作"，股市波瀾不驚。

潘媽與他徹底斷絕關係，再苦苦哀求她也沒用。過了不久，他惴惴地等待的報復來臨，鄔的父親被紀委"雙規"，家中字畫古董被抄沒，母親急火攻心生病住院，天塌了。

簽字後，他不等會議結束就離開會場，不知不覺來到了僻靜的迴水灣，正是夏敏曾想投江自盡的地方。現在已是蓮葉田田的景點，今天沒有遊樂活動，很清靜。景色非復當年，心境依然漫天飛雪，但他還是沒勇氣自殺，自艾自憐，抑不住內心傷感而又悲歌：

失去了侶伴的人，神魂兩分離

……

朋友啊，我告訴你

女人是毒蛇

她們的心比天還高，情比紙還薄

愛情啊，你滾開吧

不要再折磨我

世上的女人都是毒蛇，將你們滾開吧！

這《精神病患者之歌》，而今算是品出其中三味。看阿O風頭正勁，不敢攖其鋒。鄔恨透了夏敏，認為是她毀了自己的錦繡前程，日日詛咒，夜夜還是以她為意淫對象。

夏敏正在臺灣拍MTV外景。她如約去拜望了何老先生，遺憾的是阿O沒有攜小Q同行。應邀到榮軍村去演唱，又是中秋月圓夜，何老提議還是唱《彩雲歸》，只是沒有阿O伴唱。唱到"鑄劍為鋤應有日，前途莫遣寸心灰"，歌聲激越中透著凄涼；唱到"茅舍竹籬春色秀，男耕女織永相隨"，又充滿期盼，勾起無限思念之情。聽眾間好些人止不住淚崩，多是大陸過去的老兵。

夏唱著，自己也流淚，心情久久不能平復。

阿O呵，真的好想永遠伴隨你身邊！誠然，她再不是當初棲遑不安的歌女，自從接受阿O手錄的那份訣別詞後，馮總也和她透徹地談了一次，領她走上了一條不平凡的人生道路，她自覺和小婭一樣，有了自己的崇高使命，有勇氣孤身去面對艱險。但作為女人，仍在骨子裏對阿O莫名依戀。有時候，深夜打個電話給阿O，千言萬語憋在心頭，臨了就說了一句：我想你了……

她醒悟，這就是自己唱過許多歌曲中所謂的愛情。曾經認為愛情是無知少女的美夢，嫁為人婦後覺得不過是男女異性吸引，文人過度渲染，脫離現實生活，虛無縹緲。現在有了切身的感受。再唱起那首《你身邊永是我》，她不再模仿陳慧嫻，而是直訴胸臆：

同闖共行跨出許多足印，披風披雨心更鍛煉得真

你用時光教我知道，愛是可以越來越深……

臺北報紙突然爆料，標題：

東洋AV女伶，大陸重婚女犯。

在港臺娛樂圈，八卦和"狗仔隊"是標配，大小報刊雜誌紛紛熱

炒。星視集團立即組織力量反擊，得到同情者回應，讚譽四起，粉絲們集會力挺。毀譽參半，給她戴上了"憂傷妖姬"的荊冠，使她更加走紅。夏敏雖是"老江湖"，也不免陷於苦惱，阿O是她私下傾訴的對象。阿O從普希金那裡偷來一段詩句，安慰她：

哦，繆斯！聽從心靈的指引吧

讚美和誹謗，妳都平心靜氣地承受

既不要希求桂冠

也不要和愚妄的人空作爭論

阿O自己也不免被人潑髒水，恰恰是在市委、市政府考慮啟用他的關鍵時刻。舉報人不是鄔少華，這次另有人出手。在反貪局，他無法說清這入股天策公司的實繳資本 1,000 萬元的來源，這是可以入罪的。他這個"勞教份子"，特殊情況下又成了手握重權的國家幹部，"巨額財產來源不明"的犯罪主體正好夠格。

烏雲啊，為什麼總盤旋在我頭頂之上！

小婭和夏敏去辦的這件事，也沒向他詳細交代，只告訴他：那 1,000 萬股份以 1 元錢轉讓的協議撤銷了。現在居然說他"以情婦的名義"實繳資本 1,000 萬元，而且查有實據。他知道夏只帶來 100 多萬元，其餘該說"要問小婭"麼？決不能牽累她這個國家銀行高管，哪怕坐牢、殺頭！

別說阿O，佘老大他們也都不提她，只說是夏敏拿了 1,000 萬元銀行本票來入股的。

主審的張副局長，正是以前那個不同意起訴阿O的檢察院張處長，他讓阿O回去好好想想，限時交代，爭取寬大處理。

出門阿O就想打電話問問小婭，又想到自己的電話可能已被監聽，這不是給她惹麻煩麽？他又想，打電話問問夏敏沒事吧，她是香港歌星，不怕牽累。拿出手機撥打熟悉的號碼，還想著怎麽說才不讓她擔心，可是電話裏一直是盲音。過會兒再打，還打不通。於是，他打馮總的手機，想問問她的日程安排。

馮總答覆如一個晴空霹靂：夏敏去澎湖灣拍MTV，已失蹤！

阿O恨不能放下一切，立即飛到臺灣去，找回夏敏。冷靜下來一想：自己的護照都不在手裏，現在申請去臺灣會批准麽？徒遭奚落而已，說不定會更糟。

"阿O，別著急，我已動用各方面關係去尋找。你等我電話，千萬別自行其是，說不定對她更危險！"

馮的告誡，讓阿O更加不安，隱隱感覺她在冒險。

這一夜，阿O翻來覆去折騰著自己。將近淩晨，神情恍惚，看到一顆耀眼的流星劃破長空，墜落遙遠的天邊。驀然，天邊射來一道劍芒——

小雯子反手收劍於背，笑吟吟走近。

"計然策早已失落，恕難如命！"

"不，它已然在你心裏。而今越女歷劫歸位，成就不凡，該輪到我也去紅塵歷練一番。師祖說你我有緣，你不送一程？"

"沒修成'九守'，魂魄不凝，不得自由……"驀然心悸，"妳說什麼，越女歸位？"

"時辰已到，紅塵見--！"罡風將她捲走了。

"小雯子，小雯子……"

電話鈴陡然響起，阿O驚醒，慌忙接聽。不是馮總打來的，想不到會是小婭的後媽，告訴他一個喜訊："小婭生啦！一個胖娃娃，可愛極了，把她姥爺樂得合不攏嘴。"

一種預感攫住了阿O的心臟，他下意識地叨叨："這不是真的，不會是真的……"

"真的！"電話那頭發飆："天上掉下個喜蛋，把你砸傻了吧！你這個傻人有傻福，現成做爹，讓小婭遭罪……"

嘮叨聲裏阿O清醒過來，忙不迭的陪不是，說是要儘快抽身來看望，拜託媽照顧好小婭和嬰兒。

這天也是市裏的大日子，金慈跨海灣大橋股份有限公司成立大會隆重舉行。公司領導班子經市政府審定，通過股東大會表決。阿O當選董事，參加了第一次董事會。

案情未了，阿O不能帶病提拔，"勞教份子"倒是沒提起，沒人把他看作流氓。醞釀董事名單時，由於眾多股東提出要求，王喆以黨性擔保，經請示燕書記，還是讓他忝列董事。可以說是公司領導，也可以說什麼都不是，重大決策聽聽他的意見也好嘛！上級意圖通過郁總傳達：自己要有個分寸。

言下之意，實際上停職受審，給個頭銜而已。

董事會上，阿O遵囑按市政府代表的意見行事，因而在會上想發表不同意見也只得忍下。他心裏還火燎似的想著夏敏的安危，"越女歷劫歸位……"夢的陰影盤旋在腦海。與會的幾位來自參股企業的董事，在討論資金安排和運用問題時激辯，期望聽到阿O有什麼獨到意見，阿O沒說話。大筆資金開工前存在銀行閒置，真是愚蠢！但市政府領導是不在乎的，公司具體管財務的成了銀行拉存款的巴結對象，他們才真聰明，阿O那樣才真叫"傻"哩！會後，那位

"老地主"對阿O直言: 錯看你啦!

股東們最關心的公司上市問題, 沒有列入議程。

項目資本金到位, 這國家重點項目的貸款計劃落實不是問題, 阿O早已與國家開發銀行有充分溝通。實際主持公司經營的市政府主管領導, 精力集中在工程建設上。

鄭局長指派阿O去北京, 任務是找交通部解決北侖港高速公路經營權轉讓的審批問題。反貪局張副局長沒有為難他的境內出差, 他自己親自去香港調查夏敏的資金來源問題, 沒想到撞了牆。

馮總正在悲痛中, 恨得牙齒癢癢。

臺灣方面通報: 夏敏的失蹤案已結。她隨攝製組坐遊艇拍攝MTV外景, 在澎湖列島附近海面驟遇暴風雨, 被巨浪吞沒。海巡艦艇和直升機都動員起來, 搜索了好幾天沒蹤影, 無疑罹難。

二十八、執念

馮總沉痛為她在香港舉行追悼儀式, 並向大陸通報了噩耗。內情別有一番報告, 只是局外人永遠無法知曉。

董飛絕望了。馮聯繫上他, 讓星視集團匯來一筆不菲的撫恤金, 董全部送交夏敏的父母。白髮人送黑髮人, 這個打擊難以承受, 老母一病不起, 老父瞬見衰頹。

他只好把小Q接到城裡來撫養。但自己是軍人, 總要回部隊, 老姐又是個"藥沙罐", 怎麼辦? 老姐勸說他: 仁至義盡啦, 日子還得過下去。在她的督促下, 他痛下決心與莫馨老師登記結婚。

生活從來就是這樣, 家庭結合不得不屈從現實, 愛情不是每個人都可以奢求的。婚禮上, 賓客們還羨慕他娶了個大姑娘。

北京，黑漆大門緊閉的四合院裡，阿O見到了小婭和新生嬰兒。小婭躺在床上坐月子，還很虛弱，但堅持自己哺乳嬰兒。阿O心疼地吻了她的額頭，又去逗弄她懷裏嬰兒。嬰兒停止吮吸，轉頭睜開烏溜溜的雙眼盯著阿O看，還咧嘴笑了。這笑容好熟悉！

阿O發愣，驚得差點心臟停止跳動。小婭很得意，說：

"我們的小妞漂亮吧？愣著幹嘛，給她起個名字吧！"

"小……小雯子！"阿O脫口而出。嬰兒居然咯咯的笑出聲來，樂得小婭大叫："媽，快來看，她會笑啦！"

後媽聞聲匆匆進來，看著也樂，伸手抱過嬰兒審視。不料，嬰兒咯了口奶，哭起來，哄她，還哭個不停，只好還給小婭。在母親懷裏，她不哭了，又睜著烏溜溜的雙眼看阿O。

"這孩子嬌氣，認人！"後媽著惱，"起名字了麼？"

"阿O叫她小雯子。"

"小蚊子？這麼討厭的名字，不行。還是讓她姥爺來取個高雅點的。"說罷，她又出去忙著煮鯽魚湯催奶。

到國家交通部辦事，此行還是魯書記與阿O同行。沒有小婭陪同，魯書記有點納悶，是不是吵架了？阿O不想說實情，又不能撒謊，推說她避嫌。在部裡，他們申述了甬城交通建設的計劃任務和面臨的困難，部領導同意北侖港高速公路經營權轉讓，並破例許諾轉讓所得在確保用於交通建設的前提下，原來交通部補助的建設資金不抽調，留在地方上。這意味著大通公司實力暴漲，跨海灣大橋後續出資無虞。

任務完成，返回甬城前，阿O再去探望小婭和孩子。

"聽說國家投資銀行要劃併給國家開發銀行，妳會過去麼？"

"組織上有過這個考慮。不過，大通銀行要上市，國家參股，董事長提議我去接任行長，上面同意了，並安排我任總行黨委書記。你是否以後要避嫌，不敢跟大通銀行打交道啦？"

阿O神情複雜地看著"副部級的"小婭，苦笑無語。這雛鷹越飛越高，再不是那個追著自己叫"大哥哥"的丫頭啦！

他抱起已熟睡的小雯子，為她的命運默默起卦，無果。

想起1,000萬股本金之謎，他還是問了小婭資金來源，並老實說了反貪局追查的事。小婭聽了哭笑不得，傻阿O把簡單的事搞複雜了，真想敲打這傻腦瓜。來龍去脈交代清楚，她嚴肅告誡阿O：

"以後再不許為了護我，自己承受委屈。真有什麼災禍我們一起擔當！在我心裏，你永遠比我重要。"

直到阿O作出深刻檢討，她才放阿O回去。

回甬後，阿O在辦公桌上看到前些天馮總來的唁電，淚流滿面，夏敏的笑容浮現在眼前，中秋夜深情合唱彷彿就在昨天。於是，又想到失去母親的可憐小Q，阿O馬上撥打董飛的手機，想與他商量一下。平時難得打通的手機，一下子接通了，還沒等阿O開口，董先開口約阿O喝酒，說是就等著他回甬見面說話。

當晚，酒館裡兩人淚眼相對，同病相憐，喝下一杯杯苦酒。

董勸阿O節哀順變，並說已送小Q上幼兒園，就是以前阿O搞企改時辦的那個，現為市第二模範幼兒園，還是尤經理說情才安排進去的。暫由老姐幫助照顧，以後莫馨會負責接送，小Q生活不需要操心，讓阿O放心。傾吐了一肚子苦水，董明天就回艦隊準備遠航，他又接受了新型驅逐艦試航任務。阿O也勸他放心出海，家裡有事儘管找他這個小Q的乾爹。

買了些香燭之類回家，他親手製作一個靈牌，刻上：

愛妻夏敏之位

敬香供奉。她從不要什麼名份，默默伴在自己身邊，除了那一次銷魂蝕骨的陰陽交合，還真沒有魚水之歡。但她真是個溫柔體貼的妻子，為他洗衣做飯，為他療傷洗澡，陪他熬夜工作，還陪他掃大街……歷歷往事縈繞在眼前。

阿O臂纏黑紗，守在靈前，默誦《通玄真經》：

生所假也，死所歸也。故世治即以義衛身，世亂即以身衛義，死之日，行之終也……生受於天也，命所遭於時也。

夫人道者，全性保真，不虧其身，遭急迫難，精通乎天。若乃未始出其宗者，何為而不成？死生同域，不可脅凌。又況官天地，懷萬物，返造化，含至和，而已未嘗死者也。

枯守一夜，天不亮佘老大和四大金剛都來了，隨後尤經理也來了，都聽說了夏敏的噩耗，昨天四處找阿O，怕他受不了打擊。見夏敏的靈位，都恭敬上前敬香，說些追思的話。郭主任是老派人，悄悄拉徐副總出去，買了些黑紗、花籃回來，認真佈置了靈堂。

尤的內心痛苦甚於其他人，自責夏敏的苦難多半是她一手造成，而今該怎麼贖罪？不敢靈前懺悔，怕眾人當場撕碎了她洩憤。

意外的是，反貪局張副局長和公安局新晉章副局長也聯袂而來。進門見狀，他們雖不信鬼神也敬香如儀，致以哀悼。

張給阿O送來審查結論，一份不算遲到的正義。

章給阿O送來一份解除勞教的通知書，說是"鑑於阿O同志認罪態度好，勞教期間表現良好，屢次立功，依據勞教管理的政策法規，決定提前解除勞教"，公安局和司法局共同簽署，以市勞動教養委員會名義發的，還真是來之不易。還有一份收容時本人沒簽字同意的勞動教養通知書，要阿O補簽，以便完備手續歸檔。但阿O又冒傻氣，拒絕補簽，也拒絕接受提前解除勞教通知書，更不認罪。

阿O睜著紅腫的眼睛，大放厥詞："我何罪？夏敏何罪？是你們犯罪，濫用人民賦予的權力！連你們的狗屁勞教制度都是非法的，是違反國家憲法的！"

章和張被趕了出來，很狼狽，也很委屈。

張對章說："我是受你連累的！這次辦案也證明，'疑罪從無'是正確的，差點折損一個黨國精英，冤枉了好人。"

說來張也真不容易。在香港，他和同僚遭受到馮總裁的遷怒，罵他們"只會窩裏鬥！"獲悉夏敏罹難，他們自認倒楣。協助他們的香港官員還笑話他們：對當紅歌星來說，區區 1,000 萬有什麼了不起，類似的誰、誰，甩出 1 個億也不奇怪。這"憂傷妖姬"還算是個另類，不逐名利，不傍大款，社會風評不錯。

夏敏的資料沒法查，內網上查竟然是"權限不夠"！

讓張更鬱悶的是，根據線索他回頭去查另一個，那伴同夏敏繳資本金的"黑美人"，竟也"權限不夠"！幸而，已告老還鄉的高行長接到小婭的電話，特意跑來反貪局說明，讓這個"沙威"註1 輕而易舉地查證了錢的來源。

欣慰的是，市委燕書記肯定了他"不枉不縱"的執著。政法委通報表揚，還借此敲打那些動不動就對嫌疑人"上手段"，只會刑訊逼供的執法幹警。

章也抱怨，想當初是他把阿O當人對待，及時送他進大醫院得到專家醫治，不然他的左手說不定廢了。呂局長責叱他時，他悄悄拿小指頭沖雷霆之怒比劃了一下，身邊馬屁精告發他"有抵觸情緒"，被發配到信訪接待室聽人哭訴、詛咒。升職後，為阿O弄到提前解除勞教的決定，自己跑上跑下容易麼？

不過，兩個老同學還是達成共識：手中的權力要謹慎行使。

張還詭秘地嚇唬學弟："那個我們權限還不夠查她的黑妞，據說被藏族婦女尊為守護天神，很厲害的。她官階比市長還高，家庭背景更可怖，國字號的。若她也任性起來，把咱哥倆送進牢裡去，還不是輕而易舉的事？"

法，也是手握重權的人要敬畏的。

進而，兩個老同學彷彿又回到校園，討論起法學問題來。都有或多或少的司法實踐經驗，質疑起現行法制，又爭辯不休。

在京城的小婭也知道了，發來弔唁電：

玉殞香猶在，姐安息

星墜曲未終，妹續弦

觸動了阿O的未了心願，又是失聲大哭。失去了才發現，自己內心是真的愛她，愛她一顰一笑，愛她動人的歌聲，愛她的溫柔體貼。可自己卻沒一天盡丈夫之責，真是迂腐透頂！他和淚研墨，將電文寫成輓聯，掛在靈堂。小婭主動認她為自己夫君的前妻，眾人唏噓不已。知道隱衷的，怨造化弄人。

晚餐是素食，大家都沒興致喝酒。

佘老大不讓阿O沈溺於喪妻之痛，把話題扯到天策公司事宜。現在，已有十來家企業簽約，好幾家已經將設備搬遷進來，開始安裝調試。大家悉心分析施工中遇到的問題，商議解決辦法。

除了後來的幾家新開辦的外資企業，所有市區搬遷過來的化

~ 225 ~

工企業都選擇置換。沿江老廠區，最初那三家大企業的土地廠房置換，較早變更用地性質，補交了級差地價，允許公司自行開發，已動工新建樓盤。規劃分成兩片地，有兩家是連成一片的，建成居民區，三十幢九層樓，沿街的底下二層是商用房；靠近三江口的那片地建高檔寫字樓。其餘的，土地由市政府統一收儲，完成規劃後一起掛牌拍賣。公司能得到收地補償和老廠建築拆遷補償，還有同等價格的優先權，自信在土地掛牌竟拍時不落下風。

高檔寫字樓方案設計是馬良自己做的，借人家資質蓋個章報批。這小子專業上真是有才，方案讓設計院的人驚艷，人家還想出雙倍薪酬挖走他。他倒不為所動，說是"士為知己者死"。

阿O說："該給他加薪！"

"他已是公司里薪酬最高的，還加？這不成了'工人貴族'麼？"肖疑慮，似乎不符合"社會主義企業"理念，倒不是妒嫉。

"能者多勞，多勞多得。不勞而獲才是貴族！"

"對！"佘不是盲從，"平均主義搞不好企業。"

市政府劃定的地塊統一掛牌，運作有待時日，造成很大的資金壓力。佘想找一家有實力的建築集團商議，讓人家帶資建設，熬過這個"冬天"。阿O反對，建議將高檔寫字樓的主樓作為給大通銀行代建的項目，先得到土地款和前期費，後續建設費用由大通銀行按進度撥款。這是高行長還在位時就向阿O提過的願望。此舉互惠互利，這主樓就能解決 5 億多資金問題，還能進一步謀求大通銀行的財力支持，以應收政府依法補付的權益為質。佘言聽計從。

尤經理預訂大廈的臨江部分裙房，說已通過董事會審議。她將在這風水寶，背靠大通銀行建立公司總部，可以先預付一部分資金。這是在傾力相助，佘記下了這份情。後來，馬良主動幫她做裝潢設計，以便施工裝修同步竣工，可直接入駐。

那天，小婭和夏敏注入 1,000 萬元，眾人卻不願收回為阿O出的資本金，文相國將這筆錢作為應付款掛賬，拖著未處理。阿O讓文去轉增註冊資本，自己份額降為 16.66%。這樣，公司賬面上降低了資產負債率。佘和肖相示以目，心裏另有一本賬。

禍不單行。阿O剛回到公司，郁總又帶來一個壞消息：

星洲基建原定投資甬婺高速公路的計劃，被新來的股東否決，說是投資回報率太低，又沒退出機制，寧可投跨海灣大橋股份公司。阿O懵了，什麼新股東？張先生怎麼啦？

定下神來，阿O第一反應就是打電話給張先生。張接了電話，耐心聽了阿O的抱怨，告訴他：“因為有重大事情要做，急需很多錢。你一走，雙律金號的籌資計劃擱淺，佘先生不惜傾家蕩產在籌資，我將星洲基建的股份賣了，實是不得已呵！事先，知會過你們的鄔董事長，他說要請示上級，沒有回覆。想必市政府無所謂。”

阿O差點噴出一口血，千辛萬苦搞到的資本市場入場券，就這麼給輕易廢了！直至電話那頭傳來盲音，阿O才悻悻地掛了。不甘心，又打了鄔少華的手機，責問為什麼放棄。

鄔答以冷笑：“才醒悟啊，追責嗎？你來咬我啊！”

是的，當時誰讓他留在董事長位子上維持體面的？他還不趁機禍國殃民？私沒信息是“小開司”，死豬還怕開水燙？戴明憲被人排擠沒上位，心灰意冷，也沒關心。

郁總見狀，心知已無可挽回。這項目建設已列入省交通廳下年度計劃，婺城段由省交通集團投資，明年開工。鄭局長責成大通公司，儘快解決甬城段建設資金問題。他與阿O商量：

"原先，市政協介紹了個奧地利的客商，想以BOT的方式建甬
婺高速公路，客商實地踏勘測算了交通量，回去以後杳無音訊。要
不，死馬當作活馬醫，你再試試？"

阿O調來奧地利客商的全部資料，認真分析後，覺得還可以一
試。現在警方監控名單上阿O已被勾銷，這個抗拒摘帽的"勞教分
子"可以出國。於是市政府下令組團去奧地利洽談，任命阿O為商
務談判首席代表。

此行，又是一番絞盡腦汁的商場博弈。

同步開展的是，繞城高速公路建設資金籌措工作。馮總朋友
介紹來的鄧氏集團，是香港的一家集團公司，他們擬買下通往北侖
港的高速公路，並投資建設繞城高速公路。對方已在申城兩條高速
公路上投資，有魄力、有經驗，派來談判的代表是申城人，珠錙必
計，阿O及助手談得很辛苦。

王喆病倒了，是焦裕祿書記同樣的病，是累的，熬出來的。
阿O去探望，見他削瘦的臉上，幾乎已無血色，很難過。據說，國
外有一種特殊的納米材料微珠注入肝臟，可續生計，阿O願和朋友
共同出資，送他出國去治療。王慘白的臉擠出笑容，婉拒。

"我不要緊，該怎麼治療得服從上級安排，你不懂。你該專注
去做好工作，受點委屈別灰心，重任在肩啊！對你，還真放心不
下……聽說，項目施工隊伍的招投標，你不聽上級領導打招呼？"

"哦，那是個'戴帽掮客'注2，被我當場揭穿。"

"何不沉住氣，通過資質審查程序刷掉？你呵，鋒芒太露，不
知藏拙。能做事，不會做人！"王憐惜這人才，有些話當領導的不

該說，今天索性說了，不再顧忌。

"才氣橫溢的，若遇到封建君主，不能用就該殺，懂麼？" 王推心置腹，"我不是在跟你講東周列國志。唉，一個個大大小小的利益集團寄生在黨內，正在分化瓦解偉大的軀體，相互爭權奪利，鬥爭越來越殘酷。你不被捲入，有可能被扼殺。"

"我不懂政治，而今也不在黨內。我只想盡力把'東方大港'建好，只求事成，不求富貴，俯仰不愧。"

注1：雨果的《悲慘世界》中追蹤犯人恪盡職守的警官。

注2：以大公司名義接下工程業務，轉手包給其他中、小工程隊，從中牟利者。

二十九、籌碼

在維也納，阿O出人意料地打破僵局，說動了彼若公司。

正當阿O就合作雙方利益進行博弈時，小婭打來電話，說是佘老大通報：莫馨訴諸法院，要求由董滌非繼承夏敏的 1,000 萬元股本權益。想想小Q可憐，為姐姐盡一份心吧，就作主同意了。阿O誇她心腸好。

這份股權的價值，以公司目前實際價值來算，恐怕翻一番都不止。就算擺到阿O眼前的國際談判桌上，代表市政府利益也是要計較的，何況他倆都是工薪族。自己的錢他卻不在乎，還有理：

尊勢厚利，人之所貪，比之身則賤。故聖人食足以充虛接氣，衣足以蓋形禦寒，適情辭餘，不貪得，不多積。（九守·守平）

佘老大知道阿O是個傻蛋，所以他才特意請示小婭，想不到這"家庭主婦"更傻！想不通也不敢違拗小婭，夏敏股權問題終以法院調解結案，1,000 萬股權登記轉到董滌非名下，未成年前由其法定監護人行使權利，公司按股分紅的一半要給夏敏的父母。

莫馨進入公司董事會的要求，被多數股東否決。

奧地利之行總算成功，經市政府批准，雙方合資成立甬婺高速公路建設的項目公司，資本金比例為 9:1。儘管大通公司只佔10%股份，還是由阿O出任董事長。不是市政府的安排，是談判中阿O的才智人品留給外方高層的印象太深了，是外方公司的首席代表亞斯博士推薦，並作為合資條件堅持。可憐阿O心知又會被自己人猜疑，為了項目建設不耽誤全線通車計劃，把王喆的諄諄教誨置之腦後。甬婺高速公路全線通車後，阿O卻又入冤獄。這是後話。

阿O回國當晚，佘老大和四大金剛一起到阿O家來，尤經理也來了，忿忿不平，指著鼻子罵阿O傻。阿O摸摸鼻子認了，請大家喝奧地利帶來的農莊新釀葡萄酒，舉杯不慚大言：

"天生我才必有用，千金散去還復來。"

"好！"佘舉杯響應，"兄弟豪氣還在，錢是能賺回來的。"

大家幹了一杯。佘又舉杯說："雖然這 1,000 萬股權沒了，阿O仍是我們的後臺老闆，有我們的就有阿O的一份。大家認同就乾了這一杯！"

阿O不明就裏，以為是江湖義氣的豪言，也隨大家乾杯！只有四大金剛明白佘的話中含意，大家心照不宣。尤雖不明白，但見大家對阿O好，也眼熱。她拿出一張銀行卡給阿O，說：

"這是我個人的一點心意，給你孩子的賀禮。旅遊公司能有今天，全靠你和夏敏。如果不是獨立的合資企業，怕也被華甬集團拖下水啦！"

阿O堅辭，說誰的都沒收。反過來追問："怎麼……拖下水？華甬集團現在怎麼啦？"

"ST了！再虧下去，怕要被交易所摘牌。"徐渭在旁嘆息。

"前幾天遇到洪總，他說後悔以小人之腹揣度阿O，晚啦！現在公司內拉幫結夥，內耗不斷，怎能不垮？"肖道元說。

佘有點心動，問："要不我們把它吃下來？"

還沒等阿O開口，文相國先急了，說："千萬別！這包袱咱們背不起，裡面養了一窩來頭不小的敗家子，勾心鬥角個個是人精。"

四大金剛都搖頭，佘只好作罷。他還不死心，說：

"要是我們能上市融資，我想把沿江幾塊地都拿下來，建成美輪美奐的樓盤。"

"你們手裏有好項目，真想上市的話，現在倒是個機會。"

聽阿O這麼說，大家睜大了眼睛。阿O給大家倒酒，卻遲疑著，沒往下說。肖先沉不住氣："哥，你說啊！別吊胃口好不好？"

"風險太大，"阿O欲言又止。

佘說："做生意哪有不擔風險的？輸了大不了從頭再來，兄弟們說是不是？"四大金剛都點頭，他再催阿O："說，我們都信你。"

"香港剛經歷了一場金融風暴。國際大鱷索羅斯的狙擊，搞得許多上市公司元氣大傷，股價跌到低谷，現在買殼上市的話，代價不會太高。房地產公司上市，內地股市有產業政策限制，在香港卻受追捧。以前收購星洲基建時，有個券商朋友很可靠，老哥可以去找他商量一下。我現在的身份不便出面。"

阿O把券商的地址、電話號碼寫下來給佘。

尤經理挺身而出："我陪佘老大走一趟。在香港我也有幾個夏敏介紹的朋友，說不定能幫上忙。我自己也碰碰運氣！"

佘和尤一起去了香港，兩個都不是善茬，攪起一場令人咋舌的風波。阿O卻迎來了香港來的鄧老闆，一行隨從黑白兩道都有。

鄧氣勢逼人，包下五星級酒店的總統套房，約來主管交通的副市長，一見面就親熱地擁抱貼臉，還惡作劇咬人家耳朵，疼得這位甬城大人物跳腳大叫，全不顧形象。迎賓酒席上，他大談XX首長是兄弟，XXX領導是好友，說起正在出國訪問的某中央領導，竟也是哥們。你還別當他是吹牛，一通電話招呼，真把那大人物的女兒從京城召來了，晚上一起打麻將。

談到正事，他開門見山，對阿O說：前面來談的幾個手下不是你的對手。現在我親自跟你談，我說了算。你的方案我接受，北侖港高速公路買下來 20 億，建繞城高速公路 30 億，總投資 50 個億，不討價還價啦！作為市政府的談判首席代表，你也答應我一個條件——

"阿O，你來給我幹活！"

陪同他談判的人物，有一位被稱為賈生的貴胄，外貌英俊的高個子，身份很複雜。他交了底："香港的馮先生、澳門的佘先生，都是我的好朋友，我們比你自己還瞭解你。這兩個項目簽約後，在市裡你的任務算完成了，接下去沒你什麼事。你不在'第三梯隊'，做官守成，輪不到你阿O。跟我們走，你大有用武之地。"

"我不是說走就能走的，上級不會同意吧？"

"嘿，這你就不用操心啦！"言下之意，你也太看重自己了。

自從王喆病倒後，魯書記也退休了，上層沒人替他說話。阿O時有自己只是被利用的感覺。賈生說的沒錯：這個項目簽訂後，自己得有覺悟給"第三梯隊"讓位，就像之前那樣。但他從來沒有認真考慮過自己出路，賈生的話直擊阿O的隱憂，竟如魔魘般揮之不去。

"鄧老闆已拿下那個星洲基建的實際控制權，想讓你去出任公司總裁，回頭來整合他投資在大陸的一些項目資產，再投 50 個億也不難！"

"我有案底，依法不可出任香港上市公司高管。"

"禁入期麼？過半就可以疏通的，暫不當董事罷了。"

"內地還有，我被處勞教 3 年。"阿O又找理由。

"切，這'小開司'，改天撤了！"

別當他說大話。三天後的晚宴上，警方送來一份"撤銷行政處罰通知書"，說是上級接到知情人舉報，經徹查證實阿O是被誣陷的，證據、口供等，不是假的就是經不起推敲的。在押的呂某已招供受賄枉法，行賄人洪某供認不諱……天，就像捅破窗紙那麼簡單！

眾人紛紛向阿O道賀，阿O卻傻兮兮的，無言淚流。自己當然是冤屈的，可當初馮總裁這樣手眼通天的人，現行體制內只能爭取個"所外執行"，還得有正當理由。想起曾因幹部選拔之弊質問蕭兄，得到回答是一聲浩嘆：人家會用權呵！

夜裡，阿O又失眠了。路賣了，難道把自己也賣啦？上級不會同意，50 億投資也不會取決於某個人的去留。阿O自我安慰。

然而，賈生所言不虛。沒等阿O主動辭職，新的大通公司副總經理在祝主任陪同下上任了，是"第三梯隊"的重點培養對象，一位"官二代"。見面會後，郁總私下告誡阿O：排位在你之前，以後要尊重這二把手，我遲早引退讓位，人家可不會像我處處讓著你。

阿O失蹤了好幾天，剛露面就被鄭局長找去談話。

鄭是讚賞阿O的，先肯定了阿O的赫赫功績。接下去，說到當前的項目建設意義，及其迫切性，然後他說："鄧氏集團現在要投資 50 個億，向我們要一個人去幫他打理業務，這條件怎麼說也不過份。現在要看你本人是否願意，你說說有什麼要求吧！"

"沒要求，我同意。"阿O的回答很平靜，枯井不波。

鄭有點赧顏。阿O不想讓老領導太過為難，說："我是想，也該去為自己賺點錢啦，呵呵。上次時勢政治學習例會，領導不是說'錢賺得越多表示對社會貢獻越大'麼?聽說還要'鼓勵資本家入黨'，我有錢了也好再爭取入黨。呵呵！"

笑聲有點不自然，阿O還是欠修煉。

"鄧老闆下大本錢，換取我們放你過去，肯定重用。去了後，你可要緊盯項目建設進度，促使資金及時到位。鄧老闆投資的項目有許多，你要設法優先保證我們這裡的項目建設資金。"

阿O搖搖頭，不想虛與委蛇，直說："我若去了，不會為鄧老闆來謀算甬城。同樣，您也別指望我'身在曹營心在漢'。"

鄭瞠目，無話可說。阿O心有不忍，又說：

"放心，不管是甬婺公路還是繞城公路，項目公司的後續資本金不到位，就是違約，市政府收回特許經營權就是。項目建築施工，只要資金不斷供，就沒什麼影響。項目建設的銀行貸款已落實情況下，彌補資本金缺口而已，賣了北侖港高速公路，大通公司有足夠的實力應變。這些，在公司內部討論時我說過。"

鄭終究是正派人，過意不去，專為阿O離任召來全體黨委成員(有個別出差缺席)，破格在五星級酒店設宴，向阿O為甬城交通建設作出的貢獻致謝。席間，他舉杯向阿O鄭重承諾："此去若不順心，什麼時候回來都行，官復原職。在座各位委員有意見嗎?"

委員們都舉杯稱好，紛紛祝阿O"一帆風順"、"大展宏圖"，云云。有的還說：鄧老闆是伯樂，阿O是千里馬……

阿O顯得"受寵若驚"。心說：嘿，不就是告訴我"好馬不吃回頭草"麼？騰出來的幾個職位，恐怕已被你們親友瓜分啦！前幾天，他去東湖轉一圈回來，雄心也隨小婭爹的骨灰埋葬在陶公山，失落感無法排遣，家庭變故不足為外人道，似乎已看破世情。

選定的黃道吉日，市領導出面，為鄧老闆舉行隆重的簽字儀式。前來捧場的眾多賓客中，阿O意外發現一個摯友——馮枰，已改頭換面，身份是內地資訊產業一家公司的經理。儀式結束，宴席觥籌交錯的喧鬧中，馮悄悄離席，到廳外抽菸。阿O跟上去，掏菸湊上去跟他對火，他沉聲說：

"我奉調回內地工作，你去香港後自己要處處小心。賈生是我朋友，可信，也比我行。後會有期！"

說罷，掐滅菸回到那邊酒桌去鬧酒，吹吹拍拍，一派幫閒腔調。後來，阿O聽說，馮追蹤出賣夏敏的一個內奸，失手殺人。

馮離開甬城時，在賓館前檯留下一個密封文件袋給阿O。拆開看了他又鼻子發酸，是夏敏的記事本。因為內容大都涉及阿O，所以沒隨其它遺物交付她父母。其中：有一段，記錄著嘉道理徑意外重逢，老人為阿O起卦推算的神奇；還有一段，記敘阿O投案自首後，老人帶她去拜訪幾個香港太平紳士，讓她陳情並懇請他們出面，向法官求情；再就是她對小婭的冀望，別後的思念。

費猜疑的是，那個文件袋的背面，有馮總幾行潦草的筆跡，是俄文。阿O借助字典辨認了一些單詞就蒙得，寫的是曾熟讀過的普希金的《阿里翁》片段：

驀然，旋風怒吼襲來，大海皺起波濤的胸膛……

舵手死了，水手們死了

只剩下我一個隱秘的歌者，被暴風雨推向海岸

我依舊唱著昔日的頌歌，和曬乾衣裳，在太陽下的岩石旁

是寬慰？是暗示？知道馮總不說問也沒用，阿O決心拋下"官身"後自己去探究。

阿O臣服，鄧老闆很高興，馬上撥給阿O一筆安家費。阿O卻說："等等，我們約法三章。首先，以後甬城的投資項目我不管，不出一計，不劃一策……"

"什麼意思？"鄧跳起來，粗暴打斷。

賈生連忙把鄧按到椅子上，說："這是對的。項目談判他是甬城方的首席代表，如果他一個華麗轉身，反過來為你去對付甬城方，人品就有問題。也可以說，你這等於偷看人家的底牌，臭啦！"

"對！"鄧被點醒，哈哈大笑。旋即，起身繞著阿O轉了一圈，上下打量著，獰笑道："如果我說'不'呢？現在你還有得選擇？"

阿O笑嘻嘻答道："你們不是很瞭解我麼，去當苦力總可以吧？說不定我會號召工人再來一次'省港大罷工'。"

夫為義者可迫以仁，而不可劫以兵；可正以義，不可懸以利。君子死義，不可以富貴留也。為義者不可以死亡恐也，又況於無為者乎。(九守·守無)

欲知後事如何，請關注第三部：滄浪謠。且看一片癡情在世俗風霜裡凋謝。世事變幻，白雲蒼狗。有人割愛，義無反顧，愛不渝；有人求愛，背棄家族，惜無緣。燈紅酒綠掩映刀光劍影，美色

財富拷問何為人性。商場博弈，鬥智鬥勇，可嘆棋子的自覺！叩劍門：此身合是商人麼？

阿 O 別傳 —— 第二部 《欲海九守》

易癡 著

出版：陳湘記圖書有限公司

地址：新界葵涌葵榮路 40-44 號任合興工業大廈 3 樓 A 室

電話： 2573 2363

傳真： 2572 0223

電郵： info@chansheungkee.com

印刷：新設計印刷有限公司

國際編號 (ISBN) ： 978-962-932-205-2

定價： $98

2022 年第一版